BYN

En roman av

Tomas Ahlbeck

Förlag: BoD – Books on Demand, Stockholm, Sverige
Tryck: BoD – Books on Demand, Norderstedt, Tyskland
ISBN: 978-91-7699-916-5

PROLOG

Hon kände hur remmen drogs allt hårdare kring hennes hals. Hon försökte spjärna emot, försökte spänna sina halsmuskler. Men remmen drogs åt allt hårdare. Hon försökte riva loss den med sina naglar, desperat slitande i vad som verkade ha förvandlats från ett smycke till att bli ett verktyg för att ta hennes liv. Paniken och skräcken växte inom henne. Kroppen pumpades full med adrenalin när hennes hjärna gjorde ett sista förtvivlat försök att få hennes kropp att ta sig loss ur remmens grepp. Fingrarnas slitande mattades av och övergick allt mer till att bli ett uppgivet krafsande. Andningen hade blivit till ett svagt ansträngt väsande, fradgan löddrade kring hennes mun och ögonvitorna hade fått de kraftiga blödningar som var den oundvikliga följden av strypning. Hennes kropp gav upp, ett sista väsande kom ur hennes hals och sedan sjönk hon ihop. Greppet kring remmen lossnade och lät henne falla till marken. Hon landade på knä och med en brysk knuff i ryggen föll hon framstupa i myrvattnet.

MÅNDAG

Idén hade varit briljant. Att göra ett eget program, precis som Time Team på Discovery Channel. Han hade lyckats få kanalledningen med på det hela, det kunde bli bra TV höll de med om.

Bra idé Tommy, det borde vi kunna sälja reklam i.

Fast tempot i Time Team var ju för lågt, det måste de göra något åt. Och de där arkeologerna var ju fult klädda och såg rätt luggslitna ut i Time Team, kunde man inte göra något åt det? Några snygga tjejer med stora bröst kanske? Vita tajta t-shirts, korta avklippta jeansshorts. Annars kan vi knappast sända det på kvällstid, det är för hård konkurrens med de andra dokusåporna. Det är ju trots allt inte Public Service vi sysslar med, sådant gör de på SvT. Vi behöver inte göra bra tv, hade de sagt, bara vi säljer annonsplats. Han hade lyssnat på ledningens synpunkter och nickat instämmande. Det viktiga för honom var att få göra programmet, om man då var tvungen att göra ett eller annat vetenskapligt avsteg för att få pengar och sändningstid så gjorde det väl inte mycket?

Nästa svåröverstigliga problem var att förankra idén hos arkeologerna också. Riksantikvarieämbetet hade sagt nej med en gång, men det hade han ju väntat sig. Skit i dem. Fisförnäma och avlönade med skattemedel så behövde de ju egentligen inte göra annat än att fara runt på kommande motorvägsbyggen och plocka kvarts som de stoppade i plastpåsar och arkiverade. Inte behövde de förmedla kunskaperna till allmänheten. Allmänheten betalade gladeligen skattemedel för att hålla de där förtorkade perukstockarna sysselsatta med att stoppa stenar i plastpåsar utan att kräva att få något tillbaka. Att informera allmänheten om vårt kulturarv, det föll allt på sådana som honom själv – och det helt utan bidrag från samhället. So what om han var tvungen att förnedra sig själv genom att plugga "showen" med lättklädda bimbos. So what om han fnaskade sönder sin akademiska trovärdighet. Han fick ju en chans att göra det program han ville, om än med vissa justeringar. Och om inte högdjuren i Riksantikvarieämbetet vill vara med så det finns ju andra.

Morgonens dis hade trängts undan av den vårsol som så här dags på året gjorde allt mer lyckade försök att tränga undan senvinterns gråhet. När solstrålarna nu slog sig fram genom grenarna på träden runt om och lindade in deras fikabord i sköna ljumna strålar så kände Fredrik att det var rätt så behagligt ändå. Inte för att han var mycket för naturliv, men nog kunde han ha det sämre. En ljummen burköl tillsammans med en gammal klasskamrat vid ett campingbord i skogen. Inte Riche direkt, men vad fan. Och ölen bjöd ju Tommy på. Fredrik tog burken från munnen och rapade.

Tommy rapade han också innan han fortsatte.

"Jag har lyckats knyta till mig en arkeologikonsultfirma också.
Den består till stor del av avhoppade doktorander, och de är i
såpass stort behov av pengar och jobb att de ställer upp. "
"Jamen då så", sade Fredrik. "Det är väl skönt att du har kun-
nat komma igång i alla fall. Konsulterna då, vad har de för
budget? Tror du de vill annonsera i tidningen?"

Det var det värsta med det här jobbet tänkte Fredrik. Det här
eviga nasandet. Det gick inte ens att sitta i skogen och ta en öl
med en gammal barndomsvän utan att ha annonsblocket i
högsta hugg. Humbug. Där är ett gammalt fint ord man sällan
hör nu för tiden. Humbug. Humbug är detsamma som bedrä-
geri eller lurendrejeri. Går ofta ut på att man spelar på folks
känslor i syfte att tjäna pengar eller på annat sätt vinna fördelar,
till exempel stöd för en åsikt. Så stod det i ordboken. Precis.
Egentligen var det ju det han sysslade med, det var ju det han
var. En humbug. Annonsförsäljning var humbug. Det är viktigt
att ställa frågan vid rätt tillfälle. Sälja in med en artikel först,
och sedan när de nappat, försöka få dem att hugga och sedan
veva in.
*Skulle ni inte vilja förstärka artikeln med en annons? Nej nej, natur-
ligtvis är det inget tvång. Jag skriver ju om er för att ni är intressanta.
Men om några läsare fastnar för er, ska de då inte veta vad ni sysslar
med? Ska ni inte erbjuda dem någonting?*
Och då förstod de oftast, då trillade polletten ner. Klick-klick-
klack. Fri press kostar pengar. Utan annonser inga intäkter –

utan intäkter ingen fri press. Vi har ju inget presstöd - vi vill inte **HA** något presstöd. Vi vill inte kringrännas av presstödsnämndens eventuella krav på oss om de ger oss stöd. Blablablablaj. Att Fredrik däremot lät den journalistiska integriteten ge vika för annonsörernas önskemål var ju en annan sak. Vem bryr sig ändå om journalistik i en annonstidning? Vem fan bryr sig? Nappa någon gång då kundjävel. Och sedan var de på. Nu var det dags att veva in.

Om jag ger er 20 % rabatt på andra införandet? Och så bjuder jag på färgtillägget? Ska vi säga en helsida då? Ok, sjuttontusen är väl mycket för er förstår jag, men OK. Jag ska vara bussig. Ni får en halvsida med samma rabatter som jag bjöd er för helsidan. 9000:- spänn för en halvsida i färg och så får ni rabatt på andra införandet. Så då blir det ju ett dubbelinförande för ... få se ... OK, vi säger 16500:- om vi tecknar nu med en gång. OK?

Efteråt kunde han känna sig lite unken. Prostituerad, det var vad han var. Annonsprostitution, fanns det något som hette så? När han sålt en helsida till någon liten tant med sybehörsaffär till exempel. Stackars kärring, vad skulle hon med hans extrainförande till? Vad skulle hon ens ha det första införandet till? Hade hon råd med det egentligen? En sybehörsfirma kunde ju inte gå så jättebra. Nåja, det var ju avdragsgillt i alla fall. Här får man inte ha några skrupler om man ska klara sig i den här branschen. Annonser i boken ger mat på bordet.

Men det hade Fredrik inte sagt högt till Tommy. Istället så lade han fram samma sak som han brukade köra med.

"Vet du, om jag ser till att skriva ett uppslag om inspelningarna, och nämner konsultfirman, tror du att du kan fixa fram pengar så att ni eller dom köper en helsida? Fan Tommy, såklart vill jag göra en stor grej om det hela, men vad fan, jag har ju chefer som jagar mig med budgetsiffror jag också. "

"Jo, visst. Det fixar jag. For old times sake, självklart. Det ska nog inte vara något problem att förankra uppåt i ledningen. Om vi skaffar en annons i din blaska och får en bra redaktionell text dessutom så borde vi kunna få lokala finansiärer till tv-serien."

Lokalpressen. Det var ju naturligt att Tommy bjöd in Fredrik hit när det nu skulle göras TV på södra delen av ön. Om han kunde använda sig av honom för att fixa finansiärer lokalt så skulle det ju inte skada. Kanalledningen påpekade ofta att de behövde annonsörer för att kunna göra program. Och det var egentligen inte att utnyttja gammal vänskap heller - Fredrik gjorde ju likadant.

Fredrik plockade snabbt fram orderblocket till sin barndomskompis, och Tommy var inte nödbedd med att skriva på. En snabb underskrift – en helsida i färg som han fick fylla med vad fan han ville. Kalla det information om du vill, bara du betalar.

"Tänk att du av alla människor skulle bli TV-producent. Du som inte ens kunde komma i tid till lektionerna på universitetet och nu ska du ha ansvar för att hinna med hela produktionen inom tidsramarna. Fan, inte illa pinkat."

De hade kommit en lång väg båda två sedan sina år på universitetet. Fredrik hade sökt in på Polishögskolan men inte kommit in. Istället hade han i ren desperation för att ha något att göra hoppat på en arkeologiutbildning, samtidigt som Tommy. Efter tre terminer lyckades Fredrik till sist bli antagen till Polishögskolan och hoppade av arkeologin, men Tommy hade stannat kvar. Ett tag. Sedan hade han tröttnat på att sitta i källaren på museet i stan och sortera benbitar. Så han hade startat ett produktionsbolag. Specialiserat sig på bygderomantiska lågbudgetproduktioner som han sålde till TV för att de skulle kunna fylla luckorna mellan reklamavbrotten under sommarmånaderna när ändå ingen såg på TV. Sedan hade han lyckats få in en fot på en av de större TV-kanalerna. Och på den vägen var det.

Fredrik nickade över bordet mot sin kamrat och höjde ölburken i en skål. Sedan lät han blicken vandra över inspelningsplatsen. Tommy hade lyckats knyta till sig en expert på medeltidsarkeologi, en kvartärgeolog, ett grävteam och sedan de tre tjejerna som skulle gå omkring i korta jeansshorts och uppknäppta skjortor. Kanalledningen hade inte givit med sig på den punkten.

"Blir nog bra TV", sa Tommy ansträngt när Fredrik kommenterade det med ett flin. Skit samma - programmet skulle äntligen bli av, och Tommy skulle vara program- och projektledare.

Här nere skulle man anlägga en ny golfbana var det tänkt. Den som redan fanns borta vid Saxnäs räckte inte till, hade man beslutat i Kommunfullmäktige. Och då ville man från Länsmuseets sida ha hjälp med förstudie för att se om det fanns behov av en större utgrävning först. Egentligen var ju den gängse vägen att Länsstyrelsen tog in anbud och så hamnade det oftast inom Riksantikvarieämbetes egna revir, men eftersom tevebolagets programchef var med i Rotary och spelade golf ihop med museichefen så hade man hittat ett upplägg som ställde den centrala myndighetsutövningen utanför. Om man inte gick ut och kallade det för förundersökning utan för en teveinspelning till Länsmuseets jubileum så hoppades man att det skulle passera obemärkt.

Idén var att filma under tre dagar för att dokumentera vad de kom fram till och förhoppningvis hitta så mycket fyndmaterial att det skulle bli något att visa upp i TV. Det var ju gammal vikingabygd. Äldre än så till och med. Olof Skötkonungs förfäder hade säkert suttit och skitit bakom någon buske här för över tusen år sedan, och delat en mugg mjöd med den danske Gorm den Gamle. Eller vem fan som nu levde på den tiden. Fan, på inte långt härifrån stod ju Karlevistenen, så här någonstans i närheten hade säkert vikingarna lagt till när de fiskat längs sundets strand eller varit på väg norrut för att kriga vid någon Mälarvik för 1000 år sedan. Någon sorts tv-mässigt fynd borde de kunna plocka fram på tre dagar.

"Nå vad tycker du?" Tommy vände sig till Fredrik.

"Ja, så där jättevetenskapligt verkar det ju inte vara."

"Nä, men vad fan. Man kan ju inte få allt. Jag får ju göra ett TV-program om arkeologi. Det är det viktiga."

"Tror du inte de fryser?" Fredrik nickade bort mot tjejerna i kortbyxor och uppknäppta kortärmade rödvitrutiga skjortor. Han antog att de stylats av samma folk som klätt ut tjejerna i Paradise Hotel eller någon av de andra dokusåporna. De såg lika vilse ut här ute i blötmyren som de amerikanska Paris Hilton-kopiorna verkade i TV på den amerikanska landsbygden.

"Skiter väl jag i. De gör ju ingen skada i alla fall. De får inte röra något, de ska bara stå där uppe på myrkanten och se sexiga ut."

"Jätteakademiskt."

En av kvartärgeologerna vinkade till sig dem. Hon höll upp en jordkoka som satt inuti ett rör man kunde titta in i. Hon verkade överväldigad av sitt fyndresultat.

"Kolla vad jag hittade när jag körde ner ryssborren här."

De tittade allihop. Tommy och Fredrik var ju numera mediamänniskor båda två så den eventuella träning de en gång haft i att kunna se något exceptionellt i den jordkoka som en ryssborr drog med sig upp hade gått förlorad. För dem såg det bara ut som en lång jordklump, tre-fyra centimeter i diameter. Ok, torv, jord, rötter. So what? Det blir det väl ingen TV av?

"Ser ni här nere?" Hon pekade. "Det är inte förmultnat, utan det är organiskt material. Vi måste torva av för att se vad det är. Men jag håller det inte för otroligt att det faktiskt kan vara rester av en människa där nere."

"Coolt! "Tommy jublade och började studsa på tå av upphetsning. Ett mosslik. "Grauballemannen fast på hemmaplan. Nu har du något att skriva om, Fredrik. Och vad många tittare vi kommer att få när vi sänder programmet. Skriv det Fredrik, skriv det. Mossfynd på inspelningsplats. Precis så. Jävlar vad bra!"

***

De hade bosatt sig nära sundet vid vad som en gång, innan landhöjningen hade gjort det till fastland, var gammal havsbotten. Under århundradena hade landet höjt sig, och på den plats där en gång en tidig järnåldersbosättning hade legat vid stranden av Kalmarsund hade landhöjningen gjort att en liten vik bildats. Sedan hade vattnet runnit undan så att viken blev allt smalare och allt grundare, och nu var det inte mer än en tjärn med bevuxen sankmark kring. Längs ena stranden fanns fortfarande såpass mycket vatten att det växte en vassrugg. Byn låg strax nordost om tjärnen, uppe på en öppen sluttning i närheten av landsvägen. Ursprungligen, när tjärnen varit en del av sundet, hade människorna tagit sin föda ur den och ur skogen. På den tiden hade man haft tillgång till sjöfisket och säljakten kring grynnorna i sundet och i den allt grundare viken. Säl hade det en gång funnits i vattnen kring viken, och så länge den var farbar hade byborna inte sett det som nödvändigt att flytta därifrån. Men ju grundare och smalare viken blev desto svårare blev det. På 1700-talet var den för grund för dem att ha sina båtar vid och byn hade blivit öde. Man hade helt enkelt tvingats flytta till de större byarna lite längre upp, i närheten av Alvarskanten, eller till något av de små fiskelägen som hanns vid de naturliga hamnarna. Det i sin tur medföljde att byarna växte till kustsamhällen nere vid vattnet, och kyrkbyar några kilometer längre upp mot landborgskanten.

De få som klarat av att bo kvar några generationer till hade till sist givit upp. En del hade tagit jobb i kalkstensfabriken, en del hade fått jobb uppe på Bruket och ytterligare några hade flyttat in till Degervik eller till Kalmar. När 1900-talet hade kommit ut ur Första Världskrigets fasor var byn helt öde.

När 1960-talet gick över i 70-tal hade området än en gång koloniserats, denna gång av barn till hippie- och gröna vågen-rörelserna. Man skulle flytta bort från städerna och ut på landet. Det var en tid när man skulle bryta med konsumtionssamhället och istället odla sin egen organiska mat. Byns nya befolkning lyckades till och med skaffa sig ett överskott som man sålde på torget nere i Degervik. På så sätt fick man in pengar för att köpa de produkter man saknade från det konsumtionssamhälle man flytt ifrån. Byn hade blommat upp några år, men ju mer åren övergick från 1970- till 1980-tal, desto färre innevånare fick man. 1982 var det bara en person kvar i byn, enstöringen Fiskar-Gustav som han kallades i trakten. Varför var det väl egentligen ingen som kom ihåg längre – det fanns inte längre några möjligheter att livnära sig på fiske, och det hade det inte gjort någon gång i mannaminne. De äldre i Degervik hävdade att han hade kallats Fisar-Gustav i början, men att det lät för fult så man hade ändrat det. Precis som bibliotekets bibliotekarie Pricken, som de hade kallat Picken ursprungligen eftersom han inte kunde säga 'x'. 'Pixasken' hade blivit 'Pickacken' , sedan 'Picken' och till sist 'Pricken'. Och Fisar-Gustav hade blivit Fiskar-Gustav.

Byn hade levt upp en gång till, ganska nyligen. Den på fastlandet bildade sekten Morgonrodnadens folk hade fått det allt svårare att bedriva sin verksamhet utan inblandning från Kalmar Kommun efter det att ett antal avhoppade medlemmar hade framträtt i media och berättat om hjärntvätt, indoktrinering, kvinnoförtryck och om gammaldags patriarkala strukturer. När det sedan visade sig att huvuddelen av de medel som sekten samlade in hade gått rakt in på sektledarens bankkonto blev det ohållbart att stanna kvar. Sektens ledare Johan Gustavsson - som alla lärjungar i sekten med vördnad kallade 'Ledaren' - tog med sig sina mest trogna lärjungar och flydde de okunniga och ogudaktiga. Strax norr om Degervik, bortom den gamla fabriksruinen, där grusvägen först övergick till en traktorväg och sedan till en bred stig för att sedan bara ta slut i skogen mellan Brukskullarna och Tjärnen, fann han resterna av byn och flyttade helt sonika in. Han visste redan innan att den fanns där. Dels hade han hört talas om den på grund av sitt intresse för gammal vikingakultur, dels hade han sett den på gamla kartor och i ett kulturminnesvårdsprogram han en gång läst. Här fick de vara ifred från omvärlden och de sökte bara kontakt med den när de absolut behövde. Sjukvårdskunniga hade de själva så det var inte ofta de behövde tillkalla läkare. Pengar behövde de sällan. När de behövde brukade de åka in till samhället med bössan och ha en insamling på Degerviks torg, och när butikerna där lagts ner en efter en hade de ställt sig utanför Nelsons Livs. Precis som de som tidigare bott i byn hade gjort, brukade de också passa på att sälja av sitt jordbruksöverskott, men de sålde till grönsakshandlaren på torget i stället för att ha ett stånd själva där. På så sätt fick de mer tid över till annat. Generellt gick det ingen nöd på dem och nettot på Ledaren Gustavssons konto växte, så pengar drog de in.

En kväll hade Ledarens kvinna Sara försvunnit. Det hade tagit flera dagar innan någon i byn fått veta att hon lämnat honom och det var först när sabbatsmässan skulle hållas och ingen spelade på orgeln som det blev uppenbart att deras Ledare blivit ensamstående. Flera av byns kvinnor erbjöd sig snabbt att flytta in till honom och ta hand om såväl hushåll som barn. Han var inte nödbedd utan såg till att uppvaktas och ompysslas av flera av byns kvinnor, om än bara en åt gången. De skötte hus och matlagning och övernattade då och då i Ledarens sängkammare. Enligt Ledaren själv var det ett sätt att få syndernas förlåtelse – att låta sig befruktas av hans heliga ande. De mer cyniska bland kvinnor och män i byn viskade att det nog bara var han i hela världen som lyckades ha den heliga ande mellan benen, men det sade de inte högt.

En av de viktigare männen i byn var Aaron, bysmeden. Hans hustru Rakel hade valt att inte följa med sekten när de lämnat fastlandet. Hon hade redan tidigare brutit med församlingen och ansökt om egen vårdnad om deras gemensamma dotter. Så länge församlingen hållit till i Kalmar hade hon lyckats hålla liv i rättsprocessen, men när församlingen flyttade hade Aaron tagit dottern med sig utan att meddela vare sig hustrun eller rättsväsendet. Även om det formellt fortfarande låg en sådan ansökan hos myndigheterna så hade de givit upp numera. Hit ut nådde inte lagens krokiga arm. Ledaren hade sett till att Rakel hade tagit tillbaka sin ansökan om vårdnad, ömsom med morot och ömsom med hot om att avslöja sanningar – påhittade eller sanna – om henne om det skulle bli rättegång. Rakel erbjöds 250 000:- och ledarens tystnad, och hon accepterade. Så nu levde dottern kvar hos sin far i frihet, vissa utanför sekten skulle säga vind för våg men ingen i byn ville säga något högt. De tyckte om Aaron och hans plats i församlingen var respekterad. Om han inte hade tid med sin dotter så var det för att han lade ner så mycket tid för församlingens medlemmars bästa, sa de. Flickans promenader ökade i avstånd med tiden, hon kom allt längre bort från byn innan hon vände hem igen. I början hade hon nöjt sig med att hålla sig i byns utkanter, vid faderns smedja och ännu lite längre bort vid kvarnen. Sedan började hon gå ner till fälten på våren och se på när de vuxna sådde brödsäd och satte potatis. Efter ytterligare några månader hade hon vågat sig ända upp till vägen och de där okända husen vid den lilla herrgården och ännu någon kilometer längre bort.

Den här dagen var hon inne på ett område där det egentligen var förbjudet för byns barn att gå. Vägen ledde upp till den andra världen, där de icke-troende levde. Ledaren hade varnat dem för att gå dit, dit fick bara han själv och Domarna gå. Inte ens de få vuxna som gick bortom denna osynliga gräns gjorde det utan Ledarens tillstånd, ingen gick ut i kringvärlden utan att ha tilldelats ett ärende. Hon kände sig lite osäker och vände hemåt igen. På andra sidan fälten, vid den gamla igenvuxna tjärnen, såg flickan något som tilltalade hennes nyfikenhet. Hon fortsatte in bland de glest växande träden. Marken blev allt våtare och träden blev allt fler och växte allt tätare. Knotiga björkar, hassel och tall trängdes om utrymmet. Hon såg att någonting rörde sig där på andra sidan vassruggen, inne bakom träden. Flickan såg sig oroat om men ingen verkade ha följt efter henne. Hon kilade snabbt över vägen och in i skydd bakom träden som trängde ihop sig på andra sidan. Jo, det var definitivt någonting där. Bakom några krokiga björkar. Hon mindes att kvinnorna i byn brukade gå iväg för att plocka bär och svamp vid en tjärn som låg där borta, så det borde finnas en stig någonstans i närheten. Kanske var det här de brukade vara när de plockade? Flickan fortsatte över fältet och kom mycket riktigt ut på en stig som ledde ner mot tjärnen bara ett tjugotal meter bort.

Nu insåg hon vad det var hon hade sett uppe från vägen. Ute på sankmarken, på vad som såg ut att vara en liten ö, stod ett antal människor och tittade på något i marken. Bakom sig hörde flickan något som knakade. Hon såg sig om än en gång, men det verkade inte vara någon där.

"Bara det inte är en älg", tänkte hon. Plötsligt blev hon rädd. Hennes far hade berättat om att man måste visa respekt för djuren och att djurens föräldrar var lika rädda om sina barn som människor var. Om det var en älgmor med kalv skulle älgkon tro att hon var ett hot mot kalven och då skulle hon utan tvekan anfalla. Men flickan såg ingen älg. Det måste ha varit en gren som föll ner från ett träd bara. Hon kunde inte låta bli, utan gav efter för frestelsen och gav sig ut på den låga mosstäckta stig som gick ut mot holmen. Hon kände sig nyfiken på de där människorna. Hon hade aldrig sett några från världen utanför på riktigt förut, bara hört talas om dem. Men hon visste att det fanns såna där icke-troende nära byn, för männen hade kommit hem med saker i plastkassar då och då. Konservburkar, flingpaket och annat. Uppe vid vägen fanns en hållplats

visste hon, och där i närheten kunde man åka buss till Deger-
vik.

Hon var nyfiken och förundrad över det obekanta folket på
holmen. Hujedamej så de såg ut. Några hade knappt ens några
kläder på sig. En tunn liten vit kortärmad undertröja som man
kunde se rakt igenom och korta trasiga byxor. De såg ut som de
där unga kvinnorna i Aarons gamla tidningar. De som han hade
haft med sig hem från samhället några gånger och som han
hade gömda på vinden. De som han inte trodde att flickan kän-
de till. Café hette en av dem. Hon hade sett bilder på andra
också i de tidningarna, folk med mera och helare kläder men
som såg konstiga ut i ansiktet. Undrar om de ser ut så inne i
Stockholm, frågade hon sig. För små och trasiga kläder, nålar
och saker i ansiktet och svart färg under ögonen som de där i
Green Day som det hade stått om i en av dem. Flickan stod där
liten och orolig vid holmen och tänkte att hon nog inte skulle
våga gå fram ensam. Men hon var nyfiken på människorna som
gick omkring där ute. Om hon kröp försiktigt skulle de nog inte
se henne.

"Så, så, inte behöver jag vara rädd", mumlade hon tyst för sig
själv. "De är bara människor de också." Hon försökte smyga ut
på sankmarken, som genast gav efter. Efter några steg hade hon
sjunkit ner någon decimeter i vattnet och kunde inte komma
loss själv. Flickan såg sig oroligt omkring. Hon såg ingenting

som gjorde henne mindre rädd, och hennes ögon började tåras. På andra sidan myren såg hon människorna springa omkring och hojta och skratta. I hennes vänstra ögonvrå dök en stor skugga upp. Det lät som en motor, som en sån där stor traktor som hon sett uppe på vägen någon gång. En sån där gul med stora hjul, och med en skopa längst fram. Den dundrade fram på stigen över sankmarken rätt emot holmen. Flickan, som nu blivit ordentligt uppskrämd, försökte komma undan men marken tjippade kring hennes fötter, hon snubblade och föll ner i det grunda vattnet igen. Hon reste sig upp och försökte snyftande ta sig undan. Ljudet av traktorn kom allt närmare. Inom ett kort ögonblick var den framme och passerade flickan med någon meter. Flickan skrek i panik och lyckades slänga sig baklänges någon halvmeter. Med en kraftig duns vräktes hon ner i vattnet igen. Hon tappade andan ett tag, därefter greps hon av panik.

"Hjälp. Jag kan inte andas!"

På andra sidan tjärnen upphörde motorljudet. Flickan vågade inte titta upp, men tystnaden lugnade ner henne lite och hon lyfte försiktigt på huvudet. Traktorn stod alldeles stilla i myrvattnet.

Springande från andra hållet längs med stigen, i skydd från folket där borta och med bössan i högsta hugg såg hon sin far Aaron. Hon reste sig upp ur vattnet och försökte haltade och

gråtande gå mot honom med dyn slörpande kring hennes föt-
ter.

"Dumma unge, vad gör du här? Vet du inte att det är förbjudet
område?"

Oroligt omfamnade Aaron sin dotter, hjälpte henne upp på tor-
rare mark och tog en närmare titt på henne för att se om han
kunde upptäcka några skador. Förutom en ordentlig svullnad i
ansiktet där hon slagit i marken verkade hon mest vara upp-
skrämd, inte skadad.

"Förlåt … förlåt pappa. Jag ville bara... jag såg människor och
jag blev nyfiken."

Pappan såg sig om. På ena sidan holmen såg han traktorn som
nu stod still, och på den andra sidan stod en samling människor
nedsjunkna i dyn. De vinkade glatt åt traktorns håll.

"Seså, ingen fara. Jag tar hand om det. Det gick ju bra. Men du
får aldrig - ALDRIG - mer bryta mot församlingens regler. Är
det sagt att detta är förbjudet område så gäller det även dig. "

Han satte sin dotter på en sten vid tjärnkanten och gick iväg
bort mot folkhopen till. Han visste vilka de var, det hade han
hört nere i Degervik. Arkeologer. Folket på gårdarna runt om-
kring var inte glada.

"Jaha, då kan man ju ge sig den på att de hittar något. Marken
är ju proppfull med gamla vikingatida fynd. Nu blir det ingen
golfbana där nere i alla fall", suckades det. "Nu när vi hade en
chans att sälja den där obrukbara marken för ett bra pris, så kan

man ju ge sig den på att de ska hitta något, marken kryllar ju av gammalt skit. Vad skulle de hit för?"

Vissa tyckte att man egentligen borde avsluta deras arbete med ett välriktat skott. Andra var mer sansade och kräktes bara ur sig en massa om att de stod i vägen för utvecklingen. Själv brydde han sig inte. Han hade inget behov av en golfbana, ingen av dem i byn ville ha hit en massa icke-troende så nära deras egen by. De ville vara ifred.

"Så det är väl bra om de här människorna kan stoppa golfbanebygget", tänkte han. "Men då kanske det skulle bli en massa folk som höll på med utgrävningar istället. Inget vidare det heller, det skulle ju störa fågeljakten. Då skulle säkert någon få för sig att kolla med licens och sånt."

Inte behöver man licens när man jagar för Herren, brukade Ledaren säga. Men det brydde sig nog inte de icke-troende så mycket om. Han vände sig mot dottern.

"Gumman, jag ska bara gå och tala med dem, höra vad det är de vill. Är det OK? Vill du vänta här så länge är du snäll?"

"Får jag följa med, frågade flickan. Får jag det pappa?"

Aaron suckade. Naturligtvis skulle det bli som flickan ville. Det blev det alltid, hon var fantastisk på att linda honom kring sitt finger och få honom dit han ville. Nåja, han var ju hennes enda egentliga förälder numera så det spelade väl ingen roll om hon blev lite bortskämd? Och det kunde väl inte skada att hon träf-

fat icke-troende, så hon visste vad de vuxna i byn talade om när
hon växte upp. Om några år var hon ju ändå så vuxen att hon
skulle börja hjälpa kvinnorna i byn, kanske till och med fara till
torget och sälja av deras produkter till folket nere i Degervik.
Och sedan skulle de hitta en man åt henne. Fanns ju inte många
i hennes ålder i byn, men hon fick väl gifta sig med någon av de
äldre männen. Då skulle hon ju ha en tryggad försörjning också,
på ett helt annat sätt än om hon blev bortgift med någon av
småpojkarna. Jaja, den dagen den sorgen.

Han vände tillbaka mot människorna, gick sakta upp längs
stigen tills han var bara att tiotal meter ifrån dem. De var fullt
upptagna med något så de såg honom inte ens. Vad var det de
tittade på där nere i torven? Ett rådjurskadaver kanske? Färgen
stämde inte, men vad kunde det annars vara? Det var ju inte
ovanligt att djur gick ner sig här på sankmarken, men det där
såg inte ut som något av de vanligare skogsdjuren här i trakten.
Ju närmare han kom desto tydligare blev det vad det var. Han
vände sig om mot flickan och ropade åt henne att springa till-
baka hem till byn och säga åt någon av de andra männen att
komma hit så fort som möjligt. Först tvekade hon, men när han
upprepat sin begäran med barsk röst sprang flickan lydigt iväg.
Därpå vände han sig åter mot människorna. Han tittade på
fyndet. Människorna hade nu lagt märke till honom.
"Jaha, hejsan", sa en tunnhårig man med basebollkeps, höga
gröna stövlar och en fleecejacka. Han stod på huk nere i vattnet.

"Lokalbefolkningen är här ser jag? Ja, här lär det inte bli någon golfbana på länge." Han log mot sina kollegor. TV-folket bar omkring sina kameror för att filma ur alla vinklar.

"Fasen, tänk att vi skulle få ett eget mossfynd här ute. Och välbevarat verkar det vara. " Mannen, som inte verkade vara arkeolog utan snarare någon sorts TV-programledare, log brett. En av de andra harklade sig.

"Du, Tommy, jag tror inte det faktiskt. Den här har inte legat här några tvåtusen år. Inte ens från femtonhundratalet. Vi har ju torvat av, och det är inget gammalt lik. Snarare ett halvår gammalt. Det här är nog inget för oss arkeologer, utan snarare för polisen."

Aaron tittade ner i gropen som TV-killen stod i. Jo då, han kände igen henne. Hudfärgen hade mörknat och hon var konstigt välbevarad trots att hon måste ha legat här ute så länge. Men det var ingen tvekan om vem det var, hon hade precis samma kläder som hon haft den kvällen hon försvann från byn.

***

Mannen bredvid honom luktade. Fredrik försökte komma på vad det var, men det närmaste han kunde komma var en blandning av apelsinjuice och Alvedon, med en lätt touche av hästskit. Han försökte flytta sig närmare fönstret på bussen, men det hade bara som följd att Alvedonmannen bredde ut sig ännu mer.

Varje gång mannen rörde sig gick det en pust av den sötsliskiga unkna lukten genom vagnen. Fredrik försökte dra sig undan utan att för den skull verka ohyfsad. Istället höll han diskret andan så gott det gick. När inte det gick försökte han andas med munnen istället samtidigt som han försökte få det att se ut som om han höll på att massera bort någon akut värk han fått i näsroten. Alvedonmannen verkade inte lägga märke till något, utan satt där bred och juice-med-medicin-och-skit-doftande. Han kunde inte göra något åt mannens odör, men Fredrik försökte att i alla fall dämpa väsljuden från mannens luftrör genom att vrida upp volymen på sin iPhone.

Jag får pest av stand up-typer,
de finns på listan över folk jag helst stryper,
sånna där som plötsligt finns överallt, överallt, överallt.

De är överallt.
De är överallt.

Uttråkad, nästintill död,
vissa saker borde alltid gömmas i snö.

Överallt. Olle Ljungström. Underskatta geni, eller bara konstig? Fredrik sket i vilket, han älskade det. Spelade ingen roll vilka trender som gällde eller vilka nya favoriter han fick. Olle var alltid Olle.

Musiken bytte till Berlin Babylon. Einstürzende. Fredrik lutade sig bakåt och lyssnade på Blitzas röst ackompanjerad av släggslag på järnrör. Rösten blev allt svagare och svagare. Fredrik rattade på volymknappen men det hände inte mycket. Musiken slutade och Fredrik insåg att batterierna var slut. Fan också. Nåja, snart var de över bron så han fick väl försöka stå ut med stanken och väsandet.

I Färjestaden klev Alvedonmannen av och Fredrik andades ut. Platsen bredvid honom var nu tom, och han såg till att sätta sig lite snett så att det kanske skulle se ut som om han höll platsen till någon annan. Ett nytt orosmoment dök upp borta vid dörren längst bak i bussen. En kantstött man i luggsliten lodenrock, beigebruna urtvättade chinos och av någon anledning skoterstövlar på fötterna plockade upp ett gammalt dragspel ur en väska samtidigt som en smutsig ung flicka i solkig blommig klänning, vita tubsockor och sandaler och med en schal över huvudet började gå framåt i bussen med en pappersmugg i handen. I samma ögonblick som mannen började spela sträckte flickan fram sin mugg mot dem hon passerade.

Fredrik skruvade på sig. Det här var en situation han inte alls gillade. Fan, hur kunde de ta sig upp på bussen? Sånt här höll dom ju på med i Stockholm, inte här. Och inte på en buss.

Han var kluven. Å ena sidan så fick han dåligt samvete av att inte ge några pengar till den stackars fattiga flickan, men å andra sidan sa hans intellekt till honom att allt var fejk. Det smutsiga barnet och de trasiga kläderna var med stor sannolikhet en roll, de fick naturligtvis socialbidrag eller bostadsbidrag eller något sådant. Han var inte så hemma bland bidragen, men ingen behövde ju tigga i Sverige, det kunde han inte tänka sig. Sade hans intellekt. Hans blödiga hjärta sa istället åt honom att plocka fram en tjugolapp till det stackars barnet. Kompromissen mellan hjärna och hjärta blev att han tömde fickan på växelmynt som han gav till flickan när hon nått fram till honom. Åtta och femtio. Det borde hon väl vara nöjd med? Så himla bra spelade han ju inte.

Vid Skogsby släppte busschauffören av tiggarna, och det blev lugnt i bussen. Fredrik tog en hastig titt genom fönstret, för att se om det stackars fattiga barnet såg ut att klara sig där hon var utslängd i den Öländska vildmarken tillsammans med en dragspelande fadersfigur. Flickan och mannen traskade över vägen och ställde sig utanför Överskottsbolaget, där de verkade ha bestämt sig för att dela med sig av sin akuta musikmisshandel till de resenärer som stod och väntade på nästa buss in till stan. Fredrik lutade sig tryggt bakåt i bussens säte. Det verkade inte gå någon nöd på dem. Det var nu bara en fem-sex resenärer kvar, Bussen svängde ner på Nedre vägen och ytterligare en

passerad hållplats senare närmade sig bussen slutstationen De-
gervik.

Bussen kämpade sig igenom en sista kurva och när de kom ut
på andra sidan så låg samhället till vänster om dem. Det lilla
diket som turistföreningen envisades att kalla Degerviksån på
gratiskartan som delades ut på Pressbyrån rann strax bredvid
vägen, och kantades av hägg, rönn och några träd med rosaak-
tiga blommor som han inte hade en aning vad det var. Inte
björk i alla fall. Björk kände han igen. Och tall. Och gran. Sedan
blev det mer begränsat.

Degerviks Centrum tornade upp på andra sidan bäcken, bred-
vid den gamla genomfartsvägen. Centrum hade tagit mycket
stryk när ett externt köpcentrum byggts en halvmil upp mot
Ölandsbron för många år sedan, men nu gick det köpcentrat
lika uselt som butikerna här inne, och när Centrumföreningen
lyckats övertala fastighetsägaren att sänka lokalhyrorna så bör-
jade butikerna så smått flytta tillbaka in till Degerviks centrum.
Allt går i cykler. Nu höll till och med Coop och Lidl på att flytta
hit. Ännu fler tandkrämsmärken att välja på för ortsbefolkning-
en, tänkte Fredrik.

Kolonistugorna som låg hopgyttrade på koloniområdet längs
landsvägens högra sida såg ut som en kåkstad i Rio ungefär.
Man hade tagit vad som fanns och spikat ihop någonting som

med tur och Guds försyn skulle klara höststormarna. Kål, mangold, solrosor, morötter ... inga blommor. Här odlade man mat, inte prydnader. Det gjorde att de hemsnickrade kåkstadsstugorna fick ett ännu tristare och gråare utseende när det inte fanns något annat än någon enstaka solros som lyste upp området omkring dem. Hur någon ens ville äta det som vuxit så nära landsvägen visste han inte, och det var ju inte mer än kanske 200-300 meter till gamla tippen och de knähundsstora råttor som hade startat koloni där.

Han hade bott här nu i snart fyra år, så nu började det faktiskt kännas som hemma. Ungarna hade också rotat sig och i dialekten fanns inte längre några spår av norrländskan kvar. Emma, den äldsta, skulle fylla tretton år, Sophie hade just fyllt elva och minstingen Johan hade blivit en liten tuff Ölänning på sju och ett halvt. Ibland hade de talat om att flytta tillbaka till Holm, speciellt när det började bli dags för Louise att öppna pensionatet för säsongen, men för varje år blev protesterna från ungarna allt kraftigare. Det var bara att inse - de var Ölänningar nu: Degerviksbor, Ölänningar och definitivt inte längre norrlänningar. Egentligen tyckte han det var ganska skönt, även om han under några år inte hade vågat säga det högt så Louise hörde. Hon närde väl på den tiden från och till fortfarande ett hopp någonstans inom sig att de skulle flytta tillbaka, men hon sade till och med själv att det inte skulle bli av förrän ungarna vuxit upp.

Pensionatet hade varit ett problem. De första åren hade Louise åkt upp i maj för att öppna och sedan hade ungarna åkt upp på sommarlovet. Släkt och vänner som även de hade hamnat söderut brukade åka upp samtidigt, så det brukade vara stora släktfester sista veckan i juli, innan alla åkte hem igen. Sedan satt de här spridda i några syd- och mellansvenska städer utan att hålla kontakt med varandra resten av året. Och året efter träffades de igen, 100 mil bort.

Själv hade han rest dit när han hade kunnat ta ut semester, men det hade inte varit populärt på tidningen att han varje år tog fem veckors semester från midsommar och framåt, så efter hand hade de fem veckorna blivit fyra, och de hade så sakteliga förflyttats från slutet av juni och större delen av juli till att förra sommaren vara de två sista veckorna i juli och de två första i augusti. Så den sista semesterveckan hade de varit hemma i lägenheten eftersom det också var den sista veckan på sommarlovet.

Nu hade även Louise tröttnat. De senaste åren hade hon haft ett jobb på skolan som hon, även om hon inte 'toktrivdes' som hon brukade säga, i alla fall stod ut med. Familjen hade vant sig vid att varje månad få in en fast inkomst till som inte var beroende av säsong eller väder, och hon hade därför nu äntligen bestämt sig för att sälja pensionatet.

Fredrik insåg emellertid att han hade ett problem. Samtidigt som Louise tog sitt ansvar inte bara för sig själv utan för familjen genom att göra sig av med det käraste hon hade kvar från sin barndom - pensionatet - så hade han lyckats ställa till det med sin stora käft och sitt brusiga temperament. Josefsson – ett veritabelt kräkmedel som skötte centralredaktionen inne i Kalmar under redaktionschefens semester - hade ringt just när han höll på som bäst med att arbeta sig ner i högen av kundfordringar som han inte hunnit med att handlägga.

"Vi har ett problem", hade kräkmedlet Josefsson sagt i telefon. "Vi har inte folk nog för att kunna göra någon nyhetstäckning om det där liket i tjärnen ute hos dig, inte i radion och inte heller för nyhetsbyrån. Med tanke på statsbesöket och semestrarna är det kört. "
Josefsson fortsatte med att påpeka att det var synd eftersom tidningen fick bra betalt av nyhetsförmedlingen om de hjälpte till med bevakningen, och det skulle ju se konstigt ut om de inte körde det i sin egen lokala radiokanal, som lite skrytsamt hette "Radio P24 Exklusiv Södermöre". Fredrik som hade sett fram emot en lugn period utan insyn från centralredaktionen förstod åt vilket håll samtalet var på väg. Nu när han skulle kunna ta det lugnt ett tag, göra så lite han själv ville och egentligen bara sälja annonser i butikerna i Degerviks Centrum så var det naturligtvis tvunget att något sådant här skulle hända. Varför

kunde de inte kola vippen någon annan stans istället för på hans farstutrappa?

"Så jag har bestämt att tills vidare så ska lokalredaktionen - det vill säga du - bevaka det hela. Du kommer att få hjälp av ljudtekniker från radioredaktionen. Fallet har en låg prioritet, liket har ju legat där ett tag. Så ärligt talat... hur mycket nyhetsvärde kan vi tappa om vi inte drar på för fullt på ett par dagar? Vi skickar ju över ljudteknikerna dit så de kan dra fram så ni kan göra radiointervjuer i alla fall. Men det redaktionella måste du ta själv. "

"Själv? Skämtar du? Det finns ju inte en chans i helvete att jag har tid med det! Jag har en fruktansvärd massa pappersarbete som ligger: kundfordringar, annonsordrar, fakturor som måste registreras och bokföras, artiklar som måste skrivas rent och sånt. Jag har inte haft tid med det administrativa på hela våren, men det måste göras nu. Det måste du väl ändå fatta? Jag kan väl inte lägga ner en massa tid på att ränna runt i skogen när jag egentligen måste se till att fixa så vi får in pengar från kunderna? Du får skicka någon annan, jag vägrar!"

***

Och sedan hade han stått på sin tillförordnade chefs kontor på Kvarnholmen. Josefsson satt bakom sitt skrivbord och trummade på skrivbordsskivan med en blyertspenna. Den kala fläcken framme i pannan började skifta lätt i rött. Ett tecken på att han

började bli irriterad visste Fredrik men han tänkte inte låta sig
skrämmas. Pappren måste sorteras, det var bara så! Och sen är
det ju skadegörelsen inne på centrum också. Någon har klottrat
jättestora tags utanför gamla Konsum. Det är sånt som läsarna
vill läsa om!

"Jojo, men det får du göra sedan, svarade Josefsson med ett
behärskat lugn. Vi måste se till att komma igång med nyhets-
rapporteringen snabbt nu innan någon annan får för sig att täc-
ka det. Ett mosslik på Öland har ett läsvärde, lita på mig, även
om det visar sig vara en naturlig död. Om vi säljer till nyhets-
byråerna så får du provision, och om vi inte säljer så tjänar du
inga pengar. Dessutom var hon ju i fjärde månaden när hon
dog, enligt rapporten. Kommer det fram till de stora drakarna
så blir det ett jävla liv på dem. Då har du Aftonbladet plumsan-
de omkring ute i din tjärn och då knycker de hela nyheten från
oss. Så vi måste prioritera detta så gott det nu går."

"Satans skit. Okej, men jag får väl i alla fall någon till hjälp så
jag slipper klafsa omkring där ute i blötmyren alldeles själv?"

"Du är väl norrlänning?" log Josefsson spefullt. "Då borde du
väl vara van vid myrar och skog?"

"Jo, men vad tror du jag flyttade därifrån för?", muttrade Fred-
rik. Sedan tillade han: "Och vad händer om jag vägrar?"

Josefsson tittade upp över pennan.

"Ja gör det du Fredrik, det är väldigt smart av dig i så fall. Då
kan du lika gärna lämna ditt presskort här och åka upp och

tömma ut skrivbordslådan, för då ska jag se till att du får sparken. Inget skulle göra mig gladare."

Fredrik visste att Josefsson talade sanning. De kom helt enkelt inte överens nuförtiden. Annat hade det varit för några år sedan när han handplockats till tidningsredaktionen i Degervik när polisstationen i Holm lades ner. Då hade Lappen – hans gamle skolkamrat som nu flyttat söderut och blivit ägare och ansvarig utgivare för en liten annonsfinansierad lokaltidning - legat på honom flera gånger, till och med sett till att arbetsgivaren skulle betala alla kostnader i samband med flytten bara han ville ta erbjudandet om tjänsten som lokalredaktör för tidningen på Öland. Vad de behövde var en med hans bakgrund, som kunde polisjobbet och ville skriva om det. Med den låga brottslighet som förekom här nere så skulle han kunna ta det lugnt och trivas, samtidigt som det vara en tillgång för tidningen att ha en reporter med hans bakgrund. Och sålde han några annonser dessutom så skulle han få bra provision på det. Han skulle få hjälp av en mer driven redaktör i början så texterna blev läsliga, men på sikt så var Lappen övertygad om att Fredrik skulle klara av det själv, han hade ju varit en jävel på att skriva i skoltidningen på gymnasiet. Vem visste, kanske skulle det kunna leda till en öppning på centralredaktionen på Kvarnholmen inom några år till och med?

Fredrik själv var inte främmande för att byta miljö och karriär. Vid hans ålder skulle det vara skönt att kunna ha ett jobb där han kunde sitta på ett kontor, ta det lugnt och kanske svara i telefon då och då. Att ränna runt och jaga bovar var han ju egentligen ganska trött på. Medelålders och med övervikt så var det väl egentligen att verkligen be om en stroke eller en hjärtinfarkt att hålla på att stressa runt och springa omkring. Nä, ett stillasittande kontorsjobb på turist-Meccat Öland skulle vara en skön förändring.

Efter att de talat sig samman i familjen hade de kommit överens om att ta chansen. Men när de väl hade kommit ner till Deger- vik från Holm så insåg Fredrik att Lappen snabbt hade tappat intresset för tidningen och lämnat över det administrativa an- svaret till sin chefredaktör Josefsson istället. Josefsson var i bör- jan väldigt positiv - Fredrik kände ju chefen - men det framgick ganska snart och tydligt att han inte ville att tidningen skulle ingå som en del av Fredriks framtid när det visade sig att Fred- rik inte lät sig styras utan skötte sitt jobb på det sätt han ansåg var det rätta. Det vill säga genom att bara göra det som var ab- solut nödvändigt för att dra in annonspengar.

Det fanns helt enkelt andra löneslavar som var mer intresserade av att slicka Josefssons röv, så den bångstyrige och enligt Josefs- son ganska late Fredrik Nilforss hamnade snabbt i skaran av personal-som-får-göra-sånt-som-ingen-annan-vill. Även om han på sätt och vis grämde sig över att all hans kompetens och allt hans kunnande reducerades till ingenting, att han fick alla de okvalificerade skitjobben som ingen annan ville ha, samtidigt som okvalificerade karriärsugna rövslickare gled fram i karriären på en räkmacka och tog åt sig äran av andras arbetsinsatser och helt ogenerat betraktade Josefsson som en lokal gudomlighet, även trots allt detta så trivdes Fredrik själv ganska bra med pappersarbetet.

Däremot kände han sig fortfarande lite osäker de få gånger han var ute på reportagejobb eftersom det var så mycket våld, långt ner i åldrarna. Lördagsfyllerister utanför Folkets Hus, men även gängbråk, vapen och droger. Under hans fyra år här hade det skett tre mord och de hade hittat östeuropeer hängda i en gran nere vid Resbyhamn en gång. Dagligen så gick det larm om bilstölder och snatterier och de hade med lokalt wallraffjobb och dolda mikrofoner avslöjat två pedofiler. Men den artikeln hade Josefsson stoppat – en av dem ägde ett företag som annonserade för över 350 000 per år. I den konflikten fick nyhetsvärdet ge vika för annonsintäkterna.

Det fanns områden som var nästan lika lugna som förorterna i TV-serier, med parhus, Volvo kombi och innevånare som påminde om Gustav i Svensson, Svensson. De hade själva slagit sig ner i ett av de områdena, på Odengatan. Men det fanns även ghettoliknande områden som delar av Strandvägen, där de

flesta var utan jobb, barnen knappt kunde klara sig på svenska
och därför inte kunde klara av någon utbildning. De hamnade
här när Kalmar Kommun inte längre kunde tillhandahålla bo-
städer till alla flyktingar, som de kallade det. Migrationsverket
hade snabbt ordnat avtal för boende, men glömt bort att även
flyktingar behöver en vettig tillvaro, utbildning och jobb. De
var fast, de skulle aldrig lyckas nå dit så de också kunde få ett
jobb och flytta till radhus. Det här ledde till en ökad kriminali-
tet, de levde på stölder och snatterier. Gäng av mopedburen
ungdom drog runt mellan samhällena från bron och söderut.
De fina svenskarna i parhusen förfasade sig över buset och drog
in på anslagen till sociala och till skolan. Precis som om det
skulle leda till något positivt. Rasismen växte under ytan, och
även den majoritet av invandrade som faktiskt försökte klara
sig på ett lagligt sätt stöttes ut och betraktades som andra klas-
sens medborgare. Några av dem kämpade vidare för att få en
utbildning, men de flesta gav bara upp. Om svenskarna inte vill
veta av dem, so fuck them! Fredrik trivdes som sagt, men han
kände samtidigt att det var tur att han jobbade som redaktör
numera. Ett så här litet samhälle med så stora sociala problem
är inte bra för en polismans blodtryck.

Redaktionsstyrelsen med Lappen i spetsen hade tagit Fredriks
parti när Josefsson försökt tillrättavisa honom för hans sätt att
arbeta, men det hade inte gjort saken bättre. Fredrik drog ju,
trots att en del i styrelsen medgav att han ibland kunde verka

loj för att inte säga lat, in mer än dubbelt så mycket i annonsintäkter än vad de hade budgeterat med. Och då fick de ju lov att
ta hans sämre sidor för att inte tappa både honom och intäkterna. Det här visste Fredrik och kände sig därför trygg i sitt sätt
att arbeta. Vilket retade Josefsson.

Det sista året hade varit hopplöst, och Fredrik insåg att han
aldrig skulle få en chans att använda sig av hela sin kompetens
om han stannade kvar. Å andra sidan så var marknaden inte
överfull med arbetserbjudanden för en Öländsk glesbygdsreporter utan formell utbildning, som snart skulle fylla femtio,
oavsett hur mycket annonsintäkter han drog in. Nä, han fick
helt enkelt försöka stå ut. Det var ju trots allt Lappen som hade
ringt och frågat. Det var han som kommit på att locka sin gamle
bekant ner till Degervik och det var nödvändigt, hade Lappen
sagt, att Bygden stärkte sin professionalitet med medarbetare
med särskild kompetens för att kunna behålla sina, och kanske
till och med få fler, annonsörer.

Men nu satt han alltså här på bussen på väg hem från mötet
med Josefsson, och jobbet stod honom än mer upp i halsen än
tidigare. Dryga sjutton år kvar till pension, var det så här han
skulle behöva ha det? Var det så här han VILLE ha det? Skulle
annonsörerna gråta på hans grav när han knuffats över kanten
av Josefsson och slutligen ändat sin bana i ett kraftigt stressrelaterat hjärtknip?

Bussen rullade in vid Degerviks Resecenter, och en skrapig röst
hördes i högtalarna:

"Slutstation, avstigning för samtliga. Bussen tas ur trafik."

"Bussen kommer istället att ersättas av en liten röd tygpapego-
ja", tänkte Fredrik. "Den kommer att finnas i biljettspärren så ni
alla kan klappa den och säga guttaperkaboll." Sedan fnittrade
han lite barnsligt åt sitt eget försök till skämt och följde raden
av resenärer som klev av.

***

"Jävla mygg. "

Fredrik stod upp till knäna i survattnet och försökte förtvivlat
schasa bort de små blodsugande monstren från sin panna. Ef-
tersom han dessutom var kladdig och smutsig om händerna
sedan han fallit ner i sankmarken flera gånger blev det enda
resultatet att han drog bruna streck i sitt ansikte, blöta bruna
streck som fick honom att se ut som någon som försökt kamou-
flagemåla sig efter en alkoholfylld kväll på ett repmöte. Han var
inte helt ensam utan några från tv-teamet hade faktiskt blivit
tilldelade att hjälpa till. Tommy hade tagit plats i sin regissörs-
stol på en torr kulle bredvid likfyndplatsen, och han försökte ge
sken av att vara någon sorts platschef över de i myren halvt
nedsjunkna medarbetarna. Fredrik tog sig med slurpande steg
upp ur myren och plaskade fram till Tommy.

"Varför sitter du bara här och tittar på när alla andra jobbar?
Och vad fan är det egentligen ni håller på med? Ni klafsar om-

kring lite som det verkar hur som helst. Det kan väl knappast polisen ha godkänt?"

"Vi håller på med att videodokumentera kriminalarbetet", svarade Tommy. "Det kommer att bli inklippt i del två av serien. Del ett - vi hittar liket. Del två - polisen gör en utredning."

"Del tre, liket av en teveprogramledare som retat skiten ur lokalpressen påträffas i ett vattenhål. Var fan har du gjort av danserskorna förresten?" Fredrik såg sig om efter de lättklädda kuttersmyckena men kunde inte se dem någonstans.

"Du är dig lik du, tokjävel", skrattade Tommy. "Lugna ner dig, tänk på blodtrycket. Kom hit så får du en bärs. Tjejerna är där borta."

Fredrik var inte nödbedd utan tog emot ölburken. Det blev en lager denna gången. Tommy verkade ha varit och handlat, tänkte han. Fredrik tittade bort mot det håll Tommy pekade och såg två flickor i Helly Hansentröjor, avklippta jeans och gröna stövlar ute i en vattensamling på myren. De höll i en sån där mätpinne som man brukade se vägarbetare ha när de mätte något. Fredrik hade ingen aning vad det kallades. Han antog att han med sin bakgrund som arkeologistudent borde veta, men den enda utgrävning han varit med om var utanför Örnsköldsvik i Arnäsvall, och då hade de inte använt några pinnar. Så han visste inte vad de hette och han sket i det.

"Vad gör de?"

"Så lite som möjligt. Vi tänkte ta lite bilder där borta som vi kan ha till annonsmaterialet inför lanseringen. Av serien. Visst ser de sexiga ut?"

Fredrik avstod från att instämma, han var ju gift och gifta karlar instämmer inte i sånt som med stor sannolikt skulle ligga honom till last om hans huskors skulle få reda på att han instämt i åsikten att unga tjejer ser bra ut, och tog sig en klunk ur burken.

"Vem är det där?" Tommy lutade sig fram och viskade samtidigt som han pekade bort mot Fridlund. "Snygg tjej, är det din fjälla eller?"

"Äh, det är Fridlund bara. En jobbarkompis. Eller, hon är ju fotograf egentligen. Så jag är väl mera chef än jobbarkompis.'

"Jaha du, snygg är hon i alla fall", konstaterade Tommy. "Är hon gift eller ihop med någon? Eller kan man göra en stöt på henne?"

Fredrik insåg att han inte hade en aning. Han kände inte Fridlund och såg henne definitivt inte som en kvinna. Inte som en man heller så klart. Eller ens ett "hen". I Fredriks ögon var hon/han/hen bara en jobbarkompis. Men nu när Tommy sa det. Jovars, hon såg riktigt bra ut.

"Vet inte", besvarade han Tommys fråga. "Du får väl fråga henne."

"Ja, eller så låter jag bli. Skål på dig."

Kriminalpoliserna hade redan lämnat platsen och åkt tillbaka in till stan. De hade spänt upp sina plastband för att hålla folk borta från platsen, och de hade tagit bilder och mätt avstånd och hållit på. Precis som på tv, hade Fridlund sagt när de kom fram. Fredrik kunde inte påminna sig att han själv tramsat omkring så mycket på den tiden han själv var polis, men han hade ju inte heller egentligen sysslat med sådana fall. Sedan hade någon från rättsmedicin inne i stan kommit och hämtat liket och VIPS så var alla krimmarna borta och bara närpolisen, lokalmedia och timeteam-kopiorna var kvar.

Fredrik hade fortfarande en del nytta av sin gamla bakgrund som polis, det öppnade lite dörrar för honom, och därför hade inte den lokala polismyndigheten brytt sig särskilt mycket om att han plumsade runt i myrvattnet där han egentligen inte skulle få vara. Fan, han var ju nästan en kollega. Då hade de i så fall snarare höjt på ögonbrynen när de tre kriminalarna kommit dit: ny svart Volvo, snygga kläder, dyra skor etcetera. De hade snabbt gjort sin undersökning, sedan hade de mumlat något om att de egentligen var tvungna att koncentrera sig på statsbesöket. Den som såg ut att vara den som bestämde hade krafsat ner några namn och mobilnummer, lämnat ärendet till den lokale polisassistenten och bett honom att se till att vara nåbar om de behövde hans hjälp med utredningen. De skulle stå i kontakt så snart rättsmedicin hade något att meddela, och någon av dem skulle vara huvudansvarig för utredningen, men på plats fick

närpolisen ha huvudansvaret så länge. Inte så superproffsigt,
men resurserna räckte helt enkelt inte till.

"Förbannade jävla mygg", stönade Fredrik ännu en gång, så
pass högt att såväl Tommy som Fridlund hörde. "Och förban-
nade jävla myr. Men framför allt förbannade jävla döing. Varför
kunde inte hon inte ha dött på ett normalt ställe? Vad är det för
fel på att lämna in på trappen utanför tidningsredaktionen till
exempel? Med en lapp som berättar vad som hänt och så. Nää,
ute i en jävla dypöl rätt ut i helvete så klart. Jag ger mig faan på
att folk dör bara för att jävlas med mig personligen. Det sitter
väl någon ängel nu på någon jävla rotvälta här i närheten och
tittar på spektaklet när jag står här och blöter ner mig på myren.
Och flinar gör den också, det är jag säker på. Förbannat. "

Egentligen hade han ingen brådska hem, utan tyckte det var
rätt trevligt att stå här ute i blötan och tjafsa med Tommy. Med
Louise bortrest så hade ungarna lagt beslag på lägenheten. De
hade säkert några av sina kompisar hemma och spelade hög
musik eller något Playstationspel eller höll på att riva stället i
allmänhet. Eller så satt de uppkopplade på nätet och chattade
med sina klasskompisar som bodde i uppgången bredvid, cirka
20 meter bort. Han fattade inte hur det kunde vara så himla kul
- istället för att gå hem till varandra, det kunde väl bara ta ett
par minuter, så pratade man med varandra via Internet. Fan så
slött. Och själv hade han väl bara suttit och kastat bort tiden

med en bok, en whiskypinne och funderingar på vad Louise gjorde nu och när planet skulle komma. Nåja, i alla fall … istället för att sitta hemma och försöka koppla av så stod han gärna här ute och sökte ledtrådar, jajamensan, hemskt gärna. Förbannat gärna, Josefssonnajävel!

Mobilen ringde. Han såg på displayen att det var inifrån kontoret.

"Ja, var är det om!" röt han.

"Josefsson har ringt."

"Josefsson kan ta sig i skitrännan!"

"Ja, det är möjligt. Men när han inte fick tag i dig så körde han hit. Han sitter här bredvid mig just nu och vi har högtalartelefonen på."

Grattis. Ännu en spik i karriärkistan.

"Ja, tjena, vad vill du?"

"Hur går det för dig Fredrik?" frågade Josefsson. "Går det framåt?"

"Visst, men jag gillar inte att vara så himla blöt bara. Jag skulle ha kunnat sitta hemma nu, med en Laphroaig framför brasan. Istället står jag här ute i blöthelvetet. Tack så in i helvete mycket."

Fredrik såg sig om och viftade lite uppgivet efter myggen. Eftersom sommaren varit varm så hade myggorna trivts så bra att de hunnit generera en generation till. Och huvuddelen av den generationen satt nu här och mumsade på Fredriks lekamen.

"Vad vet vi?" frågade Josefsson som var kvar i luren.

Ja, vad du vet är nog förbannat lite, pucko, tänkte Fredrik, men han sa ingenting högt. Istället svarade han:

"Enligt kriminalarna så är det en kvinna mellan 30 och 40 år gammal, blond. Har varit död i mellan ett halvår och ett år. Inga tecken på yttre våld och inget sexuellt våld heller. Det såg ut som att hon gått ner sig i tjärnen och frusit ihjäl någon gång i vintras. Men vad jag snappade upp i ett samtal mellan poliserna när jag kom så verkar de ha hittat någon typ av snara också. Och i så fall är det väl snarare ett mord det rör sig om. Jag ska dubbelkolla det med närpoliskillen, men vi kan nog hantera det som en olycka så länge. Gravid förmodligen i fjärde månaden precis som du sade, antar att obduktionen kommer att ge ett tydligare svar. Vi får väl ligga på dem så de inte glömmer bort oss när de får veta. De hade kört iväg liket innan jag kom hit, så jag tänkte fara förbi närpolisstationen sedan och höra efter själv."

"Vet vi vem hon är?"

"Nä, inte än. Eller, joo … Sara nånting. Nån lokal person hade visst sagt det till TV-folket, men han försvann innan jag kom. Vi försöker spåra om honom, men ännu har vi inget napp. "

"OK, Fredrik. Och du, en sista sak ... klanta inte till det här nu. Drakarna kommer att betala bra för att köpa nyhetsmaterial från oss så det kan bli bra med pengar i plånboken – för dig också."

Fredrik bet ihop.

"Jag hör av mig så snart vi vet. Vi hörs. "

Sedan tryckte han på OFF och luren blev tyst.

Polisassistenten kom fram. Fredriks bakgrund i kåren gjorde att
han kunde se att killen var ganska så färsk i yrket. Guldkronan
på hans axelklaffar hade inget smalt streck under sig. Killen
hade jobbat högst fem år som polisassistent. Fredrik tyckte det
var besynnerligt att en så orutinerad fick ansvar för något som
än så länge bara var en olycksfallsutredning men om ryktena
om fyndet av en snara stämde snabbt kunde övergå i en even-
tuell mordutredning, men det var väl personalbrist antog han.
Polisassistenten böjde sig fram mot Fredrik, som om han inte
ville att andra skulle höra vad han sade.

"Jo, jag var ju här bland de första, så jag hann titta på henne. Jag
vet vem det är."

Fredrik tittade upp. Polisassistenten hade inte fortsatt.

"Och det tänker du tala om ... när?"

Assistenten såg generad ut.

"Förlåt mig, jag funderade bara. Och sen vill man ju inte att det
ska framstå som om man är någon skvallerbytta till pressen.
Men dig får man väl tala med? Du är ju nästan en av oss."

Fredrik nickade, men sade ingenting. Så länge de hade den sy-
nen på honom så skulle han kunna få fram en hel del som riks-
medias reportrar skulle behöva kämpa mer för att få fram. Och

att bara försynt nicka utan att säga något var ju inte riktigt det-
samma som att ljuga.

"Jag hörde att ni hade hittat någon sorts snara här också, stäm-
mer det?" Fredrik såg frågande på polisassistenten." I så fall så
är det väl knappast troligt att hon dog av en olyckshändelse?"
Polisassistenten tittade ner på marken ett tag innan han vände
blicken mot Fredrik.
"Säg inte att du hört det av mig bara. Jo, det verkar det vara
mord. Vi hittade en läderrem bredvid henne, och det gick att
urskilja svaga märken runt hennes hals som skulle kunna tyda
på att hon blev strypt. Men det är ju svårt att sia om eftersom
hon legat i vattnet så länge. Vi får väl se vad den rättmedicinska
undersökningen ger."
"Det låter ... intressant." Fredrik drog på orden för att inte verka
för intresserad. Men inom sig insåg han att om det nu kunde
bekräftas att det var ett mord - och det tolkade han polisassi-
stentens påstående om snaran som - så skulle de ha goda möj-
ligheter att sälja nyhetsartiklar till de stora om de var först.
"Jag vet inte vad hon heter, " fortsatte polisassistenten, " men
jag har sett henne nere i Degervik några gånger. Antingen har
hon stått där utanför Nelsons Livs och sålt sådana där batikfär-
gade T-shirts eller så har hon väntat på bussen utanför Central-
skolan. Som sagt jag vet inte vad hon heter, men hon kommer
uppifrån byn här borta i skogen."

"Byn i skogen?" Fredrik tittade upp. Fridlund hade tagit sig en
öl hon också och stod nu och småpratade med Tommy som
verkade göra allt för att få henne intresserad. Fredrik kände att
han blev störd, trots att han egentligen sket i det. Men vad fan,
de var ju här för att jobba, hon fick inte betalt för att stå och
flörta med främmande karlar. Det vore ju bra om hon jobbade
lite och kunde få chansen att ta några bilder. Han vände sig mot
henne.

"Kom hit ett tag, om du kan slita dig." Han tog henne med sig
ett tiotal meter åt sidan, bara så de var utom hörhåll för Tommy.
Om det här skulle bli en nyhetsgrej så var det ju onödigt att teve
blev allt för inblandade innan de hunnit samla tillräckligt myc-
ket fakta för att kunna sälja storyn till den kanal som bjöd
högst.

"Känner du till någon by här borta i skogen?"
Fridlund skakade på huvudet.
"Näpp, aldrig hört talas om. Vägen går ju bara till den där
vändplatsen där de drar up båtar ur sundet, och det finns inga
skyltar nerifrån vägen heller."
"Den kallas bara Byn, " förklarade polisassistenten som de nu
insåg hade följt efter dem. "En bortglömd gammal ödeby bara
några hundra meter härifrån som en religiös församling flyttade
in i för några år sedan. Vänta bara tills ni får se dem. Ingen el,
inget rinnande vatten. Inga motorfordon förutom en gammal
traktor som de lyckats ta ner genom skogen från vägen. De klär

sig som om de levde i början på 1900-talet. Och sen pratar de gammaldags också."

Fredrik förstod nu vilka det rörde sig om. Han hade hört talas om dem och sett dem nere i Degervik. De hade visst hållit några föreläsningar i skolan också, och deras andlige ledare hade ganska så högt anseende hos rektorn. Han insåg att han skulle vara tvungen att göra ett artighetsbesök. Fredrik som representant för tredje statsmakten, Fridlund som tredje statsmaktens fotograf. Fredrik var glad att hon följt med ut hit, även om han irriterade sig över hur hon lade sig ut för Tommy. Själv var han helkass på kameran och om de var två så skulle de kunna se sånt som han kanske missade annars.

Mobilen ringde igen.

"Hur går det?"

"Helvete Josefsson, vad tror du? Det är inte ens tio minuter sedan du ringde nyss. Vi har i alla fall fått bekräftelse på att det är ett mord. Polisen har hittat en snara som förmodligen är mordvapnet. Vad sa du? Jaha. "Fredrik suckade. Att den där jävla Josefsson inte kunde slappna av.

"Jodå, vi har löst det", fortsatte han. "Liket är efter Indonesiens ambassadör i Peru som det visar sig var transvestit, därav kvinnokläderna. Och det var trettiofem små gula dvärgar från yttre rymden som gjorde det. De hade dessutom lyckats göra honom gravid. Jag har dem här. Vi har stoppat dem i en Konsumkasse. Vi ska just ner och lämna över dem till polisen så de kan sätta dem på nästa raket till Uranus. Nä, naturligtvis har det inte hänt något de sista minuterna, stress... jävel."

"Passa dig, Nilforss. Reta upp mig så ska jag se till att du får stå där ute i dypölarna några veckor till. Utan annonsprovisioner."

"Oj vad det sprakar. Nää, nu håller jag nog på att tappa täckningen på mobilen. Jag hör dig knappt. Oj, vilken otur då", sa Fredrik och klickade på OFF-knappen igen. Josefssons röst försvann ut i tystnaden. Skönt.

De försökte mjölka polisassistenten som presenterat sig som Gunnarsson, på vad han visste om sekten, men det var inte mycket förutom det han redan berättat.

"De kallar sig visst för Morgonrodnadens folk. Jag läste någonstans att de hade sina rötter i Rosicrucianismen, tror jag det hette."

"Ty innan solen går upp upplyses himlen av morgonrodnadens ljus. I väntan på denna reformation församlas några få som med sitt antal ska utöka vårt brödraskap ." citerade Fredrik. Fridlund höjde imponerat på sina ögonbryn.

"Det var inte dåligt! Vad var det för nånting?"

"Från ett av de Rosicrucianska manifesten, Fama Fraternitatis. Jag läste lite om det uppe i Holm när vi höll på att utreda en sexskandal i den lokala godtemplarlogen där. Några hade försökt starta ett Golden Dawn-tempel i samhället, och sedan hade det gått över styr. Det slutade i ett par otäcka våldtäkter. När väl media fick tag i det hela så var det lika bra att de lade ner templet eftersom de fick så dåligt rykte. Templet dog ut men skrifterna fanns kvar. Jag ... bläddrade igenom några av dem."

Fredrik avbröts av polismannen.

"Ja i alla fall så är det vad de kallar sig. Fast jag vet inte vad det står för eller så, om de bara tycker det är ett coolt namn eller om det ingår i deras religiösa syn. Jag tror att de är kristna i alla fall."

"Okej, vi får kolla upp det när vi kommer in till kontoret på redaktionen. Vet du något mer?"

Konstapeln skakade på huvudet.

"Den där remmen ni hittade, har du den här?" Fredrik tog en chans. "Kan jag få se på den?"

"Njaaaa. "Polisassistenten tvekade lite, men efter att Fredrik lovat att inte – med fingrarna korsade bakom ryggen så klart – publicera några bilder utan att först få klartecken av redaktionschefen som ju så klart skulle informera polisen innan publicering - höll den stackars bortkollrade rookie-polisen fram en bevispåse som det låg en blöt läderrem i. Fredrik sade till Fridlund att ta några bilder, och passade själv på att titta närmare på bevismaterialet.

"Ta några bilder ur den här vinkeln också är du snäll."

Efter det att Fridlund plåtat klart bestämde Fredrik att de skulle åka tillbaka till samhället för att göra en bakgrundskoll innan de gick upp till byn så de visste vilka det var de skulle besöka.

De tog farväl av Tommy och teveteamet och gick iväg mot den plats där de parkerat sin bil.

***

Väl tillbaka i Degervik började de med att kolla i redaktionens klipparkiv om de hade något om församlingen och sedan skulle de kolla på kommunbiblioteket, och om de hade tur så kanske de kunde tjata sig in i arkiven på polisstationen. Vid det laget kanske Josefsson hunnit fara hem från redaktionen så de slapp träffa fanskapet.

"Morgonrodnadens folk", läste Fridlund högt från ett email hon fått som svar från centralredaktionen på Kvarnholmen. "Nu ska du få höra vad det är för gäng. De har tydligen sina rötter i en grupp som bröt sig ur baptistkyrkan i början på 1970-talet. Verkar vara ytterligare en av de där sekterna som försöker förena ett strängt kristet bibeltroget budskap med ockultism. Sysslar enligt avhoppare med ceremoniell magi, astrologi, numerologi, tarot, astralprojektion med mera. Avhopparna berättar att bibelstudierna kompletterades med studier i åkallande av demoner.

"Verkar ju helt vrickat. Är det någon slags skandinavisk voodoo-kult eller?" Fredrik lutade sig över hennes axel och läste. Han kom på sig själv med att han tittade på hennes nacke snarare än över den, blev lite generad - han var ju gift, tänk om någon misstog vad de såg - och tog obemärkt ett steg åt vänster och fortsatte sedan att läsa. Såja, bättre så.

"De verkar ju ha lånat mycket från Golden Dawn", fortsatte han, "och de i sin tur lånade mycket från renässansens mysticism. Så Morgonrodnadens folk verkar nästan försöka vara någon sorts syntes mellan frikyrklig askes och ockult mysticism. Och dem har de släppt in på skolan här. Okej, vi far över till polisen och ser om vi kan hitta något i deras arkiv."

"Tror du verkligen de släpper in oss då?" undrade Fridlund.

"Vaddå? Jag är ju nästan en kollega", svarade Fredrik självsäkert.

***

Egentligen var det inte så mycket en polisstation som ett kontor. En gång i tiden hade det funnits närpoliser här hela veckan, men sedan några år var det bara bemannat en dag i veckan. Och pass gick det inte längre att skaffa. Stationen låg för det mesta lika öde som det Degerviks centrum det låg i. Snett mitt emot låg Zippos klädaffärs ena gavel, lite längre ner låg Ölandsbanken. Strax ovanför stationen, upp mot torget till, låg en kinarestaurang och snett mitt emot den en tobaksaffär. I övrigt var det igenbommat runt om. Plåtjalusier för fönstren för att skydda fönstren om någon nu skulle komma på den smarta idén att bryta sig in i en tom butik. Fredrik och Fridlund gick runt till baksidan som vette ut mot parkeringsplatsen och klev upp för betongtrappan till poliskontorets bakdörr. Det verkade vara någon där i alla fall, tre polisbilar stod parkerade på parkeringsplatsen. Det var något som Degerviks centrum hade gott om – parkeringsplatser. En stor parkering utanför postens paketutlämning – det som fanns kvar efter det att det statliga bolaget Posten slaktats sönder och resterna marknadsförts under det missvisande namnet 'Svensk Kassaservice'. Svensk Kass Service, eller Svensk Urkass Service, vore mer rättvisande enligt Fredrik, och han hade inte gråtit särskilt stora tårar när även det lagts ner och posthanteringen hamnat på ICA och Konsum. Det som fanns kvar av Posten hette numera Postnord och skötte distribution av brev i en till synes sporadisk och anarkistisk variant av postutdelning. Kom det så kom det.

En andra parkeringsplats låg utanför Nelsons Livs, och den tredje här utanför polisens bakdörr. Vid parkeringen låg även en ingång till det som i storhetsvansinne kallades Galleria och som innehöll en bokhandel, ett café, en dammodebutik och en lokal som hade inhyste allehanda olika butiksprojekt i tremånadersperioder innan de gick i konkurs. Damen i bokhandeln gjorde det bra, tänkte Fredrik. En butikslokal så avsides från var kunderna egentligen rörde sig, och ändå fick hon det att gå ihop. Var som helst annars i Sverige hade hon nog kunnat tjäna stora pengar eftersom hon klarade av att överleva i det här ändhålet.

De gick in bakvägen i polisstationen och såg sig omkring. Ingen där. Fredrik slog sig ner vid en dator och såg sig sedan omkring på skrivbordet.

"Inloggningsuppgifterna!" skrockade han triumferande och höll upp en gul post-itlapp. "Här ska de alltså bland annat utreda IT-brott och så skriver de sit lösenord på en post-itlapp." Fridlund såg lätt förskräckt ut och tecknade åt Fredrik att flytta på sig.

"Det kommer någon", väste hon.

Dörren ut till resten av stationen öppnades och in kom den polisassistent Gunnarsson som varit med dem vid tjärnen fram till dem och bjöd in dem bakom skyddsdörren.

"Hej," sa Fredrik klämkäckt. "Vi såg at bakdörren var öppen, så vi tänkte att det var säkrast att gå in och kolla så ingen gjort inbrott eller så. För det vore ju … pinsamt. Om någon gjort inbrott … i polisstationen alltså." Han torkade bort en svettdroppe ur pannan.

"Jaha, ja, det var ju omtänksamt. Tack", svarade Gunnarsson.

"Ja, jag var lite dålig i magen när jag kom hit, så jag var tvungen att rusa in på … nå ja, slarvigt av mig att inte låsa."

Fredrik och Fridlund stirrade på varandra. Vad i helvete var det här för tönt? Hur hade han lyckats bli polis? Var det verkligen så illa ställt inom polismyndigheten?

"Jo, men vad bra att ni är här. Eller, bra och bra. Alltså, jag borde ju ha låst dörren. Ser illa ut, jag vet. Men vad tusan-jag är ensam här, ska sköta hela stationen själv och så åker jag på den här magskiten. Kan ju inte sjukskriva mig direkt. Slarvigt att missa, tack för hjälpen."

Fredrik tyckte synd om killen. Uppenbarligen inte mogen att ta det ansvar som lagts på honom. Men jobb är ju jobb. Gunnarsson tittade lätt skamset på dem båda.

" Alltså, jag kom att tänka på en sak. Det kanske inte är något men ... några av de gånger jag såg henne vänta på bussen vid Resecentrum så fick jag intrycket av att hon såg sig om ifall någon följde efter henne. Hela tiden. Verkade lite ovanligt tyckte jag nog."

"Tack ska du ha", sade Fredrik. "Okej, ska vi koppla upp oss och se om vi hittar något?" Han gjorde en gest mot datorn. "Och du kan vara lugn ... jag lovar dig att vi inte skriver något förrän vi okejat med dig." Fredrik insåg att han tog en rövare, men nu var det lika bra att löpa linan ut.

" Det är nog bäst, jag lär ju få fan för att ha låtit dig titta i polisens databas annars, " sa Gunnarsson lättat. Han tittade vädjande på Fridlund som tittade tillbaka.

"Och inga bilder i tidningen va? På mig alltså."

Efter ett ögonblicks tvekan så nickade hon mot honom, och polisassistenten tog det som ett ja. Fredrik loggade in på databasen med det lösenord han som en slump hittat på en postitlapp som han tydligt visade för Gunnarsson och påbörjade sökningen.

"De kom hit från Kalmar för några år sedan, tydligen så jagade Skattemyndigheten dem. Men här är de ju ganska så skyddade från myndigheterna."

"Hur menar du då?" undrade Fridlund.

"Ja, alltså. Ingen av dem är ju skriven här, och det finns ingen förteckning över vilka som bor i byn egentligen", svarade polisassistent Gunnarsson. "Vi kan ju inte gärna gå in och häkta allihop för att få reda på om någon av dem är eftersökt för skattebrott eller som i något fall i en vårdnadstvist. Officiellt sett så finns inte byn, och de som bor där är skrivna på annan ort. De flesta i byarna runt Kalmar faktiskt. På fastlandssidan alltså".

"Kalmar. Bearnaisesåsens förlovade Mecka." Fredrik märkte inte att han muttrat för sig själv. "Ja, alltså, de har bearnaisesås på allting där. När jag var där tio månader under praktiktiden när jag gick polisutbildningen så var det första gången som jag åt pizza med bearnaisesås på. Fast nu finns det ju på fler platser. Men jag brukar försöka undvika det när jag är inne på redaktionen. Blodtrycket, du vet."

"I alla fall." Polisassistenten fortsatte. "Ledaren heter Johan Gustafsson och är någon slags självutnämnd knäppguru. Gift med Sara, född Lundén. Inga barn. Det står inget om dem sedan de väl flyttade in i byn. Däremot står det en hel del om vad de råkat ut för innan de kom hit. Kolla, det fortsätter här." Han pekade på ett stycke mitt på bildskärmen som Fredrik hade scrollat förbi. "Gustafsson försökte tydligen få kontakt med Israel Regardie, en av förgrundsfigurerna inom Golden Dawn.

Han verkar inte ha lyckats nå honom, och efter Regardies död 1985 så fabricerar Gustafsson tydligen ett antal brev som han påstår är från Regardie, och han visar upp dem för församlingen."

"Ja, du har rätt", svarade Fredrik. "Det verkar som om församlingen kom allt längre bort från sin baptistiska moderförsamling och istället utvecklades mer och mer i mysticistisk riktning." Fredrik scrollade vidare på bildskärmen.

"Kolla här nere. Man införde en initieringsritual som påstods vara given dem av Regardie i de fabricerade breven, och som verkar vara en förenklad variant av Golden Dawns siffermanuskript."

"Hur vet du att breven är fabricerade", undrade Fridlund. "Står det så i databasen?"

"Jo", Fredrik nickade, "och om de skulle ha skrivits av Regardie så skulle de inte ha innehållit så många sakfel om Golden Dawn och siffermanuskripten. I Golden Dawn är de en av de viktigaste hörnstenarna. I breven nämns de knappt och är dessutom felaktiga. Och Morgonrodnadens folk har bara lånat delar av Golden Dawn, inte de komplexa delarna utan bara de enkla."

"Vad fasen är det där Golden Dawn då egentligen? Är de förbjudna eller?" Polisassistenten blev alltmer intresserad och kunde nu inte längre låta bli att lägga sig i samtalet.

"Äh, det är ingen större skillnad i praktiken på dem och frimurarna. Överklassyngel som vill leka mystiker med lite mumbojumbo. Men det är klart - om man verkligen tror på det hela så är det kanske inte så himla nyttigt. Men att breven är fejk är ju ganska tydligt. Skulle en av förgrundsfigurerna inom den moderna Golden Dawn-rörelsen inte klara av att förklara sin egen livsåskådning för en frikyrkopräst från Vassmolösa?"

"Okej, sen då? Står det något mer?" jagade Fridlund på honom. Fredrik tittade upp från skärmen.

"Har du något fikabröd?"

Gunnarsson som insåg att det var honom han tilltalade, reste på sig och gick ut ur rummet. Efter någon minut kom han tillbaka med ett fat innehållande sju smuliga muffins och tre Ballerinakex. Fredrik tog ett par muffins och ett kex och lät sig väl smaka.

"Få se … hmmm." Fredrik hade nu vänt blicken mot datorns skärm igen och fortsatte att scrolla neråt. "Här är det. Gustafsson tog med sig sin fru och någon som han kallade sin magiska partner Rebekka och flyttade till Hamburg 1987. Han och hustrun kom tillbaka året efter, Rebekka hade visst stannat kvar. Då påstod han att han stod i astral förbindelse med Herren, och att Herren hade talat till honom och givit honom Skriften. Det är tydligen deras eget tillägg till Bibeln. Det är i samband med det här som församlingen tydligen bryter med Golden Dawn och börjar söka sig tillbaka mot baptisterna, men med en massa av Gustafssons egna idéer och rester av Golden Dawn-tankar inblandat." Fredrik tog blicken från bildskärmen och sträckte sig efter sin kaffemugg.

"Och sedan började församlingen även bedriva söndagsskole-
verksamhet. I början hade man rekryterat en hel del elever på
skolorna runt om Rockneby och Hossmo, men när föräldrarna
hade fått reda på vad de fick lära sig så hade de fått skolan att
förbjuda Morgonrodnadens folk att vistas på skolan eller på
skolgården."

"Fy tusan. Tänk att ha ungar och släppa iväg dem till söndags-
skolan. Och när de kommer hem så sitter de och åkallar demo-
ner och en massa hokus-pokus." Fridlund log. "Gick någon
verkligen på det?"

"Verkar så. En del som hoppat av berättade om att de hade ett
trettiotal elever även efter det att de bannlysts från skolan. Och
föräldrarna fick betala bra för att barnen skulle få gå i lära för
Gustafsson. Fan vet vad de tänkte på."

"Okej, det räcker. Jag vill inte höra mer. De verkar ju inte riktigt
kloka. Och nu har vi dem här alltså?" Fridlund suckade.

"Japp", svarade Fredrik. "När skattemyndigheten fick veta att
de tog betalt för söndagsskolekurserna så visade det sig att de
inte deklarerat. Och när de började kolla upp Gustafssons kon-
ton så visade det sig att han hade en jädrans massa stålar, peng-
ar som han aldrig uppgivit i någon deklaration. Så han åkte på
en förbannat stor kvarskatt. Kronofogden försökte mäta ut, men
de hade redan hunnit sticka därifrån. Och det var omöjligt att
reda ut vilka konton han gömt undan pengarna på, det var så
många transaktioner hit och dit. Utländska konton och gud vet
vad. Så det tog tvärstopp för Kronofogden också. Antar att det

inte finns något utmätbart i Byn, så till sist gav väl myndigheterna upp. Lättare att låtsas som det regnar".

Fredrik kände hur hans djupt rotade förakt för svenska statliga myndigheter fick hans ena tinning att bulta. Han antog att blodtrycket var på väg upp också, och väntade bara på en infarkt eller nåt sånt. Det vore isåfall myndigheternas fel. Myndigheterna och Josefsson. De var säkert i maskopi med varandra.

Fredrik tog ett djupt andetag och bläddrade vidare neråt på sidan. Ingenting där, men han hittade en länk i den nedre delen av texten och klickade på den. Ett nytt webbläsarfönster öppnades ovanpå det andra. Det verkade vara en sida på skolans hemsida. Tydligen någon sorts elevarbete om Morgonrodnadens folk. Men eftersom församlingens ledare varit på skolan och berättat om sin tro och sin … sekt skulle Fredrik snarare vilja kalla det, så var det väl inte så konstigt att det mynnat ut i någon sorts specialarbete för en lärare som ville vara Bror Duktig.

"Jag antar att mannen på bilden är Ledaren – Gustafsson". Fredrik tittade på bildtexten under fotot. Det bekräftade hans antagande. "Och kvinnan är enligt bildtexten Sara Lundén, hans fru. Svårt att säga förstås, men jag gissar att det är kvinnan vi hittade i tjärnen. Hon hette ju Sara och kvinnan på bilden påminner en hel del om vårt likfynd. Samma längd, liknande kläder…"

Han scrollade vidare neråt i texten.

"Här står det hur de kom hit". Fredrik tittade upp från skärmen medan han pratade. Fridlund och polisassistent Gunnarsson sörplade på varsin mugg kaffe men båda vände sig intresserat mot Fredrik.

"Ledarens förklaring till varför de hamnade här", fortsatte Fredrik", är att han tydligen fått en vision. Om man drar en linje från Storkyrkan i Stockholm till Domkyrkan i Lund, vidare upp till Kinnekulle, låter den fortsätta uppåt till den mellersta högen i gamla Uppsala och därefter ner till Kalmar, så hamnar den här platsen i den nedre spetsen på den femhörning som bildas".

"Jaha? Och?"

"Det är enligt sekten ... förlåt, församlingen ... den plats där det gamla hednatemplet i Uppsala stod. Alltså i Degervik här på Öland och inte i Uppsala."

"Jävla babbel". Fridlund fnyste.

"Ja, och det stämmer inte ens", fortsatte Fredrik. "Om man gör en sådan femhörning så hamnar den platsen snarare nere mot Karlskrona eller till och med längre västerut mot Tingsryd. Men det är ju ett sätt att ge flytten från Kalmar över bron ett mystiskt och religiöst skäl. Det är ju lite coolare för en sekt än att medge att det är av skattetekniska skäl."

Fredrik log mot Fridlund och tittade sedan på polisassistenten.

"Men ni har alltså inte haft med dem att göra?"

Polisassisten Gunnarsson skakade på huvudet.

”Nä, inte alls. Inte mer än någon annan här i Degervik. Vi ser dem på samhället men inte mer än så.”

”Antar att de helt enkelt blev bortglömda sedan. I alla fall står det inget om att de skulle ha kontaktats därefter, vare sig av Kronofogden eller Skattemyndigheterna. Och man kan väl anta att Kronofogden har fullt upp med att lägga sina resurser på att jaga folk som ligger efter med återbetalningen av studiemedel och sånt. De har väl inga resurser att jaga riktigt stora ekonomiska brottslingarna."

"Ligger du efter med studiemedlen Fredrik, eller varför är du så cynisk?" Fridlund log.

”Har svårt för myndigheter bara. De har vad jag vet alltid sprungit överhetens ärenden och jävlats med vanligt folk. Men de blir väl kåta av det kan man anta. Och Rudolf Höss påstod ju också att han handlade på order.”

”Rudolf Höss?” undrade Gunnarsson.

”Lägerkommendant i Auschwitz. Hade varit en perfekt Generaldirektör på någon svensk myndighet, precis rätt mentalitet”.

Efter att på så sätt misstänkliggjort en hel yrkeskår reste sig Fredrik för att gå.

***

Tillbaka på redaktionen passade Fredrik på att kopiera över de bilder som Fridlund tagit med sin digitalkamera till en USB-pinne. Det skulle vara enklare att göra en bra artikeltext om han kunde komplettera sina anteckningar med några minnen eller tankar han kunde få av bilderna om han körde fast. Sedan så kunde han bestämma vilka bilder han ville ha i artikeln så Fridlund kunde bearbeta dem. Fridlund hade sagt att hon kunde ordna ett konto på 'molnet' så de kunde dela bilderna den vägen, men Fredrik hade ingen aning om vad ett moln var förutom ett väderbegrepp. Och han ville inte verka dum eller oteknisk, så han påstod at han hellre hade bilderna på en USB så han visste var han hade dem.

En av korrekturläsarna stack in sitt huvud genom dörröppningen.

"Fredrik, Josefsson är här och väntar på dig." Fredrik suckade. Innan han hunnit resa sig ur stolen ringde mobilen.

"Jamenförhelvete! Jag är på mitt rum! Jag kommer in till dig nu med en gång."

Han sa ett snabbt hej till Fridlund och gick med snabba steg mot det kontor där Josefsson huserade när han gjorde lokalt nedslag på redaktionen. Fridlund satt kvar på Fredriks rum och hörde bråket eftersom dörren var öppen. Hon tyckte det kändes lite obehagligt, och reste sig för att gå. När hon kom ut i korridoren mötte hon en stormrasande Fredrik som stegade fram, röd i ansiktet av ilska. Han trängde sig förbi henne, gick med kraftiga kliv in på sitt rum, slet åt sig sin plånbok och halade fram sitt presskort. Sedan gick han tillbaka. Han gick inte in i till Josefsson utan ställde sig utanför i korridoren. Han slängde in sitt presskort genom dörröppningen med en ilsken knyck.

"Här har du min legg, din jävla gris! Tre månaders uppsägningstid kan du inte neka mig, då skickar jag facket på dig, jävla pseudo-Hitler!"

Sedan stormade han in på sitt rum igen och slängde igen dörren. Fridlund stod kvar och stirrade. Jösses!

Plötsligt slets dörren till Fredriks kontor upp igen.

"Vad faan glor du på då?" Sedan lugnade han ner sig. "Ska du med på en öl?"

"Vad hände där?" undrade Fridlund.

"Häng med på en öl så ska jag berätta det för dig. Vänta ett tag förresten. Ett sista samtal bara."

Fredrik plockade fram mobiltelefonen och slog ett nummer.

"Tjena Lappen, Fredrik här. Du kan tala om för styrelsen att Josefsson givit mig sparken. Så nu går jag till facket och sedan så går jag till konkurrenten och börjar där istället. Och jag tar mina annonskunder med mig."

En upprörd röst hördes i andra änden av samtalet.

"OK, en timme då. Sen går jag över till dem och erbjuder mina tjänster. Jag börjar med Ölänningen och sedan kontaktar jag Kalmar Läns Annonsblad. Du har en timme på dig."

Han tryckte en sista gång på OFF, och släppte ner mobiltelefonen i redaktionens akvarium.

"Tjänstetelefon", sade han med ett elakt leende. Nu kan dom jävlarna ringa bäst faan de vill."

Därefter insåg han att Lappen knappast kunde nå honom om telefonen låg i akvariet, så han var tvungen att medge att det som i första läget verkat som en häftig åtgärd, nästan som på bio, egentligen var ganska korkad. Han drog fram en stol, ställde sig på den och böjde sig över akvariet. Efter tre försök fick han upp telefonen, skakade ur vattnet och bad tyst att den skulle fungera.

***

"Du gjorde VAD sa du?"

Fredrik satt på Bryggeriet med en öl i ena handen och sin mobiltelefon i den andra. Bortsett från en vattenbubbla innanför glaset till displayen och en numera icke-fungerande stjärnaknapp märktes inte det ofrivilliga akvariebadet knappt alls. Telefonsamtalet stressade honom lite, han började känna hur det bultade av stress i pannloben.

Fastän de talade med varandra per telefon och inte öga mot öga så kunde han höra på Louises röst att hon var upprörd.

"Sa till Lappen att om han inte gav Josefsson sparken så säger jag upp mig", svarade Fredrik. Han funderade på att lägga till ett 'TA-DAAAM!', men kom fram till att det var säkrast att låta bli. Louise var tyst och Fredrik kände hur olusten började krypa i honom. Han insåg att det inte var det absolut smartaste han gjort, varken att ställa ultimatum eller att berätta det för Louise över ett mobiltelefonsamtal, men han vågade inte berätta det för henne mellan fyra ögon. Fegt, men han var en överlevare. Överlevare berättar inte för sin fru mellan fyra ögon att han hotat chefen med att säga upp sig från ett fast jobb utan att ha ett säkerhetsavstånd till henne. I hans fall var det 120 mil.

"Och hur har du tänkt att vi ska ha råd med hyran då?" frågade Louise efter sin tankepaus i andra änden.

"Jo, det är ju det som är det fina i kråksången", försökte Fredrik optimistiskt. "Jag ringde till Lappen, och han vet att om han släpper mig så tar jag mina annonskunder med mig och börjar på konkurrenten istället. Så det skulle förvåna mig om han inte ringer mig strax. "

"Lappen? Du menar inte att du hotat att hoppa av ett fast jobb med en trygg inkomst för att du tror att han ska ta ditt parti? I vilken värld lever du? Du tror väl inte att han fimpar en chef för din skull? Och vaddå 'lokalkonkurrenten'? KLA? Eller Ölänningen? Har du fått ett jobberbjudande från dem? Vad ska du få i lön då?"

Fredrik började känna kallsvetten tränga fram. Lönen ja. I ärlighetens namn hade han inte ens frågat om de ville anställa honom. Det hade han bara tagit för givet, med allt han skulle ta med sig i annonsintäkter och personkontakter.

"Och i vilket fall som helst så ska jag ha tre månaders uppsägning minst i så fall", hörde han sig själv säga. Han försökte bita
sig i tungan, men det var för sent.

"Känner jag dig rätt har du förmodligen skällt ut Josefsson och
sagt åt honom att fara och flyga, är det inte så?"

"Ja, något sådant", intygade en pressad Fredrik. "Men det var
hans fel, han tjafsade så mycket så jag stod helt enkelt inte ut
mer."

"OK, jag har inte tid med det här nu." Han hörde på kylan i
Louises röst att hon inte köpte hans argument. "Köparna kommer i eftermiddag och skriver på kontraktet. Sedan sätter jag
mig på sjuplanet och byter på Bromma vid halv niotiden. Så
hinner jag hem redan i kväll. Vi får prata om det här då. Tills
dess utgår jag ifrån att du reder ut det här."

"Mmmm ... okej. Vill du ha thé när du kommer hem?" försökte
Fredrik blidka sin hustru.

"Ja, det vore gott. Thé, macka och en förklaring. Jag tar en taxi
från Kalmar, ringer när den åker. Då tar det väl en dryg halvtimme från flyget tills jag är hemma. Hälsa ungarna från mig så
ses vi i kväll. Puss."

"Puss, puss, " svarade Fredrik.

Nog var det väl förbannat, tänkte han när samtalet väl brutits,
att han alltid skulle sätta sig i sådana här situationer. Hans temperament var säkert en tillgång på något sätt någon gång, men
han började nu känna att det var en belastning för familjen. Han

skulle inte bli förvånad om det hela skulle sluta med att Louise
tog ungarna och gick ifrån honom. Och så skulle han säkert få
stroke också. Sånt får man minsann av sånt här, hade han läst i
någon tidning på hos frisören.

Diskutera det i kväll - det kunde aldrig komma något gott ut av
det. Fylld av självömkan bestämde han sig för att bara avsluta
den här ölen, sen skulle han säga till Fridlund att han måste gå.
Han skulle ta och gå ut på centrum för att köpa lite mutor som
förhoppningsvis skulle ge honom pluspoäng hos hustru och
barn.

"Ska du ha en till?" undrade Fridlund. Hon pekade på hans
ölglas. Själv drack hon cider, en sån där grön sak med kaktus-
smak eller så. En sån som Louise också brukade vilja ha.

"Nä tack, jag måste gå snart. Ska bara ringa till Lappen först",
tillade Fredrik. Han slog numret. Efter fyra signaler fick han
svar.

"Tjena Fredrik, hur är läget", sade Lappen i andra änden. "Hur
mår fru och barn?"

"Jo då, besvarade Fredrik hans kallprat. "Ungarna växer så det
knakar, och Louise är uppe i Holm och försöker sälja pensiona-
tet."

"Ja, jag vet. Vad bra, då kommer hon väl hem snart?"

"Jo, vad jag förstår så har hon en köpare nu."

"Bra. Jo, hon har ju synts i vimlet däruppe i Holm i veckan, vad
jag förstår på morsan. Du vet ju hur det är i små samhällen.

Snacket går. Om jag var som du, så skulle jag inte låta henne ränna omkring med den där advokaten, som inte ens namnet är äkta på. Där sitter du ensam med ungarna, och Louise springer på Stadshotellet i Holm med Gary Carlzohn."

"Äh, det är ju inget, " svarade Fredrik men han kunde inte låta bli att känna sig lite oroad. "Han hjälper henne med försäljningen. Jag litar helt och fullt på Louise. Jo, förresten, vi skulle ju snacka lite affärer".

Fridlund satt kvar bredvid och uppfattade delar av samtalet.

"Ok... jaha... nä, det vet jag inte, jag har ju familj vet du. Jaja, OK, då säger vi så, det är OK. Då är det lugnt, då stryker vi ett streck över det hela ... och så slipper jag Josefsson utan jag jobbar direkt under dig?"

Fridlund tolkade Fredriks ansiktsuttryck som att Lappen bekräftat hans tolkning av överenskommelsen.

"Schysst, det känns helt OK." Fredriks ansikte lyste upp. "Och vi börjar så i morgon? Schysst ... äh, du skämtar? Va, säg att du gör det?" Fredrik suckade djupt.

"Det var ju för att slippa undan den där jävla Josefsson som jag ... okej då, jag kan väl stå ut med honom några veckor till om vi är överens om resten. Skriver vi papper i morgon då?"

Lappens röst i andra änden talade lugnande och gav tydligen någon typ av utfästelser.

"Jaja, vi säger väl det då. Kommer du till redaktionen i veckan då? Jag sitter här med Fridlund, henne har du väl redan träffat?" Fredrik log mot kollegan på andra sidan bordet, som att bekräfta att – jo, det var chefen han talade med, och jodå, han såg till att nämna henne, schysst va? Rösten i luren verkade säga något, och Fredrik nickade. "Bra, då hörs vi senare."

Fridlund tittade upp över kanten på ölglaset.

"Nå, vad fick du."

"Trettiosju tusen", svarade Fredrik. "Mer än jag hade innan. Han bjöd tjugonio först med provision istället. Gud vad skönt, då löste sig ju den biten i alla fall."

"Fan, men utan provision då på annonsförsäljningen?"

"Japp, men det vill jag inte ha."

"Okej", sade Fridlund. "Du kan ju alltid försöka förhandla upp den."

"Jaha, hur mycket har du då?" Men han hann inte få något svar. Det enda han såg var Fridlunds rygg på väg mot damtoaletten.

Fredrik lade en hundralapp på bordet, gick bort till toalettdörren och knackade på.

"Jag måste gå nu, jag lade en hundring på bordet. Vi ses i morgon."

Dolt bakom ljudet av en brusande spolning hörde han någon som svarade "okej".

***

Centrum var egentligen inte större än att han hann med att passera de flesta butikerna - det vill säga de som fortfarande fanns kvar - på vägen upp mot fritids. Det var få som ville flytta in i de tomma lokalerna eftersom hyrorna var så höga, vilket gjorde att det var ganska mörkt på torget under hösten och vintern. Nu när ÖlandsCenter började tappa butiker så hade några butiker hittat in hit, som till exempel barnklädesaffären. Överskottsbolaget var ju bra också, de hade det mesta och drog in folk till centrum. Så nog såg det trevligare ut än bara för ett år sedan. Och ryktet gick på byn att det var på väg in någon stor kedja här, förutom Lidls och Coops nybyggen som var på gång. Det visste han, för han hade skrivit om det själv i artikeln som medföljde helsidesannonsen som Centrumföreningen köpt. Då skulle det väl i alla fall bli fart på andra som ville öppna butik i Degervik.

Fredrik gick in på Överskottsbolaget och funderade på vad han skulle köpa till Louise för att göra henne på bättre humör. "Hmm ... Louise vill ha parfym och sånt, men det här verkar inte riktigt vara rätt butik för det", tänkte han. Till och med Fredrik insåg att parfym som hette Eau de Toilette och kostade 35 spänn för en tre deciliters flaska inte kunde vara precis rätt grej man ger till sitt hjärtas kvinna. Och knappast en flaska målartvätt heller. Det fick bli en påse med sånt där blått badsalt. Det hade han givit henne förr, så det skulle nog funka. Eller ... nä förresten, bättre att han hämtade Johan och sedan gick på kosmetikbutiken snett bredvid. Ibland kanske inte badsalt är rätt grej trots allt.

I ett hörn såg han mintgröna presentboxar med tvål och schampoo i och med rosetter på. Det skulle hon nog gilla, det tar vi.
Jättelätt fixat, då var det problemet löst. Tjejerna då, vad skulle
de få? Han hittade en leksakshäst som han tänkte att Sofia skulle få, hon gillade sånt trodde han.

"Emma vill nog ha ett hårband", tänkte han. "Det köper jag, det
gillar tjejer, det kan de aldrig få för mycket av. Och Johan får väl
få en leksakspistol."

Okej, de hade kommit överens om – eller rättare sagt Louise
hade bestämt - att inte ge honom några krigsleksaker, men det
var ganska utplockat i affären och han trodde inte att Johan
skulle låta sig nöja med en påse ballonger. Han betalade i kassan, stoppade ner varorna i en plastkasse och gick ut.

På torget satt samhällets A-lag i solskenet och skrålade. Han
kände igen dem allihop, han hade ofta kommit i kontakt med
dem i tjänsten. Hilding var tydligen inne i en period igen. Det
var egentligen tragiskt. När han var ren så skötte han sig riktigt
bra. Han hade fått en praktikplats på museet som mycket väl
kunde leda till en 'riktig' tjänst om han skötte sig. Men sedan så
hände det alltid något som fick honom att falla igenom. Det
kunde vara att han rykt ihop med någon på jobbet, att han fått
en oväntad räkning i brevlådan eller bara att han gick förbi torget när a-lagarna satt där. Oavsett orsaken så trillade Hilding
alltid dit igen.

Den här gången var det tydligen riktigt illa. Han satt där och delade en sjuttis renat med de andra, skitig och blodig. Tydligen hade han ramlat någonstans och svimmat av eller somnat i fyllan, för det var fullt med levrat blod i stripor ur hans högra öra och ner över kinden. Han hade nog inte rakat sig på fem-sex dagar och förmodligen inte tvättat sig heller. Skjortan var inte knäppt, utan hölls ihop med en knut på magen. Han hade uppenbarligen varit uppe i buskarna och pinkat också. Han verkade inte ha hunnit knäppa upp gylfen innan, för det var stora mörka fläckar på byxornas framsida. När han väl fått av dem hade han inte lyckats få på sig dem igen. Följden var att byxorna var blöta men uppknäppta och hölls uppe endast med bältet. Familjelyckan hängde ogenerat utanför. Fredrik kände ångest när han såg honom. Hur fasen kan någon gå ner sig så fruktansvärt på bara några dagar? I torsdags hade han träffat honom ute vid museet, och då hade Hilding sett vårdad ut och var upptagen med sitt jobb.

Nu tar de väl inte ens tillbaka honom, han har väl firat för många gånger helt enkelt. Så det är väl ytterligare en som kommer att hamna helt utanför de sociala skyddsnäten, tänkte Fredrik samtidigt som han skyndade stegen över torget för att slippa behöva heja på honom eller någon annan av gänget där borta på bänken. Eftersom Fredrik ibland tog sig tid att stanna och prata med Hilding eller någon av de andra ibland, bjuda på en burgare när de såg fullständigt utslagna ut, så brukade de passa på att vråla 'Tjenaa Tidningen!' eller sånt när de såg honom. Ibland stannade han för att få något skvaller till livs som det kunde gå att göra något av, ibland bara för att det någonstans inom honom satt ett samvete som sa 'det kunde ha varit du om du vuxit upp i fel miljö och med fel föräldrar'. Den här gången hoppades han dock att de inte skulle se honom, de var helt enkelt i för dåligt skick för att han skulle känna sig trygg bland dem. Fast idag var Hilding fullt upptagen med att grovhångla med Rosmari, den enda kvinnliga a-lagaren. Ingen av dem lade märke till när Fredrik skyndade förbi.

Tjejerna hade redan gått hem själva direkt efter skolan, men Johan var fortfarande så pass liten att Louise och Fredrik var överens om att han mådde bäst av att vara några timmar varje dag på fritids efter skolans slut. Tids nog skulle han kunna följa med tjejerna när de gick hem. Han behövde kunna leka med sina kompisar, lära sig ta hänsyn i en 'pedagogiskt utvecklande miljö'.

Egentligen var det hela rent nys, det visste såväl personal som föräldrar. Det där med pedagogik var bara en rökridå för hur det egentligen var. Trots att skolförvaltningen dragit ner på i stort sett allting - till och med en del av ledningens konferenser på Finlandsbåtarna - fanns det inte pengar till att driva någon verksamhet med något djupare innehåll. Så snart skolans elever skulle göra något var föräldrarna tvungna att samla in pengar.

De hade till exempel haft 'Tema naturen' vilket inneburit en eftermiddag ute i skogen där de plockat mossa, lav, pinnar och stenar. Naturligtvis hade det inte funnits pengar till att ta med någon fika till ungarna fastän de var ute i fyra timmar, så föräldrarna hade bidragit med tjugo kronor per barn till inköp av fikabröd, papper och lim.

Den här terminen hade skolan redan, trots att de inte ens var inne i september, haft två 'utedagar'. De dagarna bestod skolundervisningen av att hela skolan gick i gemensam tropp genom samhället och bort till campingen i Mörviks Park som låg ungefär en timmes promenad bort. Pengar till bussar fanns inte, men det kunde skolledningen naturligtvis inte erkänna. Istället sades det vara en pedagogiskt viktig uppgift att få barnen att lära känna varandra under promenaden, att få de äldre att ta ansvar för de yngre.

Någon skollunch serverades inte på utedagen utan barnen förutsattes ta med sig matsäck hemifrån. När Fredrik ironiskt gratulerat skolans rektor Wendthelin på skolgården till att ha lyckats rädda budgeten den månaden genom att låta barnen svälta hade han fått en sur blick till svar, samt ett hot om att om han inte slutade trakassera skolledningen så skulle han bli polisanmäld. Efter det att Fredrik hade erbjudit sig att ta emot anmälan själv eftersom han varit polis och därför hade ett speciellt vänskapligt förhållande med ortens ordningsmakt hade rektor Wendthelin fnyst till och gått därifrån.

När Fredrik kom var Johan djupt upptagen med att slåss med Robot-masters med sina kamrater.

"Pappa!" ropade han. "Varför kommer du nu för?"

Fredrik böjde sig fram för att ta emot Johan som kom rusande med full fart.

"Jag slutade lite tidigare, så jag tänkte hämta dig först så vi kan gå och handla tillsammans. Det blir väl kul?"

"Men jag VILL INTE! Kan inte du gå och handla och komma och hämta mig sen efter?"

"Nä du, knallhatt. Inte orkar jag gå hit igen med händerna fulla av matkassar. Du får allt komma med nu."

"Ååååh, TYPISKT! Varför kan inte MAMMA hämta mig?"

Fredrik suckade. Den här diskussionen hade de haft varje dag sedan Louise åkte. Det vill säga de dagar som Johan inte istället var förbannad för att han var tvungen att vara kvar längre än tjejerna.

"Johan, hon kommer hem vid elvatiden ikväll. Du kan väl inte vara kvar här själv så länge?"

"Joho, det kan jag visst, jag är stor nu. Jag VILL inte gå hem nu!"

Han ansåg att diskussionen var avslutad, lade armarna i kors och blängde argt på sin far.

"I alla fall så får du inte det. Klä på dig nu så får du en godisbit på affären."

"En glass..."

"Okej då." Fredrik insåg att det var pedagogiskt fel att muta sin son men eftersom han skulle försöka muta resten av familjen senare så kunde han egentligen inte se något större problem.

"Hmmm ... okej då!" Johan sprack upp i ett stort leende och sprang in i fritidssalen, ropade hej då till kompisar och personal och sprang bort till klädkroken där jeansjackan hängde.

"Pappa. Spelar Kalmar FF idag?"

"Jag vet inte, tror inte det. Hur så?"

"Peter sa att det är fotboll på TV idag."

"Jo, men det är Sverige som spelar", förklarade Fredrik. "EM-kval. Mot Moldavien tror jag."

"Pappa, vad är Moladen för något?"

"Ett land."

Johan funderade ett tag.

"Kalmar FF är bättre. Dom är bättre än Moladen, och än Sverige också. Vet du pappa, när jag blir stor ska jag bli en riktig spelare i Kalmar FF."

"Ja, men då måste du ju lära dig spela fotboll", svarade Fredrik.

"Men pappa... det ska jag ju! Nästa år börjar jag i andra klass. Då får man faktiskt lära sig att spela som Kalmar, förstår du. Fast en del får lära sig att spela som Hammarby och Malmö. Man måste ju ha motståndarlag. Fast det brukar vara det röda laget som vinner. Som Kalmar FF. Och egentligen får man lära sig att spela som vilket lag man vill, och det är okej det också."

Fredrik log tyst inombords. Tänk om alla fotbollshuliganer kunde lära sig av hans son. Att det är OK att hålla på andra lag också. Han höll upp ytterdörren för Johan och hand i hand gick far och son ner mot centrum för att köpa mer mutor och glass.

***

"Mamma kommer! Mamma kommer!"

Klockan var kvart över elva på kvällen, och Fredrik hade de senaste tre timmarna försökt att få ungarna att sova. Det hade inte gått något vidare. Emma hade hävdat att hon som var störst borde få sitta uppe, och då hade Sophia bestämt vägrat att lägga sig. Johan som inte ville vara sämre än sina storasystrar satt halvt i dvala i en fåtölj och kämpade tappert för att hålla sig vaken. Han hade tuppat till lite ibland, men så snart Fredrik hade lyft upp honom för att bära in honom i sängen hade han vaknat. När Fredrik trots allt lagt honom i sängen hade han strax kommit upp igen och satt sig halvliggande och halvsovande i fåtöljen igen. Sophia hade suttit och sjungit sedan niotiden för att inte somna, och Emma låg på golvet och spelade spel på mobilen. Nu kom äntligen mamma!

Nu stod de alla och tittade ut genom köksfönstret och tittade på taxin som kört fram vid deras lilla radhusfarstu. Så snart de såg Louise kliva ut ur bilen skrek alla barnen av glädje och rusade mot ytterdörren.

Johan hade fått ett litet försprång och kastade sig om halsen på Louise redan innan hon hunnit ställa ifrån sig resväskan.

"Jag kan ta väskan, " sa Emma och lyfte upp den.

"Det tänkte ju jag göra!" skrek Sophia. "Nää, nu är det O-RÄTT-VIST!"

Sedan gick hon in på sitt rum och skrek.

Fredrik himlade med ögonen och gjorde en uppgiven gest.

"Hur gick det?" undrade han.

"Jo då, det gick bra. De skrev under kontraktet. Får jag bara hänga av mig och gå på toaletten så ska jag berätta. Har du satt på thé?"

"Visst", ljög Fredrik och smet ut i köket för att sätta på vatten-kokaren. Han hade köpt en ny sorts thé på thébutiken inne i stan på Storgatan på Kvarnholmen. Mysiga Stunder hette det. Med en massa blommor och skit i. Men påsen såg lyxig ut i alla fall. För att få Louise på riktigt gott humör innan de började tala om jobbet, så hade han hyrt en videofilm också, med Tom Crui-se. Hon gillade filmer med Tom Cruise hade han för sig. Eller om det var den där andre. Travolta. Nån sån där dansfjant i alla fall. Han slängde en snabb blick på blommorna i köksfönstret. Han hade lovat att se till att vattna dem varje dag, men nu såg de mer ut som hö. Han gömde dem snabbt under diskbänken. Vi tar den diskussionen imorgon istället, tänkte han.

Fredrik stoppade två skivor skivat bröd till i brödrosten och tog fram en burk sockerfri marmelad som han köpt när den ny-öppnade indiska matbutiken bakom ICA uppe vid Degerviks

Centrum hade haft konkursutförsäljning. 'Dietetic' hette den, med aprikossmak. Ungarna hade tjatat om att de skulle köpa den, men efter att ha smakat på den en gång så undvek de alla tre att ta av den.

Han hörde att Johan gäspade högt, och när han kom ut i hallen igen hade Louise redan burit in honom i sovrummet och bäddat ner honom.

"Stackarn, han somnade direkt, han var så trött", sade hon.

"Varför fick han vara uppe så länge, Fredrik?"

"Jag är också trött, " kom Sophia fram och sa. Hon hade tröttnat på att tjura nu när ingen ändå verkade bry sig. "Kan du bädda ner mig också?"

"Får jag bara gå på toa först?"

Sophia tillät sin mor detta, och Fredrik viskade till Emma.

"Kan du duka fram ett par thékoppar och lite skorpor är du snäll? Och tända några ljus också?"

"Kan jag också få en kopp i så fall?" undrade Emma.

"Jo visst, men sen måste du gå och lägga dig."

"Jajaja, jag skaaa!" Emma himlade med ögonen mot sin far med 'Pappa – du fattar ju ingenting' – blicken.

När alla barnen somnat och allt thé var drucket satt de båda, Fredrik och Louise, uppkurade i soffan och såg på en dokusåpa-repris på femman.

"Ibland undrar jag vad du tänker med", sade Louise. "Hur tusan kan du gå och säga upp dig från ett fast jobb när vi har tre ungar som ska försörjas. Men det var inga problem för dig att pressa mig att sälja pensionatet inte!"

När Louise var trött och irriterad så kunde man se en åder som pulserade i hennes vänster tinning. Man såg den nu.

"Pressa? Det var väl ingen som pressade dig? Du ville ju själv?"

Louise suckade och dolde ansiktet i händerna. Hon tittade upp igen.

"Jaja, det är väl tur att någon är beredd att ta ansvar här i familjen, du verkar ju inte särskilt intresserad."

"Jo men... fan, jag VILL INTE jobba med Josefsson." Fredrik började vifta med armarna för att understryka sin argumentation. "Jag vill inte sitta på undantag i hans domäner tills jag går i pension. Och om jag är kvar där kommer jag inte längre. Fan, han har ju inte ens någon aning om vilka kurser eller vilken kompetens jag har! Hur tror du det känns att se att det kommer nytt folk inramlande från ingenstans och få alla nya kvalificerade uppdrag som dyker upp, samtidigt som jag får mindre och mindre vettigt att göra. Helvete, jag har kommit i det stadiet att jag faktiskt GILLAR att skyffla papper och dra kopior. Om jag inte slutar så dör jag, det är inte ett hot utan ett löfte."

"Jag tycker du överdriver Fredrik. Om du vantrivs du så vansinnigt, varför har du aldrig sagt något tidigare? Styrelsen gillar ju dig? Och Lappen gillar dig också."

"Jo, men som du själv sa tidigare i telefon … tror du verkligen
att de är beredda att ta en konflikt med Josefsson kring mig?"
Fredrik tyckte han lyckats hitta ett riktigt bra argument. Det här
skulle hon nog inte kunna vända på. "Isadora, vice ordföranden
du vet, sa det så gott som rakt ut förra gången. Fredrik, sa hon,
du vet att inte bara jag utan hela styrelsen har stort förtroende
för dig. Men de vågar inte ge mig stöd, de är rädda att det ska
se ut som om de försöker gå in och detaljstyra tjänstemännen."

Louise satte ner thékoppen. Hon tittade på sin make. Hon såg
onekligen trött ut. Sliten och trött, tänkte Fredrik.
"Okej, jag har talat med Lappen idag," fortsatte han och log.
"Jag får eget arbetsledningsansvar, egen budget och blir direkt
underställd honom. Vi har kommit överens om en kompromiss
– några veckor till så jobbar jag tillsammans med Josefsson, tills
de hinner anställa någon ny, och sedan så får jag ansvaret för
Bygden och nyhetsbyrån för Södermöre med Öland."
"Kan du det då? Blir det inte mycket administration?"
"Det sköter huvudkontoret. Jag ska jaga nyheter, sälja annonser
och sånt."
"Precis som nu då alltså?"
Fredrik medgav att så kunde man naturligtvis också se det.
"Men jag har inte Josefsson som chef. Och jag blir chef själv –
för Fridlund."

Louise tittade ner i sin thékopp och suckade.

"OK, ska vi göra så här då? Du får testa på det här nya jobbet. Men det får bli under vissa förutsättningar. Du får inte acceptera en lägre lön än den du har nu, gärna mer men inte mindre. Du får inte acceptera provisionsbaserad lön, det ska vara en fast lön. Det får inte heller bli så att du aldrig är hemma eller drar med dig en massa oavlönat extrajobb hem. Jobbtid är jobbtid och fritid är fritid. Och sen får du lova mig att vi utvärderar detta efter en månad. Trivs du och det fungerar så kan vi ta ställning till det då. Funkar det inte så får du lova att säga till Lappen att det inte funkar. Då får ni komma överens om att du går tillbaka till din gamla tjänst. Överens?"

"Visst, tack. Och du då? Hur har du haft det?"

"Jo som sagt. Jag har fått köparna att teckna avtal, och Gary ska se till att alla papper kommer i ordning och sedan så skickar han ner dem till mig för att skriva på."

Fredrik ställde ifrån sig koppen och drog ett djupt andetag.

"Gary? Jaha ... OK, ska vi se på filmen?"

Louise sa att hon redan sett filmen på hotellet i veckan, så hon ville hellre gå och lägga sig. Skulle Fredrik komma också, eller ville han sitta uppe ett tag till?

"Jag kommer strax", svarade Fredrik. Han satte på TV:n och slog över till Discovery. Repris av Time Team. Det här avsnittet där de grävde ut ett kloster utanför Oxford hade han säkert sett fyra gånger redan. Han bestämde sig för att se det en femte gång.

TISDAG

Det brusade om teven. Fredrik vaknade till, såg sig om och tittade sedan på sitt armbandsur. Kvart över tre på morgonen. Han måste ha somnat till. Skulle han gå och lägga sig i sängen och försöka somna om, eller skulle han sitta kvar och invänta morgonen? Han reste sig ur fåtöljen, gick ut i köket och öppnade kylskåpsdörren. En nattmacka och en läsk borde han ju kunna unna sig i alla fall. Det fanns några köttbullar kvar i en plastbunke, och han åt upp dem direkt ut burken. Det fanns en öppnad enochenhalvliters cola light som han satte till munnen och drack ur. Det kylde till i näsroten så att han var tvungen att ta flaskan ur munnen ett tag. Ett kraftigt rap kom över honom. Han satte flaskan till munnen igen och drack upp resten.

Egentligen var han inte särskilt trött. Han gick in på toaletten för att borsta tänderna och byta om, men ångrade sig. Lika bra att jobba på med fallet istället för att ligga och stirra i sovrumstaket och inte kunna somna. Fredrik satte sig i vardagsrumsfåtöljen och funderade på vad han fått veta om församlingen under gårdagen. Det var inte mycket - folket i byn hade inte varit särskilt pratsamma så han hade givit upp och åkt därifrån redan efter en halvtimme. Huvuddelen av det han visste var sådant som polisassistenten berättat.

Alltså - det var på hösten som Ledarens hustru Sara hade försvunnit. Hela senhösten och vintern hade folket i byn tänkt på

henne, undrat vad som hänt, men allt eftersom tiden led hade
hon tynat bort ur deras medvetande. Fredrik hade fått veta att
Domarna i början hållit tal till folket om hur förtappad hon va-
rit, hur syndfull och vad som nu väntade henne när hon lämnat
sin själ till djävulen. Men även Domarna hade till sist tappat
intresset för henne och när väl våren kom var alla i byn överty-
gade om att hon bara hade fått nog och gått tillbaka till sitt
gamla liv på fastlandet.

Sedan hade livet i byn återgått till det normala, men vissa pro-
blem verkade ändå ha funnits. Så länge Ledaren höll sig med
flera kvinnor var det inget problem, men om han bestämde sig
för att ta en ny kvinna som sin egen, vilken rang skulle hon då
ha? Pratet gick tydligen redan i byn om att han visat intresse för
sin döda hustrus kusin Katharina. Eftersom ingen visste var
Sara var så var Ledaren formellt sett fortfarande gift, så hustrus
titel kunde hon inte få. Men om hon inte var hustru så var hon
enligt församlingens egna skrifter - som ju Ledaren själv hade
skrivit - en sköka och skulle således stötas ut ur gemenskapen.
Fredrik antog att det här inneburit ett stort problem för Domar-
na. Deras uppgift var att tolka skriften och lagarna. När man nu
hittat Sara död så var ett av problemen ur världen. Nu kunde
Ledaren förenas i äktenskap med den kvinna han bestämde sig
för att ta som sin enligt församlingens egna. Ett motiv så gott
som något, tänkte Fredrik.

Han bläddrade vidare bland de lösa lappar han strött omkring sig på golvet och på soffbordet. Församlingens regler var tydliga på en del punkter. Den som levde enligt deras regler skulle återförenas med sin make eller maka i efterlivet. Det var tydligen församlingens term för livet efter döden. Att Ledaren – det vill säga Gustafsson - inte skulle nå dit var otänkbart. Det var ju han som var profeten och skaparen av reglerna. Det var också klart att ingen kunde komma emellan en man och hans hustru i efterlivet. Det innebar således att en ny fru inte kunde förenas med Ledaren efter döden. Den platsen var dedikerad till den första hustrun. Det sågs som ett försök av människan att sätta sig över den gudomliga. Herregud vilket sammelsurium av skitsnack, tänkte Fredrik. Och hans fru då, hon som försvunnit? Sara? En ung kvinna som säkert hade fått det att rycka i grenen på både en och två karlar. Varför hade hon dött?

Fredrik plockade fram sin bärbara dator, startade den och satte i USB-pinnen. Han bläddrade igenom bilderna som Fridlund tagit. Ett blånat lik efter en vacker kvinna. Den döda kroppen hade frusits in under snötäcket som fallit över tjärnen på vintern, men när våren kom hade den tinat upp. Samtidigt hade marken runt omkring henne också börjat tina, och resterna av Sara hade sjunkit allt djupare ner i sankmarken. Hennes lik var sönderhackat av fåglar där kroppen inte sjunkit ner i myren. "Jag har svårt att se hur hon skulle ha kunnat gå ner sig i en tjärn som var delvis frusen och som inte ens är särskilt djup eller sank på den plats där hon hittades", tänkte Fredrik. "Jag tror inte att hon skulle ha lyckats gå ner sig där ens om det varit när det var som blötast."

Det var svårt att tolka hur hon hade sett ut, men det var någonting över henne som fick Fredrik att titta närmare på bilderna. Han förstorade bilden med 50 procent. Jo, det såg ut som om någon hade hållit henne nere. Kroppen såg alldeles för ojämnt nedsjunken ut för att se normalt ut. Huvudet låg nedtryckt och krokigt, precis som om någon hållit nere det under vattenytan. Resten av kroppen hade en annan mer naturlig vinkel för någon som bara låg ner. Strypt och sedan dränkt. Fredrik klottrade några ord i sitt anteckningsblock och lutade sig bakåt. Det kändes som grus i ögonen och han insåg att han behövde vila lite innan han fortsatte. Han hörde steg på ovanvåningen, och strax började det knarra i trappan.
"Kommer du inte upp och lägger dig snart?". Louise böjde sig fram över trappräcket för att kunna se honom.
"Jo då, snart. Ska bara stänga av datorn. Fem minuter".
"Varför skriver du inte in dina anteckningar i datorn istället för att hålla på med de där lösa lapparna och anteckningsboken? Det är ju faktiskt 2000-talet nu, inte 1890".
"Jo, jag ska. Bara jag får tid att sätta mig ner och lära mig det där jävla programmet ordentligt. Jag har klickat på save flera gånger och då bara försvinner allt."

"Jaja, men klockan är tio över ett nu. Kom och lägg dig så ska
jag visa dig i morgon".
Fredrik suckade. Louise hade rätt. Lika bra att gå och lägga sig.
Om han låg nog länge och tittade i taket skulle han nog bli till-
räckligt trött.

HÖSTEN INNAN

Byns unga flickor blommade upp vid kvällssamlingen vid uteplatsen mitt i byn. Nybadade och med nytvättat hår satt de fnittrande vid elden, strax bakom de gifta kvinnorna utom synhåll för pojkarna. Vackrast av dem var Katharina, en artonårig flicka som inte visade något som helst intresse för pojkarna på andra sidan elden. Det var vad som förväntades av en välartad flicka, och hon ville inte att hennes föräldrar skulle behöva skämmas för henne. Ledaren hade dock inte kunnat låta bli att bli intresserad av henne. Som Ledare hade han visserligen ett ansvar men även en rätt, och såväl flickan som hennes föräldrar skulle bli stolta över att han ville ta henne till sig. Det var dock Domarnas sak att bedöma om det bröt mot reglerna eller inte, och Ledaren hade därför lagt fram sina tankar för Domarna vid nästföljande Råd.

Domarna hade ansvaret för rättskipningen och för att se till att Ledarens påbud genomfördes i byn. De levde isolerat i den gamla mangårdsbyggnaden, de hade bottenvåningen och Ledaren själv bodde på övervåningen. Källarvåningen användes som rättssal. Det var där som Domarna såg till att en fastställd dom genomfördes. Byborna hade inte helt vant sig med skriken från källaren. De hördes över stora delar av byn, men man hade lärt sig att försöka slå bort dem. Den som klagade kunde själv bli drabbad. Därför höll sig folk helst borta från den delen av byn.

– Som jag tolkar Skriften så finns det ett sätt, hade Förste Domaren sagt. Nu när Sara försvunnit så kan du ta till dig en kvinna utan att göra henne till din hustru. Då blir hon din kvinna på samma sätt som din första hustru, men hon får inte hustrus rang. Det kan hon inte få. Inte heller får hon någon rätt över dina barn, och inte heller över era gemensamma om de föds så länge äktenskapet med Sara är bindande. Sara är din hustru tills hon dör så hon kommer att ses som mor till dina kommande barn oavsett vem som föder dem. Din nya kvinna kommer att stå efter henne i rang tills Sara är död. För att undvika att din nya kvinna ska ses som en sköka måste du också erkänna henne som din kvinna inför hela församlingen.

De äldre i byn hade inte sett något problem i detta. Flickan och hennes föräldrar borde väl bli glada och stolta över att Ledaren ville ta flickan till sig, men en av kvinnorna protesterade.
– Inte kan ni väl tro att det kan komma något gott ur det, hade hon fräst till. Typiskt karlar. Hur illa man än har det i det här livet så hoppas vi väl alla att vi ska få det bättre i det nästa. Hur kan ni begära att en ung flicka ska avstå från ett bättre efterliv för att leva som älskarinna i detta? Även om Domarna kan ge ledning i hur ni kan gå kring reglerna så är ändå reglerna stiftade i himlen, inte av oss. Och sanna mina ord, den stackars flickan kommer att få det ensamt i nästa liv om Ledaren inte vill göra henne till hustru.

Ledaren var inte beredd att underminera sin ställning i byn på grund av Katharina. Naturligtvis skulle han se till att Domarna fick gå ige-

nom såväl skriften som sektens regler för att se om inte flergifte trots allt var tillåtet, men han lade planerna på ett liv med Katarina åt sidan. Han hade dock låtit ryktet gå ut över byn att den som tog henne till sig skulle för alltid hamna i onåd hos Ledaren. Tisslet och tasslet hade börjat gå i byn om varför han bestämt detta och byborna tog ställning för eller emot flergifte.

TISDAG IGEN

"God morgon älskling, sovit gott?" Louise tittade upp från grötserverandet när Fredrik kom in i köket. Hon såg bekymrat på hans röda ögon som omgavs av gråsvarta blåtonade ringar ovanpå ringarna runt ögonen. Nej, han hade inte sovit. Han hade gått och lagt sig när Louise kom ner och hämtade honom, men sedan hade han legat och snurrat runt i sängen, de gånger han inte legat stil och stirrat i taket. Han insåg att han nog var tvungen att ta ut de där lugnande tabletterna som läkaren skrivit ut trots allt. Han gillade inte att peta i sig mediciner, det kunde aldrig vara bra för kroppen att stoppa i sig en massa kemikalier brukade han säga de gånger Louise tog upp frågan. Nä, men chips är det tydligen helt ok med, brukade hon svara.

Han hade legat och snurrat till halv fem i morse, då hade han tittat på väckarklockan. Han hade egentligen behövt stiga upp och gå på toaletten, men tröttheten och utmattningen gjorde att han inte klarade av att tänka ordentligt. Han hade övertygat sig själv om att han skulle dö i infarkt om han gick på toaletten. Dö – och sedan skulle Louise hitta honom på morgonen. Hopsjunken på toalettgolvet, med …. Nä fy fan. Han hade räknat baklänges från etthundra för att tänka på något annat, och till sist måste han ha svimmat till sömns.

Hela familjen satt samlad för omväxlings skull. För det mesta hade de så olika tider att Louise hade ätit frukost och gett sig iväg till jobbet redan innan de andra steg upp. Fredrik, som var den som brukade lämna ungarna på morgonen, var å andra sidan nästan alltid sist upp. Eftersom Louise hade tagit ut semester och kompledigt resten av veckan passade hon på att se till att ungarna fick i sig en riktig frukost. Havregrynsgröt, kokta ägg, rostat bröd, marmelad, kaviar, skinka. Det borde väl räcka.

Sofia satt och petade i gröten med sin sked. Underläppen stack ut lite, som den ofta gjorde när hon ville visa resten av familjen att hon inte var nöjd.

"Måste jag äta det här? Jag orkar inte, jag är mätt." Hon släppte demonstrativt ner skeden i tallriken. Lite mjölk skvätte ut på bordet.

"Men gumman, du har ju knappt ätit någonting. Du måste ju få i dig lite frukost, annars så kommer du inte att orka med skolan." Louise körde som vanligt sin arbetsplatspedagogik även på sina egna barn. Precis som om det skulle hjälpa, tänkte Fredrik.

"Okej. Då får jag väl stanna hemma då." Sofia sneglade bort mot Fredrik för att se efter en reaktion. Fredrik log. Hans mellanbarn hade sin unga ålder till trots lagt sig till med en ganska så ironisk, för att inte säga spydig, humor. Snabba syrliga kommentarer som ibland höll på lite för länge för att man skulle behålla intresset, men som lurade hennes far till att skratta och storasyster till att bli irriterad.

"Nu håller hon på igen", sa Emma mycket riktigt. "Varför ska hon slippa äta gröt när alla vi andra måste." Sedan höll hon handen lite lätt för munnen, mumlade 'skitmat' och tittade på sina föräldrar för att se om de skulle reagera. Fredrik försökte inte visa att han skrattade inombord över tolvåringens försök att växa upp till trotsig tonåring.

"Ja, men nu äter ni båda två", sade Fredrik och försökte se sträng ut. "Om mamma har stigit upp tidigt och gjort gröt åt er för att ni ska få i er ordentlig mat på morgonen, fastän hon är ledig, så ska ni i alla fall smaka."

"Vad vill du ha älskling?" Louise räckte fram en tallrik gröt till sin make.

"Nä, det är bra med en kopp kaffe bara tack. Jag tar en macka på caféet sedan, jag är inte hungrig. Och så kommer Tommy förbi snart, vi ska se till att göra affärer."

"Varför slipper pappa då? Så himla typiskt!" Emma slängde ner skeden i sin gröttallrik och lade armarna i kors.

"Jag äter i alla fall mamma. Mmmmm. Det är jättegott. Jag älskar dig, mamma." Johan log mot Louise och såg sin chans att stjäla mammas uppmärksamhet på sina systrars bekostnad, även om det innebar att han måste äta havregrynsgröt. Louise log tillbaka mot sin son.

"Och jag älskar dig, gubben. Men du måste i alla fall äta upp din gröt."

Johan såg besviken ut. Louise vände sig mot sin make.

"Och vad ska du göra idag då? Ska du inte gå till Vårdcentralen
och försöka få boka en tid hos en läkare eller kurator eller så?
Du kan inte hålla på så här Fredrik – jag är orolig för dig."

"Nä, hinner inte. Måste fara ut till Tommys inspelningsplats en
sväng sedan när vi väl gjort klart pappersjobbet med annonser-
na. Och sedan ska vi väl upp till den där byn, Fridlund och jag.
Ta lite bilder och göra lite uppföljningsintervjuer på plats. Vi
hann inte med så många i går. För att få en miljöbeskrivning
liksom. Och du då, vad ska du göra nu när du är ledig?"
"Jag tänkte passa på och fara in till stan", svarade Louise. "Nu
när jag är ledig för en gångs skull vore det kul att bara gå om-
kring, titta i lite affärer och sånt. "

"Pappa, jag vill ha en iPhone", sade Sofia. "Det är inte rättvist
att ni vuxna har och inte jag. Jag är faktiskt stor nu".
"Ska hon få en så ska jag också ha en, annars är det orättvist."
Emma satt fortfarande med armarna i kors och såg sur ut.
"Jag då? Jag får aldrig någonting." Johan började få tårar i ögo-
nen och rösten gick upp en halv oktav.
"Ska ha och ska ha! Alla ska bara ha hela tiden." Fredrik sköt
undan stolen och reste sig från bordet. "Ni väntar väl bara på
att jag ska dö i hjärtinfarkt så ni kan börja köpa hur många iP-
hones ni vill. Men till dess tänker jag fortsätta att prioritera bo-
stadslån, månadsavgift, mat och kläder."

"Fredrik! Lägg av!" Louise höjde rösten för att han skulle inse
att hon inte skämtade. "Du talar inte till ungarna på det där
sättet."

"Äh, jag skojade ju bara."

"Du tror väl inte att ungarna, eller jag heller för den delen, ser
något komiskt i att du försöker skrämmas med att säga att du
ska dö? Någonstans måste väl gränsen gå även för dig?"

Det ringde på ytterdörren och Fredrik såg sin chans att ta sig ur
den uppkomna situationen genom att gå och öppna.

"Tjena. Sovit gott?" Tommy såg själv ut som om han inte haft
någon vidare sömn. Kläderna var skrynkliga och han var ora-
kad.

"Jo då. Skön fåtölj vet du. Själv då? Har du sovit i bilen eller?"
Tommy bedyrade att så inte var fallet, men tackade ja till Fred-
riks erbjudande om en kopp kaffe och en tallrik gröt.

"Hejsan Tommy, det var länge sedan." Louise vinkade med
grötskeden och pekade mot en ledig stol. "Sätt dig ner, vill du
ha en tallrik gröt?"

"Nä tack", svarade Tommy. "Det räcker med en kopp kaffe.
Hörni, gissa vem jag såg utanför Hotell du Rey på Larmgatan
sent igår kväll? Jerry Karlsson om ni minns honom. Fast han
kallar sig visst Gary Carlzohn – med Ce och zäta och hå nu. Fint
ska det vara minsann. Är visst advokat hemma i Holm vad jag
förstått. Man vad han gör här nere kan jag inte förstå."

"Äh, det var nog inte han." Fredrik tyckte att Louises svar kom lite väl snabbt, men det verkade inte som om Tommy uppfattade något särskilt.

"Louise har anlitat honom för att sälja pensionatet. Så hon om någon borde ju veta hur han ser ut nu för tiden … och var han är. Eller hur älskling?"

Louise brydde sig inte om att besvara sin makes fråga. Hon började plocka undan de tomma tallrikarna från bordet.

"Och vad har ni två pojkar tänkt göra idag då?"

"Jag tänkte följa med Fredrik till redaktionen. Fixa till lite pappersarbete om annonseringen. Sedan måste jag in till stan igen." Tommy tog en klunk ur kaffemuggen. Han gillade inte att någon hällt mjölk i kaffet, men höll god min. Han vände sig mot Fredrik. "Men du och jag måste träffas igen i eftermiddag. Ute vid fyndplatsen? Jag måste få träffa din fotograf för att diskutera annonsbilderna. Det är en riktig goding det där, om du frågar mig."

"Vad menar du då?" Sofia bröt in i samtalet och Fredrik och Tommy insåg att barnen fortfarande var kvar vid bordet.

"Nähä, ungar. Dags att kila iväg till skolan." Louise klappade i händerna för att jaga på barnen som suckade och sakta gick iväg mot ytterdörren. "Och ni två, ska inte ni två också ge er iväg så ni inte blir sena?" Hon sträckte sig fram emot Fredrik, rättade till hans skjortkrage och borstade bort några hårstrån från kavajslaget. "Har du med dig allt nu gubben?"

Fredrik stoppade ner händerna i kavajfickorna och drog upp ett anteckningsblock ur den ena fickan och en bunt lösa lappar ur den andra.

"Hur kan du hålla reda på de där lapparna gubben", suckade Louise. "Varför skaffar du dig inte en iPad eller så."

"Äh, såna jävlas bara när man mest behöver dem. Jag har då aldrig varit med om att batterierna tar slut i ett anteckningsblock." Fredrik log mot sin hustru. "Tack för omtanken älskling, men det här funkar bra." Han vände sig mot Tommy. Kom nu Tommy så drar vi.

***

Alla Domarna var likadant klädda i svarta kostymer, vita kråsskjortor och cylinderhatt och det var därför svårt att se skillnad på dem, utom på Förste Domaren som hade ett brett halsband med amuletter på. Dessutom hade han en vid svart mantel. Förste Domaren såg över allas huvuden på ett sätt som gjorde att alla kände sig iakttagna.

Det faktum att Domarna besökte ett enskilt hus bådade aldrig gott. De lade inte ner någon tid på artighetsfraser utan ställde sig vid dörren in till köket där familjen och Katharinas föräldrar satt.'

"Nåväl Katharina, du vet vad skriften säger. Den som ljuger för Domarna ljuger för efterlivet. Och den som ljuger för efterlivet är för alltid fördömd."

Sektens övertygelse var att de som erkände sig skyldiga till något inför Domarna fick sin skuld avlyft och de kunde med rent samvete gå vida-

re i livet tills dess de nådde evigheten. Den som däremot inte erkände var för alltid förhindrad att komma dit. Ryktet hade gått ett tag i byn och nu visade utbuktningen på magen att det var uppenbart att Aarons kvinna väntade barn. Ingen klandrade Aaron för att han gått i förväg och inte avvaktat vigselceremonin, men en ren kvinna borde ha kunnat avhålla sig från synd innan äktenskapet.

Aaron hade länge varit övertygad om motsatsen, men den senaste månaden var det tydligt att Katharina väntade tillökning. Katharina gav sin far en förskrämd blick. Halvar såg sorgset på sin dotter och sedan svarade han själv Förste Domaren.

"Om någon ska vara sårad så är det jag", sade han. "Om min dotter blir med barn utan att det finns en erkänd far så blir det ju jag som får mätta barnets mun. Så är det sagt, så är det skrivet. Men de enda män som uppvaktat min dotter är Ledaren och Aaron. Ledaren är redan gift. Jag kan inte tro att han skulle vilja att en oskyldig flicka ska hamna utanför efterlivet bara för att han vill tillfredsställa sina lustar. Och Aaron är en rättskaffens man, jag kan inte tro att han gjort något med min dotter innan de blev gifta. Nej, barnet som vi alla kan se är på tillväxt i hennes mage måste ha blivit till efter äktenskapets ingång, jag kan inte se någon annan förklaring."

Förste Domaren såg sig om i rummet, men ingen lyfte blicken för att se tillbaka. Han stod nu inför ett svårt val: antingen hävda att flickan ljög och därmed kanske sätta Ledaren i en brydsam position, eller anta Halvars förklaring även om den uppenbarligen var falsk. Även om Ledaren själv ju hävdat att han aldrig haft sexuellt umgänge med *henne så skulle pratet i byn kunna bli något annat. Han strök sig på hakan och funderade. Aaron, som hållit tyst hittills, kunde inte längre hålla tillbaka sina känslor.*

"Frågan är inte om jag har gjort Katharina med barn innan äktenskapets ingång", sade han. "Om barnet blivit till innan vårt äktenskap så är det inte jag som är fadern, det svär jag på."

"Du svär och du svär", svarade Förste Domaren. "Men du är inte en Domare och ditt ord är inte mer värt än någon annans. Se nu till att vara tyst innan vår och Ledarens vrede går ut över dig."

Förste Domaren insåg att han inte kunde misskreditera Katharina och förneka henne rätten till efterlivet. Det kunde han inte göra annat än att han i så fall skulle vara tvungen att säga att barnet var Ledarens. Och Ledaren ville då rakt inte bli far till Katharinas barn, oavsett om han var det eller ej.

"Nå", sade Förste Domaren slutligen. "Du tiger, flicka. Jag tolkar det som om du är väluppfostrad nog att låta din man och din far föra din talan. Så anser jag det således bevisat utan tvivel. Barnet är tillkommet inom äktenskapet och dess far är tvivelsutan Aaron. Låt detta bli sagt att detta är Domarnas dom."

Därpå lämnade Domarna huset, lämnande efter sig en dämpad men lättad skara.

***

Gunilla Fridlund var trots sina dryga trettiofem år ensamstående och hade tills helt nyligen bott med sin mor. Visst hade hon haft sina affärer, men det hade aldrig blivit något av det hela.

När det började bli allvar av det så knackade samvetet henne på axeln. Vad skulle hända med hennes mamma om hon skulle flytta ihop med någon? Hon hade fått kommentarer av besvikna älskare och älskarinnor att hon gömde sin rädsla för förhållanden bakom omtanken om mamman. Och så var det kanske. Men det var ju hennes liv, om hon valde att vara singel så angick det ju ingen annan.

Nyligen hade dock hennes verklighet förändrats. Modern hade efter en stroke fått plats på servicehem och Gunilla hade flyttat till en mindre lägenhet i samhället. Fortfarande singel, även om hon från och till hade folk som sov över. Dessutom hade hon äntligen förverkligat sin dröm om en hund som livskamrat. Det blev en liten svartvit collievalp som hon döpte till Killer. Om det skulle bli en bra vakthund av valpen när den växte upp måste hon ju ge den ett skräckinjagande namn, resonerade hon. Det faktum att collie förmodligen inte var den optimala rasen att ha som vakthund brydde hon sig inte om, de var så vackra och Killer var en så söt valp. Det skulle nog bli bra.

Som den goda matte Fridlund tänkte bli hade hon anmält såväl matte som valp till en dressyrkurs. Hennes tanke var att lära hunden att sitta still på kommando, kanske till och med lära den att springa enklare ärenden. Det vore ju praktiskt hade hon förklarat för den del av bekantskapskretsen som ville lyssna: bara skriva en lapp och stoppa den och pengar i ett kuvert som han sedan stoppade i Killers mun och sedan iväg. Själv skrattade hon åt sitt skämt, men inte många andra gjorde det efter tredje eller fjärde upprepningen.

Kursen var till stor del en besvikelse: det var mest ett antal personer som ivrigt letade efter sina hundar vilka fått för sig att just femtio meter bort var det ideala stället att uträtta sina behov. Resten var ganska långtråkig upprepning av samma tjat som gången innan, så hon blev inte allt för besviken när Fredrik ringde.

"Hur är det, är du redo för att åka ut till byn? Jag behöver dig med för att ta lite bilder."

"Visst, det är lugnt", svarade Fridlund. "Vi är klara här ute i alla fall. Om du hämtar upp min utrustning på redaktionen så kan jag svänga förbi och hämta dig."

"Bra. Vi får se till att sno oss på så att inte teve hinner före. Jag har träffat Tommy idag, gjort klart med annonsbekräftelserna och så. Bra med stålar vi får för det. Men nu måste du ta lite bra bilder till annonserna. Det blir en hel serie. Tommy har åkt in till stan, och han är ju fullt upptagen med att filma sin teveserie. Men någon av hans chefer kan ju få för sig att de ska bevaka det hela själva. "

Fridlund brydde sig inte om hur många som bevakade deras lokala fynd, hon var ganska säker på att Fredrik överdrev det intresse som omvärlden kunde ha för ett lik i markerna här ute. Folk dog ju varje dag runt om i landet.

"OK, vi hinner nog förbi tevegänget också sedan, för att se hur
det går för dem. Vore ju bra om din kompis var där också … jag
skulle kunna ta lite fler bilder på honom också. Vi behöver lite
fler bilder på dem allihop", tillade hon efter en kort paus som
hon hoppades att Fredrik inte uppfattat.

***

De parkerade Fridlunds bil uppe vid vändplatsen och gick den
sista biten. Där vägen – eller snarare stigen – delade sig vid en
jordhög hade de valt att svänga till höger. Även den som aldrig
varit här tidigare kunde inse att det var den vägen man skulle
gå ner till byn. De grävmaskiner som arkeolog-teve hade släpat
ut i myrmarken hade lämnat djupa spår. Det som naturen be-
hövt tusentals år att skapa hade slitits upp av grova traktorhjul
och grävskope-larvfötter på någon minut.

Efter ett hundratal meter befann de sig i utkanten av byn. Hu-
sen trängdes med skogen om utrymmet. De var lite skabbiga
och på en del väggar var träet helt färgfritt. På några var föns-
terrutorna ersatta av masonitskivor, och på ytterligare några
fladdrade trasiga rester av vad som en gång varit vitaktiga
florstunna gardiner i de sönderslagna fönstren. Fredrik antog
att denna del av byn stod tom, och därför förvånades han av att
se några ansikten i ett av fönstren.
"Det är som att se en film från Rumäniens landsbygd när dikta-
turen föll", tänkte han. "Inte fan kan väl någon bo här?"

En dörr i husets sida – förmodligen köksdörren – öppnades och två små flickor sprang iväg uppför stigen mot resten av byn.

Husen i den här delen stod på det som han lärt sig kallades torpargrund, och på flera av dem såg det ut som om de var uppslängda direkt på några stora stenblock. Fantastisk egentligen att de fortfarande stod kvar. Ju längre in i byn de kom, desto öppnare blev ytorna, och husen såg allt mer välvårdade ut. Faluröda hus – naturligtvis, det var ju svensk landsbygd – med vita knutar och tunna vita spetsgardiner i fönstren. De passerade en större byggnad mitt i byn som verkade vara kapell eller församlingssal. Ett träkors satt över ingången, och en skylt hängde över dörren. "Morgonrodnaden ger frälsning". Inifrån lokalen hördes sång. Fredrik kunde inte påminna sig att det var någon särskild högtidsdag.

"Vad är det för dag idag?" han vände sig mot Fridlund.

"Tisdag", var hennes svar.

"Ja, jo, men är det någon helgdag eller? Varför sjunger de?" Fridlund skakade på huvudet.

"Nä, bara tisdag tror jag. De har väl någon egen högtid som de uppfunnit, eller så sjunger de varje dag." Hon pekade bort mot andra sidan vägen, där de två små flickorna stod som de sett springa ut ur huset tidigare. "Du får väl fråga någon".

Men Fredrik hann inte mer än tänka tanken innan flickorna försvann bakom en husvägg.

Sången i lokalen hade slutat, och folk började komma ut på
gatan. De hejdade till när de såg de två tidningsmedarbetarna,
men sedan stirrade de ner i marken och skyndade sig förbi.
Ingen stannade till eller talade med vare sig Fredrik eller Frid-
lund.

En av de få som pratat med Fredrik dagen innan i byn var sme-
den Aaron. Det var han som hade hittat den döda kvinnan. El-
ler rättare sagt - det var han som hade känt igen henne när teve-
teamet grävde fram henne. Fredrik hade förstått att kvinnorna i
byn gärna vände sig till smeden Aaron med sina världsliga
problem. Ett och annat hade han ju snappat upp under gårda-
gens korta besök i byn, men han kände ändå att han behövde
lära sig mer om dem. Som Fredrik förstod det så gjorde det fak-
tum att Aarons fru Rakel lämnat honom och församlingen re-
dan innan de flyttat från fastlandet att hon ansågs vara död och
eftersom han hade han om hushållet och dottern alldeles själv
sågs han som ett eftertraktat byte för de ogifta kvinnorna. Att
han var byns smed satte honom som lite förmer än de flesta av
byns män - naturligtvis under Ledaren och Domarna, men över
drängarna och grovarbetarna. Smeden och mjölnaren hade
båda en gedigen yrkeskunskap utan vilken byn inte skulle klara
sig. Alltså var såväl mjölnaren som smeden ett bra byte för den
som ville gifta upp sig.

Fredrik och Fridlund sökte omgående efter Aarons hus. Folket i byn var inte särskilt pratsamma så de personer de lyckats stoppa för att fråga om vägen skakade bara på huvudet och hastade iväg. Därför tog det dem lite tid, men sent om sider lyckades de ändå hitta rätt. Efter att ha knackat på dörren ett flertal gånger, och sedan på fönstret när de såg att någon smygtittat på dem från en undanvikt flik på gardinerna, öppnades slutligen dörren och en ung kvinna tog emot dem.

"Jaha, vi hade väl väntat er förr eller senare", sade hon. "Välkomna in". Hon tog ett steg åt sidan för att släppa in dem över tröskeln. När de kom in såg de att det lilla köket var överfullt med nyfikna. Fridlund viskade till Fredrik att de nästan var som en attraktion på Skansen, och Fredrik viskade tillbaka att de nog inte fick besök så ofta i byn, så det var väl en stor sak att två från lokalpressen kom hit.

De hade blivit bjudna på kaffe – kokkaffe. Här körde man inte med elektriska apparater, utan kaffet kokades i panna ovanpå vedspisen. Riktigt gammalt bitsocker hade man också, så det gick att dricka kaffe på bit utan att sockerbiten bara flöt ut i ett mos som det brukade bli av snabbitarna. Fredrik kunde inte undvika att bli lite imponerad: de avstod från all den moderna världens bekvämligheter, men riktigt bitsocker bjöd de på. Han sträckte sig efter en bulle som låg på ett fat mitt på bordet. Därefter flyttade han sig lite åt sidan i kökssoffan eftersom han kände sig lite störd av att sitta nära Fridlund. Han visste egentligen inte varför. Förbannade Tommy, vad skulle han kommentera Fridlunds utseende för? Han sneglade på hennes bröst. Sedan vände han sig snabbt bort och tänkte på småfåglar. Bara för att distrahera sig själv. Utanför fönstret såg han en tvättlina som det hängde en plastkasse på. Plast har dom i alla fall. Bitsocker och plastkassar.

Han vände sig mot Aaron.

"Du var ju med när arkeologerna fann henne." Fredriks fråga var egentligen lika mycket ett påstående.

"Ja, jag visste ju direkt att det var hon", svarade Aaron.

"Hur visste du det? Man såg väl inte ansiktet?"

"Hon hade samma kläder på sig som sista dagen jag såg henne i livet. Och när de vände på henne var det inga tvivel på att det var hon."

"Varför sa du inte det då? Varför dröjde du? För det var väl du som gav det anonyma tipset?"

Aaron funderade.

"Nä, jag tyckte väl inte att det var min sak, polisen var ju där. Och det var ju ändå bara hennes kropp, själen var i efterlivet, så säger skriften. Men sedan så tänkte jag att, ja… om polisen visste så skulle de kanske inte leta efter fel saker här i byn."

"Fel saker? Hur menar du då?"

Aaron teg. Under några minuter av pinsam tystnad satt alla och sneglade på varandra. Fredrik tog en kaka som han doppade i sin kaffekopp. Kakan flöt sönder när den blöttes upp och sjönk

till botten. Han försökte pilla upp den med en kaffesked, men
slutade när han kände de andras blickar.

"Hon låg med ansiktet neråt, och när arkeologerna hade vänt
på henne så att ansiktet syntes var det ingen tvekan om vem det
var". Aaron hade bestämt sig för att tala igen. "Uppsvullen,
anfrätt och missfärgad, men nog var det Sara alltid."
Aaron kunde inte låta bli att tycka att det kändes lite ironiskt.
Hon, som ofta var ute i skogen och plockade bär eller svamp,
som kände till alla bra ställen inom flera kilometers omkrets,
hade gått ner sig i tjärnen inte långt hemifrån utan att någon
egentligen hade saknat henne tillräckligt för att leta.

"Det finns nog en hel del som talar för att hon inte var ute där
frivilligt", sade Fridlund. "Den första frosten hade redan kom-
mit när hon försvann, eller hur?"
Aaron nickade. Fridlund fortsatte.
"I så fall, vad hade hon då där ute att göra? Där fanns inget att
plocka vid den tiden på året. Dessutom borde tjärnen redan ha
börjat frysa till, annars skulle hon ha sjunkit ner djupare innan
vintern. Det syns på kroppen att hennes ansikte, delar av ar-
marna och bålen legat i vatten längre än ryggen och bakhuvu-
det. Korparna har ätit av henne, men inte av de delar som kan
ha legat under vatten hela vintern, bara av de delar som vi tror
sjönk ner när tjärnen tinade. Hon måste ha fallit på en sank-
mark som i alla fall delvis hade frusit till, annars skulle hela

kroppen sjunkit ner och då skulle korparna inte ha kommit åt den."

Det fanns de bland byns familjer som drömde om att flytta tillbaka till sitt gamla liv närmare stan. Livet i byn hade inte alls blivit som de föreställt sig. De talade i smyg om Domarna, vilka styrde byn med järnhand och hade tvingat dem att leva trångbodda flera familjer i samma hus. Ingen vågade säga för mycket, eftersom de inte visste om någon - kanske deras make eller något syskon - skulle berätta det för Domarna för att tjäna på det själva, eller bara för att slippa straff för något påhittat brott. Flera var de som om natten släpats iväg ner i källaren på Domarnas hus för bestraffning för något de sagt eller gjort. Därför var det många som drabbades av tunghäfta när nu poliserna kom och ställde frågor. Det var svårt att säga det man egentligen ville, svårt att våga berätta vad man egentligen misstänkte hade hänt.

"Ledaren kan verka okänslig", var det någon som sade, "men det är nog bara som det verkar. Även om de inte fick några barn tillsammans så levde han ju som man och hustru med Sara i flera år. Det är klart att det måste finnas några känslor kvar i karln efter det. Han har alltid varit mån om familjen, även om han inte har några barn ... i alla fall inte som han erkänner."

Ingen vågade kommentera det yttrandet även om det var allmänt känt att Ledaren gått till sängs med fler kvinnor än sin egen, både i byn och nere i samhället. De aktade sig noga för att säga det högt av rädsla för repressalier.

"Hon skrek." Någonstans i mörkret längst bak i köket hördes en kvinnoröst. Hon lät bestämd i sitt påstående.

"Skrek? Hur menar ni då?" undrade Fredrik.

"Hon skrek säger jag. Hon sprang förbi oss vid tvättbryggan nere vid sundet. Vi passade på att tvätta byns mattor innan isen lade sig. Vi brukar hjälpas åt med det varje senhöst, vi kvinnor. Hon sprang förbi oss på stigen. Hon verkade alldeles till sig. Hon sprang. Och skrek."

"Hörde du vad hon skrek?" undrade Fridlund. "Och såg du om någon sprang efter henne?"

"Nej, men jag tittade inte så noga. Jag tittade upp bara för att jag hörde att hon kom. Så jag antar att hon sprang ut i sankmarken vid tjärnkanten, snavade och slog sig så hon tuppade av och drunknade. Så måste det ju vara. Hon har inte begått självmord i alla fall, för då skulle hon inte komma in i efterlivet. Det måste ha varit en olyckshändelse."

Männen såg sig oroligt omkring för att se om de kunde upptäcka någon som kunde tänkas spionera åt Domarna, men de andra kvinnorna i rummet nickade instämmande. Samtidigt kände de sig lättade av förklaringen. Ingen kan ju göras ansvarig för en olyckshändelse, det är ju sådant som bara händer utan att

någon rår för det. Fredrik grusade dock deras förhoppningar
om en naturlig dödsorsak.

"Egentligen får jag inte berätta det här för er. Polisen påstår att
det måste vara hemligt av utredningstekniska skäl, och egentli-
gen vill jag inte berätta något förrän jag skrivit om det i tid-
ningen", sade han. "De hittade en läderrem bredvid henne".

Medan samtalet fortgått hade han bestämt sig för att släppa den
här informationen till byborna, för att eventuellt kunna få nå-
gon att berätta något de kanske annars inte hade sett som vik-
tigt. Om det var en olyckshändelse så behövde man ju inte be-
rätta allt, det skulle bara skada någon annan. Men det verkade
som om informationen tagit skruv. En påtaglig känsla av oro
spred sig i köket.

"Den verkar ha suttit runt halsen på henne". Fridlund fortsatte
där Fredrik slutat efter den spänningshöjande kommentaren.
"Någon typ av halsband. En sån där smal liten svart läderrem
med silverringar på. Den var hårt åtdragen, någon hade dragit
så hårt att den gått av efter det att hon strypts."
"Och sedan hade denne person tryckt ner hennes ansikte under
ytan så att hon drunknade", kompletterade Fredrik. "Drunknad
i lera och myrvatten. Det verkar vara en som ville vara säker på
att hon verkligen var död. Och er Ledare, var är han? Varför har
han inte visat sig fastän hans hustru upphittats död?"

Det var tyst ett tag. Ingen av de närvarande byborna ville prata, ingen av dem verkade ens vilja vara där längre. Varför hade de börjat prata med de här främlingarna? Vad gott kunde komma ut av det?

"Jag minns det halsbandet, sa en av kvinnorna till sist. "Hon var så stolt över det. Hon hade en liten guldberlock på det." Fredrik tog åt sig den informationen med allvar. Det kunde vara en viktig information och han noterade att han skulle höra med sina kontakter inom polisen om de gjort en grundlig undersökning av myren och skogen för att försöka hitta berlocken de senaste dagarna.

Men först skulle han leta själv. Det skulle ju vara en riktig höjdare att kunna presentera det nya bevismaterialet i tidningen innan polisen hade det. Det skulle väl få Josefsson att sätta kaffet i halsen. Om guldberlocken funnits på läderhalsbandet den dag hon försvann så måste det antingen ligga någonstans i närheten eller också måste mördaren ha tagit det.

"Halsbandet, ja", sade någon. "Har inte du gjort det, Ulla? Ingen annan gör så vackra halsband som du."

"Jo det stämmer nog", svarade en annan av kvinnorna. "Jag minns att hon hängde dit berlocken också. Hon hade blivit av med sitt första halsband, som jag också hade gjort, så hon ville ha ett nytt. Berlocken hade hon haft i sitt smyckeskrin, men av någon anledning ville hon ha det hängande på sitt nya halsband. Det var en bild på någon karl ... men hon sa inte vem han var."

Nu blev det tyst runt bordet. Folket runt bordet började skruva på sig.

"Och hon nämnde ingenting för någon av er vem det föreställde?" försökte Fridlund trycka på.

Det var tyst. Efter en kort stund sade rösten långt bak i rummet: "Hon hade träffat en karl nere i Degervik. När hon var där och sålde grönsaker. Jag såg dem en lördag uppe vid busskuren vid Bruket när hon klev av bussen. De var upptagna med annat om man så säger, så de såg inte mig. Det var ungefär då hon började bära berlocken."

***

Efter hand troppade gästerna av, och kvar var bara Fredrik, Fridlund och Aarons familj. De satt och tittade på varandra under tystnad över en kopp kaffe. Aarons dotter kisade i smyg på Fredrik. Plötsligt ställde hon ifrån sig kaffekoppen och tittade upp på sin far. Han var en liten senig man med ett så smalt ansikte att det nästan delades i två halvor när han log. Och sedan Katharina kommit in i hans liv log han ofta. Även om flickan ibland saknade sin mor var hon glad över att fadern kommit över att hon lämnat dem, och hon började allt mer känna att Katharina var om inte hennes mor så i alla fall som en snäll storasyster.

Det hade blivit tyst i köket sedan gästerna gått. Fredrik skrev ner anteckningar över vad som sagts, och Fridlund funderade kring vad som kommit fram sedan liket blivit funnet. Hon tyckte att alla spår pekade åt ett och samma håll. Sara hade inte hunnit mer än försvinna innan Ledaren hade lagt ut sina krokar efter Katharina. Fridlund förstod efter de två dagarnas besök i byn att Ledaren hade makt och rikedom och därför kunde välja vilken kvinna han ville ha i byn. Typiskt karlar med makt och pengar. De trodde att alla kvinnor stod i kö för att ligga med dem bara för det. Och typiskt kvinnor också. För nog tusan släppte de till om en karl med pengar och makt ville stoppa in den. Hon vore inte ett dugg förvånad om Ledaren – jäkla titel – hade gjort flera på smällen. Hon såg på de andra, men ingen sa något. Hon kände sig malplacerad, som något som placerats där för att visas upp. 'Se här, vi finns också. Vi som inte tror, vi som lever ett vanligt liv'. Vanligt och vanligt. Men jämfört med den här församlingens medlemmar så. Hon undrade om de någonsin skulle säga något, eller bara sitta där tysta tills hon och Fredrik gick sin väg. Hon tog en klunk av kaffet.

"Hade Sara fått leva så hade hon nog inte hållit tyst om det." Katharina var den som bröt tystnaden. Hon var Saras yngre kusin, och som sådan hade hon en bestämd syn på sin släkting. Hon såg de goda och dåliga sidorna.

"Om någon av flickorna han kladdat på hade fött ett barn så hade i alla fall alla i byn insett vilket svin han är", fortsatte hon. "Och Sara hade troligen gått ifrån honom. Hade hon fått leva så hade han fått stå där avklädd i sin lögnaktighet när han avslöjats som den horkarl han är. Att Sara dog var en stor förlust för hela byn. Men det går inte att komma ifrån att det var tur för Ledaren. Så stor tur att det faktiskt verkar osannolikt. Ingen annan än han hade något att vinna på att hon försvann." Hon var röd i ansiktet nu, och Fridlund förstod att det krävts ett stort mått av mod för henne att våga säga sådana saker.

Aaron hade hållit sig lugn dittills. Enligt ryktet i byn var ju Katharina en av de kvinnor som Ledaren befruktat, och kanske var det så även om Domarna beslutat att barnet var Aarons. Men han kunde inte acceptera hårda ord mot Ledaren från henne. Hon riskerade att dra hela hushållet i fördärvet. Ilskan och skräcken steg i hans kropp, och hans verbala angrepp på Katharina steg ur hans hals som ur en rytande björn.
"Sitter du och påstår att Ledaren skulle ha dödat Sara?!"
Katarina skrämdes av hotfullheten och kraften i hans röst men stod ändå på sig. Hon hade flera gånger legat vaken på natten och funderat över hur hon skulle hantera den här diskussionen när den dök upp - för att det var oundvikligt att så skulle ske insåg hon - och hon tänkte säga sitt nu även om de hade besök av lokaltidningen. Tvivel på sin tro hade hon haft ett tag, och

nu när hon väl hade börjat yttra den så kände hon att det var svårt att hålla igen.

Aaron fann det för säkrast att tysta sin kvinna. Hon skulle inte komma med så allvarliga anklagelser om hon inte kunde bevisa det, förmanade han henne.

"Du har väl inget att vara upprörd över", röt han. "Om de andra kvinnorna var luder så var gör det då dig till? Du förlorade din oskuld till honom, men jag kanske tvingas uppfostra en annans barn? Har du tänkt på det, hur det känns för mig?"

"Han är inte far till mitt barn!", fräste hon tillbaka.

Fredrik kände att ångesten var på väg. Det här samtalet började bli för privat för att han skulle orka lyssna. Han kunde på sätt och vis förstå att Aaron reagerade. Om Katharina haft sex med Ledaren och blivit gravid så var det väl inte så kul för Aaron att bli pådyvlad faderskapet på grund av något religiöst domslut. Och ändå så hade ju inte Aaron och Katharina varit ett par då. Hans tankar vandrade iväg och gick till honom själv. Han undrade om Louise lagt märke till blomsterhöet i köket och noterade i bakhuvudet att han skulle slänga bort blomsterresterna när han kom hem. Han återgick till anteckningsblocket.

"Sara var en vacker kvinna, och stark, " fortsatte Katharina med darrande röst. Det märktes att hon var påverkad av sin makes utbrott. "Många män skulle skatta sig lyckliga över att få henne. Det vet du, Aaron. Vem tror du skulle våga lita på Ledaren om det kom ut att hon lämnat honom för att han inte kunnat hålla sig borta från småflickorna i byn?"

Fredrik antecknade för fullt, och det verkade som om familjen helt plötsligt blev varse om hans närvaro i rummet, och de tystnade. Fredrik insåg att det här var gränsen för hur långt de skulle nå idag.

"Jaha, då kanske vi ska tacka för oss, " sade Fredrik och reste sig. "Vi ska väl försöka hinna med att ta lite bilder på byn också."

Fridlund instämde och reste sig även hon.

"Jag ber om överseende med Katharinas uppträdande, " urskuldade sig Aaron när han visade dem ut. "Men hon menar väl egentligen, hon tror att hon hjälper oss att ta sig igenom detta genom att ta Saras sida i de här diskussionerna. Hon tänker väl inte så mycket på konsekvenserna, hon är ju egentligen nästan ett flickebarn själv när allt kommer omkring."

Fredrik, som hade svårt att se Katharina som ett flickebarn utan snarare som en otroligt vacker långvuxen kvinna som gjorde de flesta män avundsjuka på Aaron, svarade bara 'Nemas problemas' och ryckte på axlarna. Sedan gick de båda mediarepresentanterna över tröskeln och ut i den gassande eftermiddagssolen.

"Vad säger du Fredrik? Det här kan väl bli kul?" Fridlund log mot Fredrik. "Ett mord med en udda sekt inblandad, och du som är gammal polis. Måste väl kännas som en nytändning efter tjafset med Josefsson?"

"Äh, jag behöver ingen nytändning", muttrade Fredrik. "Jag behöver inte vara mer tänd än jag är tack så mycket."

De gick en bit under tystnad. Det var Fredrik som bröt tystnaden.

"Fan vad hon ser bra ut den där Katharina" suckade han.

Fridlund nickade.

"Japp, tur för mig att jag gillar både killar och tjejer. Där har jag ju en fördel gentemot dig – vill inte hon ha mig så kan jag ju göra en stöt på gubben hennes. Eller varför inte båda två? Det är väl en fantasi du skulle gilla att få titta på va?"

Fredrik tittade förvånat på sin kollega och skrattade sedan till.

"OK, jag fattar. Det var en onödigt sexistisk kommentar från min sida. Är väl åldern som gör det antar jag. Akut gubbsjuka. I alla fall, ska vi ta lite bilder då, och sedan far vi tillbaka till Degervik och käkar lunch?"

Mobiltelefonen ringde och han svarade med en suck. Inte det också, att man aldrig kan få lugn och ro, tänkte han medan han tryckte på svara-knappen.

"Ja, Fredrik Nilforss här. Vem talar jag med?"

"Hejsan, det är polisassistent Gunnarsson här", sade rösten i andra änden. "Jo, vi har fått en preliminär rapport från rättsmedicin som jag tänkte du kanske ville få ta del av?"

"Visst, gärna det", svarade Fredrik. Han log för sig själv. Ibland hade han skamlöst stor nytta av sin gamla bakgrund insåg han själv. Han behövde inte ens leka murvel. Polisen tillhandahöll fakta till honom utan att han ens behövde tjata. Han höll han-

den för mikrofonen på telefonen och vände sig mot Fridlund
och viskade tyst 'det är poliskillen'.

"Tja, OK. Hrrrm … jo alltså … det är ju inte gratis."

"Hur mycket vill du ha?" Fredrik log mot Fridlund. Korruptionen verkade ha krupit än längre ner i graderna inom kåren sedan han slutat.

"Nja … jag är inte ute efter pengar. Men chefen vill ha ett snabbt avslut på det här, och de tänker avskriva det som en olyckshändelse. Inte fan är det en olyckshändelse. Offret har rätt att få upprättelse, jag hjälper gärna er att reda ut vad som egentligen hänt henne. Det är mitt krav - hitta hennes mördare. För det råder ingen tvekan om att hon strypts", fortsatte Gunnarsson. "Det är tydligt – de har hittat vävnadsblödningar i lungorna och i ögonen. Inget vatten i lungorna, så hon har pressats ner under ytan efter det att hon slutat andas."

"Något annat? Några tecken på sexuellt våld?"

"Nä, inte alls. Ingen vaginal blånad, heller inga skador på eller inne i vagina. Nä, det verkar inte som om hon blivit våldtagen. Och det finns ju inget annat som tyder på det heller."

"Och fostret?"

"Hon var förmodligen i tjugonde veckan. Jag antar att de hör av sig till mig från rättsmedicin när de vet närmare. Men det var vad de sa nu i alla fall."

"Okej, tack ska du ha." Fredrik vände sig mot Fridlund och gjorde tummen upp. Sedan fortsatte han samtalet. "Det var hyggligt av dig att dela med dig av informationen. Jag håller det naturligtvis för mig själv var jag fått den, men du kan ju räkna med att någon till sist kommer på dig. Ni är ju inte många som har den".

"Jo då, men det löser sig. Nämn inga namn i artikeln bara!"
Fredrik lovade att inte göra det, och avslutade telefonsamtalet.

"Vad var det där om?" undrade Fridlund.

"Dödsorsaken är strypning. Hon var död innan hon hamnade i vattnet. Ingen våldtäkt. Och – hon var i tjugonde veckan ungefär."

"Okej, nu börjar det röra på sig". Fridlund log.

De gick vidare i det strilande regnet, svängde ner mot utgrävningsplatsen och fann Tommy sittande på sin regissörsstol på den lilla kullen uppe vid utgrävningsplatsen. Fredrik tyckte han påminde om en liten gnom där han satt där med en grön regnkappa runt sig och stripigt vått hår.

"Jaha och här sitter du och latar dig?"

"Någon måste ju hålla reda på begåvningsreserven, " suckade Tommy och gjorde en gest med tummen bort mot utgrävningsplatsen. Kuttersmyckena hade tydligen fått en arbetsuppgift nu i alla fall. De stod och höll uppspända paraplyer över arkeologerna.

"Har ni hittat något mer? Som har med liket att göra?" Fredrik försökte att inte låta för angelägen. Han ville inte att tevefolket – även om det nu bara var Tommy – skulle fatta att han var ute efter nyheter som han kunde sälja vidare.

”Har ni stött på något intressant, nåt som tyder på en järnåldersboplats?” , la han till för att flytta fokus.

”Nää, det är mest skit här, ” svarade Tommy. ”Vi har grävt fram en medeltida smedja verkar det som, och sedan verkar det som om det varit en soptipp rätt nyligen.” Tommy pekade på en fyndpåse som de lagt rester av skosulor i. ”Verkar ha funnits en skomakare här för nåt hundratals år sedan. Men inget vikingatida.”

Tommy skakade på huvudet för att rufsa håret lite mindre blött, och fick syn på Fridlund.

”Nää, ser man på. Medias största skönhet hälsar på?” Tommy lät som tagen ur någon pilsnerfilm med Åke Söderlblom från 1940-talet, och Fridlund log åt komplimangen.

”Och teves störste flörtis sitter här i regnet ser jag”, svarade hon. Vilket fjant, tänkte Fredrik och lämnade de båda vid kullen samtidigt som han själv klafsade iväg över myren bort mot byn till. Väl uppe vid bilen väntade han ett tiotal minuter på Fridlund.

”Vart tog du vägen?” undrade hon när hon väl dök upp.

Fredrik klappade sig på magen.

”Hungrig. Dags att fara in till Degervik och käka. Ska du med till grillen? ”

Fridlund skakade på huvudet.

”Nä, Tommy och jag ska på kinakrogen. Ska du inte hänga med?”

"Äh, kinamat. Ris, groddar och soja. Det blir man ju inte mätt
av. Nä, gå ni så hörs vi efteråt. Jag tar mig en burgare istället.
Det vet man i alla fall vad det är i."

"Visst", sade Fridlund. "Köttbiprodukter – typ mule och klövar,
friterat i cancerogena transfetter. Smaklig måltid."

"Jag tycker mule är riktigt gott jag. Mmmm."

***

Var det här allt? Blev det inte mer än så här? Fredrik satt vid ett
av fönsterborden på grillbaren över en nittiogrammare med
pommes frites som han petade i. Han tittade ut över duggreg-
net på torget och kände sig lurad av livet. Visst, han borde vara
nöjd. Fan, tre ungar, en helt OK fru som han väl förmodligen
älskade. Och så hade han ett bra betalt jobb också. Men det var
ju inte så här det skulle bli. Vart tog framtidstron vägen? Rock-
stjärnedrömmarna?

Han petade runt lite i pommes fritesen, klämde ut lite mer
ketchup över dem och hällde på lite bearnaisesås som stod i
såssnipan bredvid honom. Konstigt, tänkte han. De serverar
pulverbearnaise i en såssnipa, men maten på papptallrikar. Och
plastbestick. Precis som om bearnaisen skulle vara så speciell så
den krävde en särskilt fin presentation. Fan, pulversås är ju
pulversås. Han stoppade några nergeggade pommes i munnen
och kände hur något krasade till. Han spottade ut pommesfri-
tessörjan på tallriken och rotade runt med sin gaffel. I geggan
hittade han resterna av en sönderbiten plomb. Åttahundra

spänn åt helvete, tänkte han. Han tittade på tallriken och fick ångestkänslor.

Fy fan vilket skitliv! Övervikt, dåligt flås och så satt han och kalasade på bearnaiseindränkta pommes frites! Fredrik lovade sig själv att bara ta en tugga till, sedan fick det vara bra. Han kände ett lätt tryck mitt i bröstet och, jo – stack det inte till lite i armen också nu när han kände efter? Det var ju så här det skulle kännas när han fick sin första hjärtinfarkt hade han läst. Och åldern och överskottsfettet hade han ju. Snyggt. Av alla ställen man kunde dö på skulle det alltså ske på en sketen grillbar över en nittiogramshamburgare med pommes frites och pulverbearnaise. Ska man dö på krogen kan man väl göra det på Riche eller nåt annat bra ställe. Nädå, på en jävla Sibylla. Hade han bytt underkläder idag förresten? Det var ju viktigt, man kunde inte ha smutsiga underkläder om man skulle hamna på intensiven. Vad fan skulle han äta de där pommesarna för? Han kände hur han började få svårt att andas också. Han harklade sig och fick upp en upphostad seg slemboll i munnen. Han tog ut den med pekfingret. Gulgrön seg sak. Han kletade bort den från fingret under stolen. Känslan i bröstet hade försvunnit när han harklade sig och det blev lättare att andas. Jahapp, en slempropp i luftröret. Han höll väl på att bli förkyld. Nåja, men för den skull så var han ju inte säker från att drabbas av en infarkt. Han hade ju alla förutsättningar. Snart femtio, kraftigt överviktig även om Louise inte höll med om det och så den där jävla

Josefsson. Louise hade säkert träffat en annan också. Gäääääry. Prutt-Carlzohn. När skulle hon berätta det för honom tro? Det måste väl ligga något i Lappens kommentar om att hon setts med Gary uppe i Holm, varför skulle han annars ha sagt det? Stress hemma och stress på jobbet. Konstigt att han inte var död redan. Och till råga på allt födelsedag snart.

"Tjena tidningen! Och här sitter du och tycker synd om dig själv som vanligt?" Fredrik tittade upp på den nu rentvättade, renklädda, rakade och nyktre Hilding.
"Hej själv. Ser att du valt att ha snoppen innanför idag. Så traditionellt."
Hilding såg lite skamsen ut.
"Jo du, den här gången var det illa. Fan, jag måste nog se till att gå med i någon anonyma alkoholister-förening eller om det finns någon förening för periodare eller nåt. Det är ju så in i helvete jobbigt. Tre-fyra veckor går det bra att vara vit, men sedan är det som att man blir uppäten inifrån och man tänker inte på annat än sprit. Vete fan vad jag ska göra."
"Hur är det med jobbet då? Ska inte du vara på jobbet idag? Eller har du fått sparken igen?"
Fredrik visste att Hilding brukade behöva två-tre dagar för att komma igång efter en superperiod, och då brukade han ha blivit av med jobbet. Så var det säkert den här gången också. Hildings min tydde på att Fredrik gissat rätt.

"Okej då. Vill du att jag snackar med dem? Jag kan ju försöka
lägga ett gott ord för dig, men jag vet inte om det kommer att
hjälpa. Jag kan ju ge dem rabatt på några helsidesannonser om
de ger dig en chans till."

"Vill du det? Vill du verkligen göra det för mig? Det vore ju
faan så schysst."

"Visst, de brukar köpa en hel del annonser, så det ska nog fun-
ka. Men då får du lova att skärpa dig."

Fredrik visste att det var meningslöst att be egentligen. När
Hildings suparsug kom tillbaka skulle alla löften vara bort-
blåsta. Fredrik undrade för sig själv varför han egentligen
brydde sig. Han kände knappt Hilding, de var inte släkt eller
så. Lik förbannat var det som om han kände att han måste ställa
upp. Kanske för att Hilding egentligen var en riktigt schysst
kille när han väl var nykter. Ganska så välutbildad också. Men
spriten hade förstört hela hans liv.

Fredrik kände att han själv hade haft tur i livet. Utan Louise och
ungarna kanske det hade varit han själv som suttit där på andra
sidan bordet och vädjat efter hjälp för att rädda sitt jobb. Louise
påstod att han egentligen var en rätt blödig typ och det stämde
nog. Han brukade dra på sig en massa typer som bara utnyttja-
de honom utan att ge något tillbaka, och det gjorde honom rätt
ledsen och besviken varje gång det visade sig att någon miss-
brukat hans förtroende. Precis som han visste att Hilding skulle
göra. Den här gången också. Blödig? Ja, kanske det. Men ändå

så kände han att han hellre ställde upp och blev besviken än att han sket i sina medmänniskor.

"Fan vad schysst du är", fortsatte Hilding." Jag kan ju inte lova att det inte händer igen, för det vet ju både du och jag att det är troligt att det gör. Men jag lovar att den här gången ska jag göra mitt bästa."

Fredrik lyssnade egentligen inte. Han hade hört det här förut, så han nickade bara lite i luckorna i Hildings prat. Där det verkade som om han förväntades komma med någon typ av kommentar.

"Ja visst, jag fixar det." Fredrik märkte att Hilding pratat färdigt och försökte komma på vad de pratat om. Visst, Hildings jobb.

"Men jag säger åt dem att du kommer om några dagar. Så du hinner piggna till ordentligt. Bra att du är ren och rakad, men jag antar att du är såpass bakis att du inte klarar av att sitta på ett jobb på några dagar."

"Nå, det har du nog rätt i. Fan, bjuder du på en dricka? En Fanta eller Vichyvatten blir bra. Du själv då? Du ser bedrövad ut, Tidningen. Familjeproblem? Eller är det jobbrelaterat?"

"Äh, det är nog ingenting. Jag fyller år om några dagar, och det känns som om hela tillvaron bara väntar på att få braka ihop. Men det är nog mest inbillning." Fredrik doppade ett par pommes frites till i såsen, och stoppade in dem i munnen. Han tuggade långsamt, som om han funderade.

"Det är bara det att min fru … du har väl träffat Louise?" Fredrik fortsatte utan att egentligen förvänta sig något svar från Hilding. "Hon har varit uppe i Holm där vi bodde förut för att sälja sitt pensionat och hon har tydligen setts i vimlet rätt mycket där uppe med en som heter Gary. Jerry heter han egenligen, men han har snobbat till det. Och Carlzon med zäta. Det är hennes advokat, så det är nog inget särskilt med det. Men du vet hur det är – ingen rök utan eld och sånt. I alla fall, igår så såg en bekant honom inne i stan. Men Louise påstår att det inte var han. Så nog fan blir man misstänksam." Fredrik förstod egentligen inte varför han berättade detta för Hilding. Men det kändes bra att få berätta för någon, oavsett om det var en person som med stor sannolikhet skulle ränna omkring skitfull, orakad och med kuken hängande utanför om några veckor igen.

"Äh, du oroar dig i onödan. Inte fan skulle ... Louise, var det så? ... riskera att förlora dig och ungarna bara för att kåtheten slår volter och sexlivet hemma suger? Du litar väl på henne, eller hur? Så varför ska du då tro mer på andra än på henne? Nä, fan, du ska vara jävligt lycklig att du har en familj. Jag har supit bort min, så jag vet hur det känns att förlora det man en gång haft."

Fredrik insåg att Hilding hade rätt. Det var väl snarare så att han inte litade på sig själv. Det var det som var problemet. Hilding pratade på men Fredrik hörde inte. Han var upptagen med sina egna tankar. Så när Hilding föreslog att han skulle hjälpa Fredrik genom att hålla ett öga på Louise som tack för hjälpen med att få jobbet tillbaka, nickade Fredrik bara utan att lyssna. Hilding fortsatte att prata om en massa som Fredrik inte orkade bry sig om. Han bara nickade då och då som svar. Efter ett tag stoppade han några pommes till i munnen och reste sig för att gå.

"OK, då säger vi så?" sade Hilding. "Jag fixar det, inga problem. Jag ringer dig på mobilen. Har du något visitkort förresten?" Fredrik hade egentligen inte uppfattat vad det var Hilding skulle fixa, men sträckte ändå över sitt visitkort, sade hej då, betalade och gick.

***

Fredrik och Fridlund gick i eftermiddagssolen längs med stigen från den lilla vändplatsen där de parkerat bilen. Regnet hade upphört under lunchen, och framför dem skuttade Killer omkring och pinkade lite överallt för att markera att Killer Was Here. Fredrik lekte med en läderrem han höll i handen.

"Var har du fått tag i den?" undrade Fridlund.

"Låg på Aarons köksbord. Jag råkade ta den med mig i förmiddags. Ser likadan ut som den som de hittade vid Saras lik. Den kan ju vara bra att ha - ta några bilder på till artikeln. Ge hit armen så ska jag visa dig en sak."

De stannade båda mitt på stigen. Fredrik slog remmen runt Fridlunds handled och drog till. Reflexmässigt knöt Fridlund

handen hårdare ju mer remmen trängde in om senor och blod-
kärl, tills knogarna vitnat och resten av handen var illande röd.
Hon förstod inte vad hennes kollega höll på med, men hennes
kamplust väcktes och hon tänkte inte ge sig fastän hon inte
hade en aning vad striden gällde.
"Räta på fingrarna", beordrade Fredrik efter en stund. Fridlund
öppnade handen, men fingrarna rätade inte ut sig utan fastnade
i ett halvöppet läge, som en tass på en katt ungefär.
"Vad fan håller du på med? Lägg av nu, " protesterade Frid-
lund. "Fan, du stryper ju handen på mig."
Fredrik var nöjd med reaktionen och lossade på remmen.
"Som du ser håller remmen för att stoppa någon med."
"Du behöver ju inte misshandla mig bara för att bevisa den
saken. Vad är det du vill bevisa?"
"Det här är en rem liknande det halsband som Sara hade runt
sin hals när hon hittades. Den är tunn, för det är hänget eller
berlocken som ska synas, inte remmen. Men den håller att dra i.
Få se nu om den håller för ett ryck."
Han lade öglan löst kring sin högra arm och bad Fridlund ta tag
i den från sitt håll, där de stod mitt emot varandra på stigen.
"Ryck till så hårt du kan när jag säger nu."
Rycket blev häftigare än vad Fredrik hade tänkt sig. Både han
själv och Fridlund ramlade baklänges när remmen gick av, men
Fridlund utropade sig till segrare. Det var hon som stod med
resterna av den avslitna öglan i sin hand.

"Hmmm, konstigt. Remmen går inte av där man håller, utan mitt emot."

"Det verkar så", höll Fridlund med. "Men det måste väl ha att göra med var skarven sitter. Öglan är väl helt enkelt svagare där."

"Skarven? Titta själv, det finns ingen skarv på den här remmen. De har inte fuskat när de tillverkat den. Skinnet verkar vara rundskuret."

"Men hur får de då på hänget?"

"Om man drar den genom en ögla på hänget eller berlocken så går det, då borde det hänga rakt." Fredrik höll upp remmen framför Fridlunds ögon. "Förmodligen har de tvingats hartsa öglan, det fanns spår av harts på Saras halsband. Jag tror jag vet hur det gick till när Sara blev strypt."

"Du menar att hon hade halsbandet på sig?" undrade Fridlund.

"Det kan du ju ha rätt i. Hon sprang väl för sitt liv för att komma ifrån någon som var efter henne."

"Ja, och den personen grep tag i halsbandet för att stoppa henne", fortsatte Fredrik. "Halsbandet gick av. Inte ens två personer som du och jag kunde stå upprätt när det ryckte till. Sara var mindre, och dessutom var hon livrädd. Hon föll framstupa och mördaren stod där med det avslitna halsbandet i näven. Visst är det ett sällsynt välgjort halsband, men att någon skulle begå mord för att få tag på ett tror jag inte på."

De båda tidningsmurvlarna fann Aarons dotter och en väninna till henne nere vid tvättbryggan. De stod barfota i vattenbrynet trots att det var inte var särskilt varmt i luften. Soligt - men svalt. När flickorna fick syn på Fredrik och Fridlund började de springa sin väg, men när Fredrik ropade på dem stannade de och gick tillbaka till bryggan. Fredrik gick direkt till frågandet. Han beskrev Saras halsband och frågade om de sett henne bära det. Flickorna bytte blickar och skakade på huvudena.

"Alla vet ju att det var hennes!" fräste Fridlund otåligt." Hon gjorde väl ingen hemlighet av det?"

Hon fick inget annat svar än ett skrämt stirrande.

"Vad jag förstår så fanns det flera halsband, och inte bara Sara bar likadana, männen också. Har ni sett några av männen bära likadana?"

Fredrik stirrade på Fridlund som om han inte förstod vart hon var på väg med sina frågor, men Fridlund rynkade på ögonbrynen och vände sig åter mot flickorna. Båda flickorna skakade bestämt på huvudet som svar på Fridlunds fråga. När Fredrik och Fridlund vände ryggen till och började gå upp mot byn hörde de ett nervöst småflicksfnitter bakom sig.

***

"Vi skulle vilja få tala med Ledaren." Fredrik stod framför en av de kåpförsedda männen som stod lutad mot ytterdörren med armarna i kors, som en korsning mellan maffiavakt och en kukluxklanmedlem. Mannen tittade rakt fram.

" Ledaren tar inte emot besök."

" Kan du inte tala om att vi är här i alla fall? Vi vill gärna få hans kommentarer på fyndet av hans döda hustru i myren".

Mannen med kåpan stirrade fortfarande rakt fram.

"Ledaren tar inte emot besök. Var vänliga och avlägsna er."

Fredrik kände hur Fridlund drog honom i rockärmen och vände sig mot henne.

"Du, skit i det", viskade hon. "Vi kommer aldrig förbi den där grottmannen ändå. Vi frågar runt lite i byn istället".

Fredrik sträckte fram sitt visitkort till mannen.

"Be Ledaren att ringa mig om han har några kommentarer. Vi publicerar en artikel i tidningen i morgon oavsett om han svarar på min begäran om en intervju eller inte, så om han vill ha en chans att bemöta den kan han ju ringa".

"Ledaren använder sig inte av telefoni. Och han oroar sig inte för världsliga problem. Skriv vad ni vill, det oroar vare sig honom eller någon annan i församlingen." Mannen med kåpan vände sig om, gick in i huset och stängde dörren. Fredrik och Fridlund var ensamma på farstutrappen.

"Jaha, vad gör vi nu då?" undrade Fridlund. "Ska vi gå upp till utgrävningen igen och se vad de gör?"

"Äh, fan heller," sa Fredrik. "Det ger oss väl ingenting. Saras kropp är bortforslad, inga poliser är där längre och tevefolket vet väl inget som inte vi vet själva. Nä, om vi ska komma någon vart med det här så är det folket i byn vi ska bearbeta."

***

Några fler bybor fick de inte kontakt med den eftermiddagen, de höll sig undan även om Fredrik kunde se att några tittade fram bakom sina gardiner. Ryktet om deras frågor hade tydligen spridit sig och skapat inte bara rädsla utan även nyfikenhet. Skymningsljuset började göra det svårt att se nu, ingen belysning lyste upp byn förutom enskilda lampor och stearinljus i köksfönstren. Nåja, förr eller senare skulle byborna nog komma fram självmant. Tills dess kunde de inte göra annat än fara hem igen. När de skildes åt utanför redaktionen den kvällen kunde de ändå vara överens om att dagens utfrågningar fört dem en bra bit på vägen.

"Okej, god natt med dig då." Fredrik dröjde kvar lite utanför dörren till redaktionen.

"Vänta ett tag så hakar jag på." Fridlund ställde ifrån sig kameraväskorna och de gick tillsammans mot parkeringen efter det att de låst efter sig. Ingen av dem sade någonting. Det var ytterligare en sak Fredrik gillade med sin nya arbetskamrat. Att kunna gå såhär utan att behöva prata, det var skönt. De sneddade över parkeringen bort mot Fridlunds bil, där Killer låg och sov. Fredrik vände sig åt sidan och tittade på henne. Jo, Tommy hade rätt. Fan vad snygg hon var.

"Du, Fridlund? Har du tid att … ta en drink eller så?"

"Nja, jag måste nog hem nu." Fridlund verkade tveka. "Killer ska ha sin kvällspromenad och mat."

”Äh, en snabb cider bara? Vi kan ju gå en sväng med Killer först om du vill?”

Fridlund såg besvärad ut, och gav upp en min av lättnad när hon kände igen figuren som kom gående emot dem.

”Är det inte din fru som kommer där borta?”

”Joo, det verkar så.” Fredrik suckade. Hans fruktlösa försök att skjuta upp arbets- och blomsterkonfrontationen hade gravt misslyckats.

”Okej, god natt då Fredrik. Vi ses i morgon.” Fridlunds mobiltelefon ringde och hon skyndade sig att svara.

”Ja hej. Nää. Är det allvarligt? Ja, jo, jag förstår. OK, ska jag komma över ikväll? Nähä, inte det? Om jag kommer efter ronden då? Vid niotiden? Ok, tack för att ni ringde.”

Fridlund tryckte in off-knappen och vände sig mot Fredrik.

”Från servicehemmet. Mamma har blivit sämre. Jag måste dit i morgon, är det OK? ”

”Ja, visst, men då får du väl skynda dig hem”, svarade Fredrik. Han såg sig om över axeln. ”Nähä, jag ska väl möta Louise nu. Ring i morgon när du vet något, så får vi se om du kan jobba eller inte.”

Louise vinkade mot honom och gav honom en luftkram som ersattes med en riktig när de möttes.

”Var det Fridlund?” undrade hon. ”Snygg tjej – ska man vara svartsjuk eller?”

"Nää", svarade Fredrik. "Det vet du väl att jag inte tänker på någon annan än dig", lade han snabbtänkt till för att försöka få några pluspoäng. "Men Tommy är rätt intresserad av henne."

"Jasså? Då kanske du ska presentera dem för varandra?"

"De har redan presenterat sig för varandra", svarade Fredrik. "Men hon är nog inte intresserad. "

"Jasså, tråkigt för Tommy. Nåja, det är ju inte vår sak. Ska vi gå in på Nelsons Livs och handla innan vi går hem?"

"Visst." Fredrik pressade fram ett leende och tog sin hustru under armen. När de handlat gick de hem och när barnen somnat hade de äktenskapligt sex. Under delar av akten tänkte Fredrik på den döda kvinnan Sara. Sedan tänkte han på att han började få ont i ryggen och hoppades att Louise skulle komma snart så han kunde gå ut i köket och ta en macka. Han sneglade på Louise som verkade titta på något i taket. Så snart det pliktskyldiga sexet var över vände hon blicken mot honom.

"Du Fredrik, vet du vad jag kom på? Vi borde nog tapetsera om i köket."

"OK, om du säger det så. Vad är klockan?"

Louise vände sig på sidan och tittade på klockradion.

"Halv elva snart".

Fredrik steg upp ur sängen, tog på sig strumpor, t-shirt och kalsonger.

"Vart ska du?" undrade Louise. "Jag menade ju inte att vi skulle göra det NU."

"Äh, jag har några lösa ändar som jag måste fundera lite kring. Ta och sov du, jag stannar inte uppe länge".

Väl i vardagsrummet slog han på sin bärbara dator och gick in på DNs hemsida. Artikeln hette Kvinna dödad av läderrem, och han kände igen texten som matades fram på bildskärmen. Han hade ju själv skrivit den dagen innan. Han kände sig lite kluven inför den. Å ena sidan var han naturligtvis stolt över att DN ville ha hans artikel i morgondagens tidning, å andra sidan kände han att det var något som saknades. Att läsa sin egen text på webben utan att det någonstans stod att det var han som skrivit den kändes ... fel. Tidningens egna journalister fick ut sitt namn efter artikeln, med emailadress och allt. Hans artikel var undertecknad "Södermöre Nyhetsbyrå/TT".

Och hur fan hade rubriksättaren tänkt? Jävla rubrik. Det lät ju som om läderremmen hade smugit upp bakom henne och attackerat. Hans eget förslag hade varit "Kvinnolik funnet i myr", men det hade väl inte varit tillräckligt dramatiskt. Nåja, skit samma. Tidningen hade betalat Bygden bra för artikeln, och Fredrik hade ju provision på de av hans artiklar som såldes vidare. Inte blev det mycket, men tillräckligt för att sätta guldkant på fredagskvällen i alla fall.

Han satte på teven. Någon amerikansk deckare på femman. Han tyckte sig känna igen en av huvudpersonerna. Visst fan,

det var ju han som spelat Ilya Kuriyakin i Mannen från Uncle
när Fredrik var liten. Usch vad gammal han såg ut. Fredrik suc-
kade. Genom att betrakta dem som han mindes från sin barn-
dom insåg han att han själv började bli gammal. Och han som
spelade huvudrollen var samma skådis som spelat seriemörda-
ren Tim Bundy i någon tevefilm för en oherrans massa år sedan.
Fredrik sträckte sig efter tevebilagan. Okej. Navy CIS hette det.
Han gäspade och bestämde sig för att det nog gick att se på.

Efter Navy CIS hade det rullat en massa bingoprogram på de olika kanaler som han hade tillgång till. Fem bokstäver ska bilda ett ord. De tre första är 'bin' och det sista är 'o'. Ledtråden till det som saknas är ' börjar en gurka med'. Jättesvårt. Ring in för 25 kronor och var med och tävla. En hel drös med nattvakna urblåsta spån ringde … och svarade fel. 'Binbo'. 'Bilbo'. 'Boston'. 'Bosto?''Jaa, gurka asså'. Jävla idioter, tänkte Fredrik. Hur blåst får man vara egentligen?

Han vred ner volymen på teven och lade upp en hög av dagens anteckningar. Enligt dessa hade Aaron sagt att han ändå blivit förvånad när en dag Katharina dök upp på farstubron och ställde honom en rak fråga.

"Hur stort brott måste man begå för att inte återförenas med familjen i efterlivet?"

"Inte tror jag att du har hunnit begå så stora brott så att du behöver vara orolig för det", hade Aaron svarat. "Vad är det du har gjort för något?"

"Ingenting. Men om man inte vill återförenas med familjen i efterlivet, hur stort brott måste man begå då, för att slippa?"

"Vad är det du säger? Vad är det som har hänt?"

Katharina hade tittat ner i golvet samtidigt som hon noppat i kanten på sin klänningsfåll.

"Ibland är det så svårt att leva, men jag har fått en sådan ångest för att dö. Om det vore slutet så skulle jag väl kunna härda ut, men att fortsätta likadant i all evighet."

"Det är ju sagt att kvinnan ska följa sin man. Du kommer inte att återförenas med din nuvarande familj, du återförenas med din mans. Du är vacker Katharina och många skulle vara glada över att få göra dig till sin hustru. Det är väl flera som har bett din far om din hand? Välj den du tror du blir lyckligast med, som kan ge dig störst trygghet för dig och dina framtida barn. Då återförenas du med honom och inte med din gamla familj."

Katharina tittade upp på Aaron.
"Och du själv då, vem skulle gå in i evigheten med dig?
"Ingen", svarade Aaron. "Eftersom Rakel lämnat mig så kommer hon inte att följa mig. Inte mig och inte min dotter."

Katharina hade plockat loss filtludd ur kjolen, ludd som hon under samtalet snurrat ihop till en liten boll. Hon hade knäppt iväg bollen in i den knastrande brasan. Sedan hade hon sett Aaron djupt i ögonen.
"Jag tycker om flickan, din dotter. Jag skulle inte ha något emot att leva med henne i evigheten. Och med hennes far."

***

Således var det Katharina som tagit Aaron till make, inte tvärtom. Och dagen efter sitt frieri hade hon flyttat in. Överenskommelsen med Katharinas far hade varit att Aaron skulle tillkännage inför församlingen att Katharina nu var hans kvinna och om någon var däremot skulle de tala inför församlingen eller för alltid vara tysta. Vid vigselceremonin hade hon fått inte bara hustrus rang utan fick även status av mor till flickan. Fredrik hade svårt att se att detta hade något med Saras död att göra, men bestämde sig ändå för att ha kvar anteckningarna. Utifall att. Han plockade upp sin bärbara dator och öppnade mappen med underlag till kontaktannonser som skulle in i nästa nummer. De hade blivit liggande medan han, som han uttryckte det själv till Josefsson, "kastade bort sin tid uppe i byn i skogen". Han klickade på mappen, och lutade sig bakåt i soffan. Därefter skrev han tre fejkannonser för att fylla ut sidan. Sedan somnade han.

***

När Fredrik kom till redaktionen höll Fridlund redan till ute i köket. Eller kök förresten. Redaktionen var snarare begåvad med ett lite större pentry. Kokplatta, mikrovågsugn, kaffebryggare och bänkdiskmaskin. Ett runt bord med plats för fyra stolar där sällan någon satt och åt. Fredrik brukade använda bordet till att lägga allt möjligt bråte på: överexemplar av Bygden som han tagit med sig från tryckeriet, kopior på annonsordrar, artikelkorrektur. För det mesta åt eller fikade de inne på sina kontor, men när de någon gång fick besök så flyttade Fredrik helt sonika ner allt från bordet till en trave i ena hörnet av pent-

ryt. Praktiskt tyckte Fredrik själv, men en källa till ständig irritation för den som fått i uppdrag att arkivera det hela. Han hörde
hur Fridlund slamrade med koppar och han hoppades på att
hon skulle överraska honom med en fika. Mycket riktigt tittade
hon strax in genom dörröppningen till hans kontor.

"Jag har gjort några mackor och lite kaffe. Vill du ha?" Han
nickade ett tack, och hon satte ner med brickan på skrivbordet,
och satte sig själv i en av stolarna bredvid.

"Jo, jag tänkte på en sak", sade Fredrik. "När jag gick förbi ett
av de där husen kom en av flickorna utrusande därifrån som
om hon hade blivit knuffad. Hon stannade tvärt och stirrade
skrämd på mig men bröt sedan ihop i fnitter och rusade tillbaks
in. Underligt, va?"

"De försöker tussa flickorna på dig nu när du börjar bli känd i
byn", svarade Fridlund. "Du börjar väl bli ansedd som ett bra
kap av sektfolket. "

"Kanske det. Det är klart att man är eftertraktad. Ung, snygg
och välavlönad. Med en kropp som en gravid säl." Fredrik log
åt sin självironiska kommentar. Han tuggade på en halv ostfralla och läppjade en mugg fickljummet kaffe när det plingade på
ringklockan vid ytterdörren. Fridlund kastade en blick på Fredrik, suckade och gjorde en uppgiven gest. Därefter reste hon sig
upp ur stolen och gick för att öppna.

"Varför kan vi inte bara ha dörren upplåst för när vi ändå är
inne?" Frågan var egentligen inte ställd till någon, utan mera
utslängd så där som ersättning för ett 'jävlars' eller något annat

suck och stön. Fredrik brydde sig inte om att svara utan återgick till att tugga på sin smörgås.

När Fridlund kom tillbaka hade hon med sig Katharina, och det var med en lätt förvåning över hennes besök som han bjöd henne att sitta ner. Fridlund lämnade rummet bara för att återkomma tämligen omgående med en smörgås och en kopp kaffe som hon serverade den nyanlända gästen.

Vad gjorde hon här? undrade Fredrik tyst för sig själv. Han visste ju att byborna inte fick komma och gå som de ville, och han hade inte direkt uppfattat att de hade någon vänskapsrelation. Misstänksamheten började krypa över honom. Bara hon inte skulle låna pengar. Någonting måste det ju vara. Han lät ofrivilligt sin hand snudda över plånboken, som för att kolla att den var kvar där i innerfickan.

"Domarna skickade ner mig hit till samhället för att handla en del. Mest lite matvaror på Nelsons Livs." Hon drog på orden, och Fredrik gissade att det egentligen var något hon ville ha sagt. Men han tänkte låta henne komma fram till det i sin egen takt. Ingen vits att stressa henne, då kanske hon höll tyst.

"Jaha, du är här för att träffa Fredrik förstår jag, "grymtade Fridlund. "Då är det väl lika bra att jag går in på mitt rum?"

"Nej då, jag vill gärna prata med er allihop. Varför tror du så?"

Surt berättade Fridlund om hur flickorna betett sig, och hennes tolkning att byns kvinnor försökte få Fredrik intresserad av flickorna i byn.

"Och på ett så klumpigt sätt, " tyckte hon.

"Det där har du misstytt", menade Katarina. "De skulle aldrig visa något intresse för någon man utanför församlingen. Det förbjuder vår - ja, eller deras snarare - tro dem att göra. De ville säkert bara prata med honom. Men de har fått lära sig att inte fraternisera med folk från utsidan."

"Ytterligare en regel ni har i församlingen antar jag?" frågade Fridlund syrligt, men Katharina verkade inte uppfatta det hela. Istället berättade hon att Christina, hennes styvdotter, hade sökt upp henne kvällen innan för att få råd av en vuxen kvinna kring frågor hon inte vågade ställa till sin far. Hon hade varit bekymrad över att Skriften säger att man inte kommer in i efterlivet utan bara utplånas när man dör om man inte lever som Skriften lär. Fredrik, som inte var särskilt insatt eller ens intresserad av församlingens tro bestämde sig i alla fall för att hålla god min. Med lite tur kunde det ju komma fram något som han kunde göra en artikel av.

"Jag svarade henne att hon fattat rätt", sa Katharina och såg ut som en högstadieelev som sökte lärarens bekräftelse att hon gjort rätt.

"Att ljuga är inte förenligt med Skriften", sa Katharina vidare, "och hon hade haft något att berätta. Men hon hade inte vågat när ni var i byn. Hon ville inte att ni skulle få höra, ni är ju inte med i församlingen utan utanförstående."

Fredrik höll upp en hand för att stoppa henne. Han ville veta mer om det här. Inne i honom vaknade den gamle expolisen, och den trötte uttråkade lokalreportern fick ge vika inom honom för ett tag.

"Jag vet ju inte mycket om er, så jag vet inte vad du pratar om. Och jag vet inte om jag bryr mig heller egentligen. Vad är det du vill ha sagt?" Fredrik försökte vara tillräckligt provokativ för att få henne så pass arg så hon skulle säga mer än hon tänkt från början, men inte så mycket att hon skulle välja att sluta prata. Hennes reaktion gjorde honom oroad för att han skulle ha misslyckats.

"Jag hade inte behövt komma hit", sa hon. "Jag kunde ha gått till polisen istället. Alla här vet ju att du varit polis, i byn också. Vi läser faktiskt Bygden, de av oss som har tillstånd att komma hit till Degervik tar den med oss från stället utanför på torget. Så jag trodde att med din bakgrund skulle du vara intresserad och jag vet inte om det är något för polisen." Hon tystnade som för att hämta andan innan hon fortsatte.

"Dessutom pratar vi inte om interna saker med folk som är utomstående." Hon lade armarna i kors och satte sig tyst.

Fredrik sneglade uppgivet på Fridlund som slog ut med armarna. Provokationen hade uppenbarligen inte givit det resultat han ville ha.

"Förlåt mig Katharina", försökte han. "Jag menade inte att vara oförskämd. Jag är ledsen om du tog det så. Nä, du har rätt. Det är nog inget att gå till polisen med. Berätta för mig så ska jag hjälpa dig att bedöma om det är något du ska berätta för dem." Fredriks ord hade fått Katharina att släppa ner armarna i knäet igen.

"Ja, alltså, du får förlåta mig. Jag har inte tänkt på att du egentligen inte vet något om oss." Hon såg gladare ut nu, och verkade beredd att öppna sig ännu mer. "Låt mig berätta så kan du ställa frågor sedan."

***

"Vi de olika familjerna i byn lever tätt inpå varandra och har känt varandra sedan barnsben", fortsatte Katharina. "När vi flickor fått vår första menstruation så får vi inte längre gå ut med våra pojkkamrater på kvällen. Det är nog viktigt att ni får veta det här så att ni kanske kan förstå hur vi tänker. Och vi är tvungna att sitta med de vuxna kvinnorna i samlingslokalen på samkvämen. Föräldrar är ganska så godtrogna", fortsatte hon.
Hon lade huvudet på sned och lät blicken vandra mellan Fredrik och Fridlund.

"Jaja, och vad har det med Christina eller vad hon hette att göra", sa Fredrik.

"Jag kommer till det. Under dagarna är de flesta av byns män ute i skogen eller på fälten eller sysselsatta med något hantverk i någon av byns verkstäder, så de anses inte utgöra någon potentiell fara för oss som nyligen knoppat ut till unga kvinnor. Men flera av byns tonårspojkar är sysslolösa, osäkra på vilka de egentligen är nu när de varken är pojke eller man och bittra över att inte duga till för något jobb ens i byn. De driver mest omkring, och en del av flickorna sluter sig till dem när de vuxna inte ser."

Fredrik höll huvudet uppe med stöd av sin högra hand och lyssnade. Han tyckte sig känna igen beteendet från sin egen barndom, och från de byar han ibland besökte för att göra reportage och sälja annonser. Unga killar som ingen brydde sig om och ingen behövde och unga tjejer som tycket det var spännande att vara med de 'farliga' – dem som stod utanför. Ungdomar som inte ens här i det här inskränkta frireligiösa samhället skulle ha en chans i vuxenlivet eftersom de inte lyckades passa in som barn.

"En av ynglingarna var min bror Håkan. Han hade mest varit ensam när han var barn. Han hade svårt att bli vän med oss övriga. Vi drog oss ofta undan när Håkan högljutt protesterade över att inte han själv fick bestämma vilka lekar de skulle leka. Även jag, som ju var hans syster, och Sara som var hans kusin, försökte hålla oss undan. Han lekte mest med Rut egentligen. Rut är vår syster. Hon är nog den av oss som är mest troende. Tjatar jämt om att Ledaren är den sanne profeten och sånt. Och om att han ska återfödas som Messias efter sin död. Vi skiljer oss åt rätt mycket när det gäller sånt. Jag är nog mer ... tveksam. Men när man bor i Byn så får man försöka undvika att uttrycka sitt tvivel." Katharina tittade upp på Fredrik och sedan på Fridlund.

"Men det intresserar kanske inte er? Hur vi tänker?" Hon uppfattade deras lätta skakningar på huvudet som att de inte hade något emot att hon berättade, och fortsatte.

" I alla fall. Håkan blev allt oftare ensam och klagade titt som tätt över att han var orättvist behandlad. Även när han i vår församlings ögon var vuxen och dessutom såg bra ut, fick han ofta hållas för sig själv. Men han var eftertraktad på grund av sitt utseende bland de yngre flickorna."

"Och honom tog förstås Sara till sig", undrade Fredrik. Han kände att irritationen började växa inom honom. Det var då väldigt vad det tog lång tid för henne att komma till sak. Fortsatte hon i den här takten så skulle det ta några veckor av berättande innan hon var framme i nutid, tänkte han. Men han försökte hålla god min. Det var väl helt enkelt deras sätt att bete sig i församlingen antog han.

"Det är klart, det är väl rätt naturligt att han hellre ville vara med henne än med någon av de yngre flickorna", fortsatte Fredrik, "hon var ju er Ledares fru."

"Och hans kusin", sade Fridlund. "Nästan incest om du frågar mig."

"Fan vad du är på hugget", svarade Fredrik. "Vad är det med dig? Är du sur eller?"

Katharina tittade på dem båda.

"Vill ni att jag ska fortsätta berätta, eller ska ni hålla på att gnabbas istället?" Fredrik ryckte på axlarna och bad henne fortsätta.

"Alltså, först hade de andra ungdomarna trott att det som fått Sara att intressera sig för honom var hans utseende. Efterhand hade de insett att vad som lockat hos Håkan istället var hans vekhet. Det var helt enkelt Saras lust att ta hand om de svaga som var grunden i förhållandet. Och för att visa att han var hennes hade Sara givit honom ett likadant halsband som hon själv hade, men det var bara tillsammans med gänget som han vågade bära det. "

Fredrik avbröt henne.

"Samma sorts halsband som det som hon stryptes med?" Katharina slog ner blicken, och Fredrik insåg att det måste vara svårt för henne att sitta här och prata om sin kusins död, även om dödsfallet skett för ett halvår sedan. "Ja, du får förlåta mig Katharina att jag verkar burdus. Det är inte min avsikt."

"Jo, det kan nog stämma. Alla ungdomar har sådana remmar. Ulla gör dem." Katharina hade svårt att möta Fredriks blick och hon hade börjat pilla på nederkanten till sin kofta. "För det mesta brukade han bära omkring det i en papperspåse nedstoppad i byxlinningen för att ingen skulle se. Håkan var rädd för Ledarens reaktion på hans förhållande med Sara om han fick veta, men han var också rädd för Saras reaktion om han försökte ta sig ur förhållandet."

"Så han stannade kvar i förhållandet med Sara", undrade Fredrik, "men vågade inte visa det utåt? Och det här var alltså medan hon var gift med Ledaren?"

"Ja, så var det. Det var mest i gömstället han hade det på sig "

"Har de ett gömställe säger du?" avbröt Fredrik Katharinas berättelse.

"Ja, ett ödehus på andra sidan traktorvägen", svarade Katharina. "Vid bäckmynningen nere vid sundet, mot båtplatsen till. Där växer ingenting och det finns ingen betesmark heller, så de vuxna har ingen anledning att gå dit. Vill du att jag ska fortsätta? "

Fredrik nickade, och Katarina återupptog sin berättelse.

"En dag hade hon någon med sig när hon kom hem från samhället. En man körde henne i bil till vändplatsen där han släppte av henne. Hon trodde väl inte att någon såg, men gänget hade sett bilen och de såg att de satt och vänslades i bilen innan hon klev ur. Det hördes också, om man så säger. I alla fall hade Håkan blivit ursinnig och sprungit tillbaka till byn. Flickorna sa att de sett att han hade slängt ifrån sig halsbandet på vägen."

"Vet du hur långt de gick i förhållandet? Jag menar ... hon var ju gravid ... tror du att Håkan kunde vara fadern?" undrade Fredrik.

"Vet inte. Han är för rädd för sånt tror jag. Kanske lite smekningar utanpå, knappast något annat. Om det inte var Ledaren som var far till barnet så gissar jag på mannen i bilen snarare än någon annan."

"Vet du vem han är?" Fridlund satte ner sin kaffemugg och tuggade på sin smörgås samtidigt som hon pratade, något som fick Katharina att rynka på ögonbrynen.

"Nej, det vet jag naturligtvis inte, jag var ju inte där och såg det. Men det ryktas ju om vem det var. Han har tydligen setts nere i byn också. Hemma hos Sara påstås det, när Ledaren inte varit där. Men jag vet inte hur pass mycket sanning det ligger i det", skyndade hon sig att tillägga.

"Vem då?" undrade Fridlund och sträckte sig efter sin kaffemugg igen. Katharina skakade på huvudet och sade ingenting. "Och sedan slutade Sara och Håkan att träffas?" frågade Fredrik.

"Vet inte, men jag antar det. Det var ju inte långt kvar tills hon försvann." Katharina tystnade och återgick till sitt fikabröd. Fredrik insåg att hon hade pratat klart, och förmodligen inte skulle berätta vad det var Christina hade sagt. Skit samma, han hade fått veta en hel del om förhållandet mellan Sara och hennes manliga bekanta. För att vara frikyrkligt asketisk verkade hon ha tillåtit sig att vara tämligen frisinnad på det sexuella planet, tänkte han.

***

"Det var väl det jag trodde", sa Fridlund när Katharina lämnat dem för att gå iväg och inhandla det sista innan hon skulle tillbaka till byn. "Jag förstod nästan att det var något sådant som var förklaringen på att hon beställde ett nytt halsband. Hon hade inte tappat det, hon hade givit bort det."

"Ja, men om Håkan slängde sitt halsband på vägen så kan ju vem som helst ha tagit det. Under förutsättning att det verkligen var hans halsband som hon blev strypt med."

De bestämde sig för att Fridlund skulle använda resten av förmiddagen till att sortera bildmaterialet från deras besök på myren dagen innan, med polisbilder, tv-team, bybor och allt och kontakta Pressens Bildtjänst för att försöka sälja in dem. Fredrik skulle fara in till huvudkontoret på Kvarnholmen och försöka få loss lite pengar till utlägg. Det var nog nödvändigt att kunna bjuda byborna på något för att få sådan information så att de kunde få fram något som liknade ett scoop i det här. Eller i alla fall köpa några av deras lokalproducerade varor. Josefsson hade ju sagt blankt nej i telefon förstås, men Lappen skulle vara på kontoret dag, så att det var värt resan var Fredrik övertygad om.

Efter att ha stigit av bussen vid Kalmar Central och köpt en kopp kaffe på Pressbyrån sneddade han förbi korvgrillen på väg upp mot Larmgatan. Han mindes när han varit yngre och på praktik i stan. Då hade det funnits en bensinstation här. Idag var den borta sedan många många år, och istället låg här en stenhög med blommor på. Floras Kulle kallades den. Vem Flora

var visste han inte, men han kunde säkert få veta det någon
gång om han nu skulle bry sig.

Han gick uppför Larmgatan till Larmtorget och svängde bort
mot Stortorget. Regnet började strila. Så klart att det skulle börja
regna nu för första gången på över en vecka när han inte hade
paraply med sig. Han passerade det gamla sextiotalsbyggda
Domusvaruhuset, som nu hette Kvasten och var ett rätt slitet
försök till småstadsgalleria. De övriga byggnaderna på båda
sidor gatan var gamla, från början av 1700-talet säkert, på fyra-
fem våningar. Här fanns förutom en bokhandel, en bank och en
sushirestaurang med ett nästan oläsligt typsnitt på skylten.
Dessutom några modebutiker längs gatan. Alla med liknande
sortiment - det som först sålts på modekedjorna, sedan på
postorder och nu när ingen köpte dem ens där så hamnade de i
"Modehuset Elize"s skyltfönster. Tre för två, 39 kr styck. Inte
ens Kalmarborna handlade där, de tog hellre bussen tvärs över
landet till Ullared.

Framför sushibaren fanns några bord uppställda med loppis-
grejor, men det var ingen där. De hade väl gått in på Kvasten för
att värma sig. Kunde ju inte vara något vidare att stå i det här
regnet och försöka sälja fyrtio år gamla brödrostar för 75 kronor
styck. Vem fan bryr sig, tänkte han. Regnade gjorde det i alla
fall. Fan att han inte tagit med sig något paraply. Fast det hade
säkert blåst sönder en sån här dag. Han ställde sig under Kvas-

tens utskjutande tak och drack upp det sista av kaffet han köpt på Pressbyrån innan han skyndade vidare i strilregnet. Väl framme vid Stortorget tog vinden tag i honom och drev in de små kalla regndropparna som for emot honom nästan horisontellt, in genom minsta lilla maska i kläderna, in genom minsta lilla por i huden och rakt in i ryggmärgen. Han tittade upp genom duggregnet, och tyckte sig se ett bekant ansikte på andra sidan gatan, vid Domkyrkan. Han ropade.

" Hallå! Gary! Tjena!"

Mannen såg rakt på honom. Sedan vände han ryggen till och gick snabbt nerför gatan mot Stadsmuren, svängde runt ett hörn vid Barometern och försvann. Fredrik ryckte på axlarna. Det var väl fel antog han. Om det verkligen hade varit Gary så hade han naturligtvis kommit fram och hälsat. Han drog åt sig sin marinblå cashmerekappa så tätt intill kroppen han kunde och hastade iväg över torget mot redaktionen. Han såg aldrig skuggan som följde efter Gary.

***

"Om du skriver en bok så vill jag ha ett alter-ego i den."
"Visst, om du någon gång läser en bok av mig och det finns en person som jag kallar Romanoffskan i den så vet du att det är dig jag syftar på."
"Schysst!" Romanoffskan log ett brett leende och gav två tummar upp. Fredrik gillade att jobba ihop med Romanoffskan, även om de i och för sig inte hade så mycket med varandra att

göra. Hon skrev skvallerkrönikan och sålde annonser till stor-
kunder, så de få gånger de hade med varandra att göra var när
tidningsledningen – det vill säga Josefsson – bestämt sig för att
de skulle göra en "Det händer på Öland"-krönika. Romanoff-
skan var alltid positiv och glad, en del kallade henne flamsig,
men det tyckte Fredrik var orättvist. So what om hon tappade
tråden i sina tankar allt som oftast. Samtidigt kunde man nå-
gonstans där inne bakom de gråmelerade ögonen ana att hon
klarade av djupare tankar också, även om hon var för blyg för
att öppna sig helt om sitt innersta. Men vem gjorde det över en
kopp fika? Romanoffskan ändrade ofta utseende, som en kame-
leont. Oftast var det hårfärgen som skiftade. Denna vecka hade
hon morotsrött hår, förra veckan något bronsfärgat.

Här på centralredaktionen fanns det en hel del folk som han
mycket väl kunde tänka sig att umgås med. Som Stefan till ex-
empel, sedan tre år anställd som politisk chefredaktör på tid-
ningen. Så mycket chefredaktör var han dock inte, eftersom
Josefsson vägrade lämna ifrån sig ansvar för något som han
egentligen inte ville ha själv men vaktade som en hök för pre-
stigens skull. Och det oavsett vad styrelsen hade haft för avsik-
ter när de tillsatte en politisk chefredaktör just för att 'avlasta'
den uppgiften från Josefsson. Så vad Stefan egentligen hade var
en snygg titel och ett välavlönat vaktmästarjobb.

Första tiden hade han väl försökt markera sitt revir, men efterhand hade han gett upp det. Han skrev en krönika i veckan om något ofarligt – till exempel om aporna i Ölands Djurpark fått barn – och sedan hade han istället tagit på sig uppgiften att skicka ut information till personalen om när någon fyllde år, och ordnat insamlingar till presenter. Då en av kvinnorna på administrationen blivit sur, för det var ju hennes jobb sedan länge, hade Stefan resignerat helt. Nu satt han mest och glodde och längtade bort. Då och då klickade han fram något på dataskärmen, någon rapport från något statligt verk eller så. När Josefsson gick förbi låtsades han penetrera den ordentligt så att tidningen skulle kunna göra en politisk kommentar. Josefssons kommentar brukade ofta bli 'äh, det där kan jag ta', med följd att Josefsson själv blev sittande med att skriva kommentarer till ointressanta politiska rapporter bara för att inte Stefan skulle få göra det.

Fredrik kom också bra överens med tjejerna på research och på personal. Men en sak som verkligen fick honom att spy åt redaktionen var den osynliga hierarki som i det tysta byggts upp och som redaktionsledningen antingen inte såg eller valde att blunda för. Den inre osynliga hierarki som inneburit att det skapats en klick på redaktionen som plockade åt sig alla russin ur kakan och lämnade alla trista vardagsgöromål till andra som inte var inbjudna i den inre kretsen. Och ingen i klicken hade en aning om hur man EGENTLIGEN gör saker och ting.

”Dags att göra en reportageserie om flubbadubb.”

”Jag vill, jag vill!”

Och sedan blir inget gjort.

”Dags att göra ett samarbetsprojekt med DN för Södra Möres småföretag.”

”Jag vill, jag vill!”

Och sedan blir inget gjort då heller.

Detta var inget större personligt problem för Fredrik. Han hade sin kundkrets på Öland, och han visste att även om han avskydde kräkmedlet Josefsson, så skulle han ha sin plats kvar på tidningen så länge han själv ville. Eftersom han drog in så mycket pengar som han gjorde i annonsintäkter. Men ändå. De drog ju ner tidningen i skiten, trovärdigheten försvann. Fy fan.

”Fredrik, vad gör du här? Har du inte jobb att göra?”

Josefsson hade sett att Fredrik fortfarande var kvar på redaktionen trots att redaktionsmötet varit slut i över en halvtimme.

”Jorå, vi tog bara en kopp kaffe och snackade lite. Jag ska bara in till Lappen, sedan ska jag åka hemåt igen. ”

”Ja, det är bra det. Men chefen har ju redan åkt. Han lade några papper inne på personal som du skulle skriva under. Vad var det om?”

När han märkte att Fredrik inte tänkte avslöja något om mellanhavandena med chefen så fortsatte han.

"Skynda dig på och fixa det, så kan du åka iväg sedan. Vi säljer ju inget om du bara fikar hela tiden, eller hur?"

"Du har väl inte sålt något på flera år i alla fall, dumjävel", mumlade Fredrik tillräckligt tyst för att Josefsson inte riktigt skulle höra. Högt sade han sedan:

"Du Josefsson. Lappen skulle fixa fram lite kosing som jag skulle ha till att få byborna i församlingen där ute på god fot. De tar ju inte VISA vet du, så jag kan inte använda mitt firmakort. Men det var okej för Lappen, han tyckte det var en bra idé." Fredrik visste att det inte var sant, han hade inte alls frågat Lappen. Men det visste ju inte Josefsson. "Mordet i tjärnen du vet."

"Jaså, jaha. Nej, det har han inte sagt någonting om till mig. Så det får du nog klara dig utan, eller ta ur din egen ficka." Josefsson vände sig om för att gå.

"Okej då, då får vi väl släppa idén på att göra en artikelserie om dem då. DN var visst intresserade av att köpa dem", ljög Fredrik. "Men det är väl OK, det är ju du som bestämmer. Jag säger väl till Lappen att du bad mig lägga ner projektet. Mig gör det detsamma, det är bara skönt att slippa göra det jobbet. Men tidningen skulle väl dra in en tjugofem tusen på det. Men det är klart, att betala femtonhundra för att tjäna tjugofem tusen ..."

Fredrik såg att Josefsson var besvärad och log inombords. Nu visste han att han skulle få sina pengar.

"Okej. Du får åttahundra kronor. Men det ska vara skrivet kvitto på allt, förstår du det?" Josefsson plockade fram sin plånbok och drog fram fyra tvåhundralappar.

Väl tillbaka på hemmaredaktionen i Degervik passade Fredrik på att störa Fridlund, som var upptagen med att kolla igenom sina bilder. Efter mycket funderande över vilket bildmaterial hon skulle använda till artikeln om fotbollsjuniorernas match mot Stenhults GOIK hade Fridlund bestämt sig för att ta den där motståndarmålvakten flyger in i reklamskylten bakom mål. Medan Fredrik berättade om besöket på centralredaktionen blev hon så irriterad över hans pladder, att hon monterade in bilden uppochner på dataskärmen.

"Nä, vad säger du, Fridlund, ska vi ge oss iväg ut på äventyr i våra numera världsberömda myrmarker? Tar det där du håller på med lång tid till?" Fredrik stannade till i sina tankar. Bara hon inte har hundjäveln med sig, tänkte han.

"Men du kanske ska låta Killer vila lite? Tror du verkligen han trivs med att vara ensam i bilen? Jag kan väl ringa hem och be någon av ungarna att gå ut och gå med honom?"

"Nä då, det är lugnt, jag har ordnat med hundpassning, " ljög Fridlund. "Men idag så funkade det inte. Men han har nog inget emot att vakta bilen medan vi är nere i byn. OK, ska vi åka då?" Hon vände sig om och ropade ut mot pentryt. "Kom Killer, kom då… duuuuktig vovve." Ett skall förkunnade att Killer var på väg.

Fredrik suckade. Han funderade över om han kanske skulle börja mer tydlig när han inte ville ha hunden med.

Innan de hunnit ut knackade det på dörren, och när Fridlund öppnade stod Katharina utanför dörren till deras gemensamma kontor.

"Hej Katharina, vad gör du här", frågade Fredrik samtidigt som han böjde sig ner för att ta på sig sina skor. "Jag trodde du hade hunnit tillbaka till byn vid det här laget."

"Jag har handlat färdigt nu, och sålt en del av våra produkter till partiaffären. Så jag tänkte komma förbi och säga hej innan jag tar bussen tillbaka." Hon sneglade på Fredrik. "Jag glömde ju berätta vad det var som Christina ville."

"Nä, men du kan ju åka med oss", föreslog Fredrik så snabbt att han inte uppfattade Fridlunds min. "Så kan du berätta i bilen."

Katharina hade famnen full med matvaror. Hon ställde ifrån sig kassarna och vände sig till Fridlund.

"Får jag se den där remmen ni hittade på Sara?" undrade hon istället.

"Den tog polisen hand om. "

"Men du minns hur det såg ut? Det såg ut som en av dem som Ulla gjorde? Det kan inte vara någon efterapning, som någon annan har gjort?"

Förslaget sårade Fridlunds yrkesstolthet. Om någon klåpare försökte efterlikna något, så hade hon inte bara sitt bildminne att lita på, förklarade hon. Hon hade fotat av det, hon hade bilderna i kameran. Fridlund gick in på sitt rum, och kom snabbt ut igen med sin kamera i handen. Hon kopplade in usb-kabeln i

Fredriks dator och dubbelklickade på en ikon. Skärmen fylldes med en mängd bilder i flera rader. Fridlund klickade på en av de bilder som föreställde den rem de hittat vid Saras döda kropp.

"Vad tror du, ser det ut som en av dem som Ulla gjort", frågade hon. "Det är möjligt att det varit ett hänge på den, men i så fall var det borta när vi hittade remmen. Vi har inte lyckats hitta det någonstans."

"Jag har en jag också", tillkännagav Katharina. "Vänta ska ni få se. Jag sa ju i förmiddags att de flesta ungdomarna har en. Jag också."

Hon stoppade ner högerhanden innanför kjolfållarna, drog fram en liten handväska i skinn och verkade ta upp något. Hon höll fram handen mot Fredrik och lät honom ta ifrån henne det hon hade i den. På remmen satt ett litet handsnidat hänge.

Fredrik följde med pekfingret de inristade bilderna, en man och en kvinna, ristad i en bit hjorthorn.

"Ulla har gjort flera stycken. Remmarna är likadana men alla hängena är unika", sade Katarina.

"Visst är remmen lik, nästan identisk. Helskuren och inte skarvad. Skickligt gjort."

Fredrik drog sig till minnes en händelse när de varit nere i byn, och vände sig mot Katharina.

"Du, Katharina, den där Leva, vad är det för skumt med henne? Alla verkar ha stor respekt för henne, men de verkar också dra sig undan för henne. Vad beror det på?"

"Åh, har ingen berättat för er om Utbrytarna? Leva var en av
dem."

"Nä, vad är det?"

Katharina berättade att en liten grupp utbrytare hade givit sig
iväg för att bilda sig ett eget samhälle på andra sidan Beijers-
hamn för ett par år sedan.

"De hade hittat en tom fiskestuga på andra sidan. Där fanns
övergivna gamla betesmarker som de kunde odla. I Guds ögon
är det en synd att låta god odlingsmark stå obrukad. Så står det
i Skriften."

"Vad tyckte Ledaren om att folk lämnade Byn?" undrade Fred-
rik.

"Han höll uppsikt på avstånd över vad som hände med utbry-
tarna, men var nog mest orolig över att Aaron skulle vilja lämna
byn, eftersom utbrytarnas ledare var en av Aarons bröder. Aa-
ron är viktig, byns enda utbildade smed. Förlorade vi honom
skulle det innebära ett stort avbräck. Men Aaron skulle inte få
för sig att flytta dit. Vare sig jag eller dottern är så mycket tro-
ende så att vi var beredda att flytta till en ännu mer renlärig
församling. "

"Är det någon som vill ha en kopp kaffe?" avbröt Fridlund
Katharinas berättelse. Hon hade svårt att se vad det här hade
med dödsfallet i byn att göra, men höll god min. "Mjölk i Kata-
rina? Eller tar du det svart?"

”Svart tack, med en sockerbit på fat.” Fridlund räckte över en mugg kaffe och ett fat med två sockerbitar och ett citronmuffins.

”Det är inte hembakt”, sade hon, ”men jag hoppas att det duger i alla fall.”

”Åh, köpebröd, jag tackar jag”, svarade Katharina och sken upp. Fredrik undrade om det var med ironi hon sade det, men hennes oförställda glädje tydde på att hon faktiskt tyckte det var något speciellt med inköpta fabrikstillverkade muffins istället för hembakt.

”Så, fortsätt”, sade Fredrik. ”Vi kan ju fika medan du pratar.” Katharina tog en tugga på köpebrödet och det syntes att hon njöt. Hon slickade av smulorna från sina fingrar innan hon fortsatte.

”Utbrytarsekten hade hållit sig i enskildhet flera månader och inte haft någon kontakt med moderförsamlingen”, fortsatte hon sedan. ”Men på hösten hade de börjat närma sig byn och försökt missionera sin egen variant på den sanna tron. Vi i Byn bemötte missionärerna med hån och förakt, vilket de inte verkade ha något emot. Det vore inte en seger för den sanna tron om det skulle vara en lätt sak att omvända de otrogna. Men Ledaren förklarade att det är vi som tillhör moderförsamlingen av Morgonrodnadens Folk som är bärare av Den Sanna Tron, och de som lät sig övertygas av utbrytarmissionärerna skulle för evigt bli förtappade och utestängda från efterlivet.”

"Var det allt?" undrade Fredrik. Varför kom Leva tillbaka til. er i Byn? Vad hände med de andra? Finns utbrytarförsamlingen kvar?"

"Nä, den finns inte kvar. De flesta kom tillbaka efter ..."

"Ja ja, det får ni ta sen", sade Fridlund. "Vi måste åka nu Fredrik, kom igen. "

"Nä, men lugna dig." Fredrik höll upp handflatan mot Fridlund. "Jag vill höra det här."

"Jaja, men hon kan väl berätta i bilen då, så vi kommer iväg."

Fredrik gnölade lite, det var ju faktiskt han som var chef och hur skulle det se ut om alla bara gjorde som de ville och inte respekterade chefens åsikt och hur skulle det se ut va?, men innerst inne höll han med om att det var en bra idé, och de gav sig iväg till parkeringsplatsen. Väl framme vid Fridlunds bil satte sig Fredrik och Katharina i baksätet och Fridlund satte sig vid ratten. Killer och matkassarna delade utrymme i skuffen.

"Visst kör du, Fridlund", snarare konstaterade än frågade Fredrik sin kollega.

"Ja, det var väl inte någon som väntade sig något annat", svarade Fridlund. Hon kastade en blick på Fredrik via backspegeln, plockade fram bilnycklarna och stoppade nyckeln i tändningslåset. Först ville inte startmotorn riktigt dra runt, men efter att ha tjurat några varv spottade plötsligt motorn på den gamla gröna SAAB Combin till och Fridlund log upp i backspegeln.

"Han är lite tjurig gamle Börje, men nu är han igång. "Fridlund klappade med handen på bilens instrumentbräda. Fredrik skakade på huvudet. Hur fan kan man döpa en bil till Börje, tänkte han. En gammal SAAB Combi ska ju heta Mariette. Han vände sig mot Katharina.

"Okej, fortsätt. Vad var det nu med utbrytarförsamlingen?"

"Jo, en mörk höstkväll hade Herrens Svarta Hämnare uppenbarat sig ur mörkret och nedkallat Herrens straff över dem", fortsatte Katharina. Där Fredrik satt i baksätet kunde han se i backspegeln att Fridlund himlade med ögonen, och han erkände tyst för sig själv att Katharina lät lite väl teatralisk. Men det var väl helt enkelt så de uttryckte sig i församlingen, antog han.

"Utbrytargruppens ledare blev dödad och några blev skadade. Det är inget vi gärna pratar om i byn, men de som var där säger att när morgonen grydde försökte man förstå vad som hänt. Ingen kunde tänka sig något skäl till överfallet, eller ens gissa vilka angriparna var. Det var i det ögonblicket som Leva var snabb att ta kommandot. Hon hade varit gift med den ledare för dem som blivit dödad, han som var Aarons bror. Men även om alla nu var överens om att det enda de kunde göra var att gå tillbaka till Byn så delade de flesta inte synen på varför Gud straffat dem. De trodde istället att det var Guds sätt att straffa dem för att de brutit med oss i moderförsamlingen."

"Och så gick de bara tillbaka som om inget hade hänt? Om de blivit överfallna och en av dem faktiskt blivit ihjälslagen, varför anmälde de inte det till polisen? Varför knallade de bara tillbaka istället?"

"Du har inte förstått något av vår församlings tro", svarade Katharina. "Vi tror inte på att blanda in profana myndigheter i våra inre angelägenheter. Guds straff sonas inte med en polisanmälan."

"Jaja." Fridlund trummade otåligt med fingrarna mot ratten. "Fortsätt."

"Leva tog kommandot", upprepade Katharina. "Att det faktiskt hade varit en gudomlig intervention och att Herren sänt ut sina Svarta Hämnare hade de naturligtvis inte haft helt klart för sig då, men Domarna hade förklarat det för dem när de väl återvänt till Byn. Så det är lätt att se vilka i byn som var i utbrytarförsamlingen", avslutade Katharina. "Det är de som bor i rucklen längst bort vid myren, på andra sidan byn från de nybyggda husen."

"Det var som fan." Fredrik tittade förvånat på. "Varför har ingen sagt något till polisen? Och varför har vi inte hört talas om något massmord?"

"Än en gång, du förstår oss inte. Vad är det att tala med polisen om? Vad kan polisen göra mot Herrens beslut? De döda begravdes i stillhet utan yttre inblandning, och till utomstående var förklaringen att de gått tillbaka till vår församling, tillsammans med de andra."

"Jaja, okej då." Fredrik suckade. "Men om vi försöker knyta ihop något annat istället då. Vad var det Christina ville men som hon inte vågade berätta?"

"Jaså det." Katharina skrattade. "Äh, det var inte något särskilt. Hon ville bara berätta för dig att hon visste vem som var mannen som hon träffat i Degervik. Han som varit med i bilen och som Håkan sett. Men det är nog mest fantasier från hennes sida tror jag."

"Låt mig avgöra det", sa Fredrik. "Vem var det."

"Äh, hon påstår att det var den där rektorn. Wendthelin tror jag han heter. "

Fredrik kände ett lyckorus. Den jäveln!

***

Promenaden från den lilla vändplatsen där de parkerat bilen ner till byn hade varit allt annat än problemfri. Först hade Killer vägrat lämna bilen, men när Fredrik föreslog att Fridlund skulle lämna valpen kvar så länge, hade hon stirrat på honom strängt.

"Jaha, och vad gör vi om det blir varmt då? Om han svettas ihjäl i bilen? Vad säger du då?"

Fredrik lät bli att kommentera det faktum att regnet börjat strila ner från den blygrå himlen.

"Jaja, ta med honom då. Men se till att få ut honom ur bilen så vi kommer iväg. Vi har inte tid att stå här. Och blöt blir man också."

Fridlund försökte kalla till sig Killer, men eftersom han kröp allt längre bort från bildörren var hon till sist tvungen att krypa in i bilen själv och till hälften lyfta till hälften dra ut honom. Killer satte sig i det blöta gräset bredvid bilen och såg sur ut. Han tänkte minsann inte gå därifrån, om matte trodde det så misstog hon sig. Aldrig att han tänkte lämna den sköna varma bilen för det där blöta. Vänta bara tills hon tittade bort så skulle han nog hoppa tillbaka in. Och nu kom hon och satte på honom ett halsband och koppel. Spelade ingen roll, Killer tänkte då inte gå härifrån, så det så. Hon kunde dra så mycket hon ville i kopplet, han tänkte sitta kvar där han satt. Oj, titta där borta! En kanin! I ett huj hade Killer slitit sig loss från sin överrumplade matte och satte iväg nerför stigen med kopplet studsande efter på stigen. Efter honom kom Fridlund springande, därefter Katharina med famnen full av varor och längst bak en väldigt mentalt trött och suckande Fredrik Nilforss.

***

Männen kunde väntas hem när som helst hade Katharina sagt och Fredrik fick bråttom att hinna ner till byn för att hinna före dem. Han ville få en möjlighet att tala med Håkans mor utan att hennes make skulle vara närvarande. Han hade förstått att församlingen var strängt patriarkal och antog att kvinnorna aldrig skulle tala öppet om deras män var närvarande. Särskilt inte med en man som inte tillhörde församlingen. När de närmade sig byn hördes någon hojta.

"Katharina! Ta i här!" Någon vinkade uppifrån en lite kulle och efter att hon informerat Fredrik och Fridlund om vilket hus som hennes föräldrar bodde i, vek hon ur kurs för att hjälpa till med vad det nu var som måste lämpas på plats. När Fredrik och Fridlund kom fram till byn satte de kurs mot Håkans och Katharinas föräldrahem. Halvars hustru, Katharinas och Håkans mor, mötte de båda personerna nerifrån samhället med den försiktighet som krävdes av henne enligt församlingens regler. Det var mannen som skulle föra familjens talan, men det var väl inget som de där två uppifrån stationssamhället skulle förstå. Hennes kroppsspråk sade dock Fredrik att hon inte var bekväm med situationen.

"Sara blev strypt med en sådan rem som hon brukade bära sitt hänge i. Men vi hittade inte hänget. Din son Håkan påstås ju ha stått henne nära. Kanske var hon här på besök – kanske när inte ni var här", lade han till för att ge kvinnan en möjlighet att vara tillmötesgående utan att behöva medge att hon känt till sin sons förhållande med Ledarens hustru. "Kan vi få leta här, titta igenom Håkans saker och se om hon kanske inte alls hade det på sig? Det kan ju ha fallit av remmen om hon tagit den av sig. Vore jättesnällt om vi fick det, så vi slipper leta igenom myren och tjärnen om det ändå finns någon annan stans."

Kvinnan, som nu presenterade sig som Siw, bjöd efter viss tvekan in dem över tröskeln, men den där leriga hunden, upplyste hon dem om, den fick de allt binda fast utanför.

Halvars och Siws hem var inrett på liknande sätt som alla andra av byns nya byggnader som han varit inne i. Köket låg nära ytterdörren. Hallen, om man nu kunde kalla den för det, var liten. Bara på omkring två gånger två meter eller så uppskattade Fredrik. Hallen var snarare en utbuktning på köket för det fanns ingen dörr eller ens en tröskel som delade av kök och hall. För att nå till sovrummet var man tvungen att gå igenom köket, och mellan ytterdörren och sovrumsdörren vid bortre köksväggen var trägolvet bart. I en prydlig stuga, vilket Halvars var, stuvades resterna efter dagens arbete undan utmed hörnen vid främre väggen, bredvid husgeråden. Under de upphängda förråden av torkat kött, korvar och hembakt knäckebröd som hängde halvannan meter under taknocken satt skogsfåglar oplockade på några krokar fastspikade i väggen. Fredrik och Fridlund började sitt sökande där. Siw och dottern Rut – den mest troende kvinnan i byn kom han ihåg att Katharina hade utmålat henne som - med sitt barn hade dragit sig undan till kökssoffan och satt och såg på deras letande utan att delta, men också utan att klaga ens när Fridlund i sitt nit stack ner handen och rotade runt i den stora krukan med fjolårets hemgjorda lingonsylt. Fredrik tittade lite äcklad på hennes hand som såg alldeles blodig ut av den kladdiga sylten. Inte sådan där ketchupblod som man kunde se på film, utan sånt där halvlevrat blod som han hade sett på misshandelsoffren både uppe i Holm och här.

När de inte hittade det de sökte i främre delen av köket flyttade de sitt sökande till kökssoffan. Kvinnorna vek åt sidan, inte alltför ovilligt, och lät dem dra undan filtarna som låg på soff- lockets översida. Hela tiden väntade Fredrik på att någon skulle ifrågasätta om de som pressmänniskor egentligen hade någon som helst befogenhet att bedriva en sådan undersökning som de gjorde, men de här människorna var så vana att hela tiden finna sig i överhetens nycker, så de reagerade knappt alls. När Fridlund började lyfta på locket gav dock Rut till ett ljud som lät som något mellan utrop och kvidande. Så tysta hade kvin- norna varit dittills, att Fridlund hade glömt deras närvaro. Nu blev hon medveten om att den äldre av dem var djupt upprörd. "Inte där!" fick den äldre kvinnan, Siw, fram.

Fridlund avbröt sitt sökande och såg kvinnans darrande mun och de skakande händerna. Modern verkade upprörd över nå- got och hade svårt att tala för sig själv, så dottern sade ifrån i hennes ställe.
"Det där är Håkans sovplats. Mamma har skakat fällarna själv varenda dag, som om han kunde komma hem till kvällen som vanligt. Ingen annan än mamma får röra den. Låt den vara i fred."

Fridlund lade ner locket, och hon lade tillbaks den filt hon tagit bort. Hon kände sig som om hon hade blivit ertappad med gravskändning. Men när hon slutade med sökandet tog Fredrik vid, trots att Siw försökte ställa sig mellan honom och sovplatsen med dotterns barn tryckt intill sig.

"Det är lika bra vi söker ordentligt. Så slipper vi komma tillbaka sedan. Var det här Håkan brukade sova sa ni?" Han vände sig mot Siw, som till synes motvilligt nickade ett ja. Han gjorde en gest med handen, och Siw flyttade sig långsamt undan. Fredrik lyfte på locket men fann ingenting. Han lät handen följa den listkant han kunde känna längst bak på soffans rygg. Jo, där innerst låg det någonting. Något satt instucket mellan listen och soffryggen. Han drog fram sin hand igen, och i den höll han vad som såg ut som det hänge som Katharina visat dem tidigare. Ganska likt men ändå olikt.

Siv verkade mer än överraskad av fyndet. Hennes käkben hårdnade som om hon bet ihop kraftigt och huden i hennes ansikte vitnade.

"Vem har lagt det där? Det kan inte vara Håkan, jag vägrar att tro det. Han skulle aldrig ha gjort något sådant! Säg åt dem Rut, säg åt dem att din bror aldrig skulle kunna göra Sara illa. Säg åt dem!"

Sedan bröt hon ihop till ett litet skakande rynkigt gammalt bylte på trägolvet. Fredrik stod rådvill. Han hade förmodligen funnit beviset på Håkans skuld, men den lilla magra kvinnan ville han inget ont. Fridlund nuddade honom vid armen och han vaknade till och blev medveten om det som hon länge hade sett. Utanför huset var byns kvinnor samlade, tysta och hotfulla. Det gick ett undertryckt mummel mellan dem när Fredrik öppnade ytterdörren och steg ut ur huset.

"Har han inte gjort ont nog nu? ... tränga sig in ... säga ifrån någon gång… tror han kan göra som du vill... ingen försyn för någonting... "

Fridlund tog hänget från Fredrik, steg fram i dörröppningen och höll upp det högt, så att alla kunde se. Inför den resliga, blonda kvinnogestalten föll kvinnorna därute in i den invanda vördnaden för auktoriteter och tillropen tystnade. Fridlunds starka röst hördes ensam.

"Några av er var med när Saras döda kropp hittades i måndags. Sedan har vi fått veta att hon var strypt med remmen till ett halshänge. Hänget har vi inte hittat fastän vi sökt igenom hela myren hon låg på. Idag har vi hittat ett som skulle kunna vara det rätta. Det ger oss ju viss grund för misstankar, vad tänker ni själva om det? "

Det blev lågmält samråd därute innan en kvinnoröst inne i hopen höjdes och talade för dem alla. Sara hade sprungit från någon hon var rädd för, det var vad alla hade trott.

"Det är först denna vecka vi fått veta att hon är död", sade kvinnan", tidigare har vi alla trott att hon bara givit sig iväg. Och att hon dödats med en läderrem har vi inte känt till. Innan i måndags har vi inte haft någon anledning att tänka på det. Men

nu är vi ense om hur det måste ha gått till." Kvinnan som talat
steg fram ur folkhopen

"Den som förföljde henne har nog gripit tag i remmen till hals-
hänget för att hejda henne och hänget har slitits av med rem-
men, fortsatte kvinnan. Det är i alla fall så jag har uppfattat det
hela som det har återberättats de senaste dagarna. Sedan har
han använt remmen till att strypa henne med, men hänget har
han behållit. Nu ser vi ju att din kvinnliga kollega har hänget i
handen. Då är det ju troligt att det är någon i Halvars hus som
är den skyldige." Kvinnan tystnade och de av byns kvinnor
som samlats utanför Halvars hus vände sig mot varandra och
började mumlande diskutera vem det kunde vara.

När Fredrik och Fridlund lämnade Halvars hem öppnades tyst
en väg åt dem genom kvinnohopen. Kvinnorna följde efter dem
på avstånd till Aarons hus, där de stod samlade utanför köks-
fönstret och tittade in medan de båda tidningsmänniskorna åt
tillsammans med Aaron och Katharina, som återvänt från sina
hjälpsysslor på berget. Även Arons dotter Christina var närva-
rande, men satt inte med de vuxna. Fredrik väntade tills byns
kvinnor skingrats innan han vände sig mot Fridlund och sa att
det var dags att bryta upp. Att kvinnorna skingrats tolkade han
som att männen nu var tillbaka, så de skulle förmodligen inte få
veta mer. Killer, som fått följa med in i köket, tittade upp från
sin plats vid den varma öppna spisen när matte kallade.

Katharina slog följe med dem en bit på vägen upp mot vänd-
platsen där de ställt bilen. Fridlund och Fredrik ansåg sig ha
hittat beviset för Håkans skuld och medan de pratade på väg
upp mot bilen enades de om att nu kontakta polisen så de skul-
le ta itu med den skyldige. Men Katharina hade invändningar.
Det bodde ju andra i det huset än Håkan själv, menade hon.
"Du har nog rätt, Katarina." Fridlund nickade mot Katarina
som för att stämma in i hennes påstående. "Kanske var han inte
far till det barn som Sara bar på, det kan lika gärna ha varit nå-
gon annan. Och det behöver inte ens varit någon av byns karlar
som var fadern. Det kan till exempel ha varit den man som hon
hade samlag med i bilen, den som Christina hävdar var rektor
Wendthelin. Håkans kamrater tar ju lätt på hans förhållande till
Sara om vi ska tro dig på ditt ord. Men vi kan ju inte utesluta
någonting alls ännu. Hänget i soffan tyder ju på att någon i
hushållet varit inblandad i mordet på Sara."
"Men det skulle Ledaren aldrig ha tillåtit", invände Katharina.
"Sara var det dyrbaraste Ledaren ägde. Aldrig skulle han ha
låtit någon röra henne. "
"Och ändå så var det bevisligen någon som gjorde det. För mig
verkar det som er Ledare har mycket liten vetskap om vad som
försiggår i hans familj", påpekade Fridlund. "Och inte bara
Ledaren förresten. Ni i hennes biologiska familj verkar lika oin-
satta. Hon var din kusin men du vet ändå inget om att hon var
med barn? Men vi kan ha missförstått vad hänget betydde för
henne", medgav hon i nästa andetag. "Kanske var det inte där-

för hon sprang, för att hon kände skuld för vad hon hade gjort. Kanske ville hon ange den som hade skuld mot henne? "

"Men Domaren säger att han inte hörde hennes rop", inflikade Fredrik. Katharina kom med en kommentar, som Fredrik var glad att Aaron inte var närvarande för att höra, för nog lät den nästan som vanvördig.

"De borde ta av sig kåporna allihop, sa hon. Så skulle de höra oss. Åtminstone om vi ropar."

Hennes yttrande stämde lika väl in på folket i byn som på Domarna. De flesta talade om varandra istället för att lyssna till varandra. Den som inte hörde till den närmaste kretsen visste de allt om från andra än henne själv.

Strax innan kurvan vid vändplatsen skiljdes de åt, Katharina gick tillbaka mot byn och Fredrik, Fridlund och Killer gick upp mot bilen. Rut hade följt efter dem på avstånd, och när hon såg att Katharina vände tillbaka till byn gömde hon sig bakom en buske vid stigkanten för att undgå att bli upptäckt. När system väl passerat steg hon ut på stigen igen och började småspringa i riktning mot fältet och de två besökarna. Hon var liten till växten som så många i sin släkt, men i arv hade hon också släktens sega beslutsamhet. Med barnet i famnen ställde hon sig i vägen för Fredrik när de sånär hunnit fram till flygfältet.

"Jag måste få prata med dig", lyckades hon få fram mellan de tunga inandningarna.

Fredrik dröjde på steget på väg förbi henne, för han var inte angelägen att ge sig in i polemik med någon i Halvars familj utan ojäviga vittnen. Inte efter de hotfulla blickarna han sett från kvinnorna utanför när de lämnat Halvars tidigare.

"Vad vill du prata om då? Vi talades ju vid tidigare, och då hade du inget att berätta. Har du kommit på något nytt nu eftersom du är här?" Fredrik sneglade på sitt armbandsur.

"Det må så vara, men nu vill jag tala med dig utan att min mor är med. Det finns saker du behöver få veta om Sara och om oss andra. Om du vill lyssna till vad jag säger så ska jag svara på alla frågor du vill ställa. "

Det erbjudandet kunde Fredrik inte tacka nej till. Han kom överens med Fridlund om att hon skulle ta Killer med sig och gå runt och ta några miljöbilder som de skulle kunna sälja till nyhetsbyråerna och Pressens Bild, så skulle de träffas här vid bilen igen om en halvtimme. Därefter vände han om och följde efter Rut.

Det hade slutat regna, men himlen var fortfarande täckt av gråa moln. Huset gjorde ett dystert intryck i det grå kvällsljuset. Rut tände en av fotogenlamporna i köksfönstret och satte sig på kökssoffan utan att be Fredrik slå sig ner. Tveksam om han skulle behöva vänta på en inbjudan eller om det gick bra att sätta sig blev han stående, men så lade han beslutsamt ifrån sig den fuktiga cashmererocken över en stolsrygg och tog det som skäl att slå sig ner.

"Vad var det du ville berätta?" frågade han.

"Du vet kanske hur det är. Några familjer går ut och in hos varandra, men de flesta av oss vill hålla lite distans. Vi träffas vid festerna, och det räcker. I våra egna hus vill vi inte ha insyn. Vi bjuder hem folk, men vi ser inte gärna dem som kommer objudna. Du kanske vet att det sägs om oss i Halvars hus att vi är sådana, men det är vi inte ensamma om. Lite finare än till vardags vill man ju gärna ha det när folk ser. Men nu vill jag berätta för dig vad jag vet om det som har hänt, för det är bättre att du vet än att du går omkring och gissar och får fel för dig. Sara först, då. Hon var sin pappas älsklingsdotter, för hon var den vackra. Farbror Efraim hade så stora planer för Sara. Det var underförstått att hon skulle hålla uppsikt över mig, sin lilla kusin. Men jag var ju så mycket yngre, så det var nog brydsamt för henne."

Uppgiften om Saras ansvarsområden överraskade egentligen inte Fredrik. Han förstod att i den här sekten höll man ihop och det var inte konstigt att man gifte sig inom den. Att Sara hade ett förhållande med sin kusin Håkan, Ruts och Katharinas bror, hade han inte blivit särskilt chockad av. Så var det väl i små sekter. Det gällde att låta det biologiska arvet gå vidare hand i hand med det religiösa. Och de var ju så pass få att det nog var svårt att bilda par utan att antingen tillåta släktgifte eller att riskera att framför allt kvinnorna om de skulle gifta sig med någon som inte tillhörde församlingen skulle falla ifrån den

sanna tron. Och utan kvinnor skulle inga barn födas och för-
samlingen skulle så sakteliga dö ut. Fredrik hade svårt att tro
att Rut var yngre än Katharina. Det såg inte alls ut som så, sna-
rare det motsatta. Katharina var ung och vacker och hade ut-
strålning. Rut såg redan nästan medelålders ut, klädd i hela
men väl använda kläder.

"Vår familj har hållit sig för sig själv inom vår församling, det
är sant", medgav Rut. "Kanske borde vi ha blandat oss i skvall-
ret mer än vi gjorde, för nu när det har fått stå oemotsagt så har
folk fått alldeles fel för sig. Kanske skulle ingen tro oss nu, om
vi försökte tala öppet."

Fredriks känslor svängde från olustig misstänksamhet till öns-
kan att värna, och han såg hur grått och kallt huset såg ut i ske-
net av den ensamma kökslampan. Det var något hos den unga
barnamodern som intresserade honom och samtidigt skrämde
honom. Trots att hon var sliten av ett hårt liv var hon egentligen
inte alls ful. Någonstans kunde han skönja samma skönhet som
han kunde se i Katharina. Hennes ögon glimmade och han
kände att om han inte tänkte sig för skulle det vara lätt att dras
ner i deras djup. Han lämnade sin plats och gick fram till ved-
spisen. När han skrapade undan askan och började blåsa på
glöden fann han Rut bredvid sig. I familjens hem var härden
hennes arbetsplats.

"Det där gör jag", bestämde Rut.

Fredrik lät henne hållas. Han gick tillbaks till sin plats på köks-
soffan bredvid hennes barn. Rut stod på huk med ryggen åt

Fredrik och blåste fram lågor ur glöden. Hennes ord kom andtrutna, med långa mellanrum.

"Alla tror... och du också... att Sara gick till andra karlar ... då på våren ... för att Ledaren inte ville ha henne ... för att han ville ha någon annan ..."

Mot väggen vid ingången såg Fredrik torr ved, prydligt travad. Rut var en bra hjälpkvinna åt sin far, förstod han.

"Sara var med barn... och barnafadern visste bara hon vem det var... ... en del påstår att det var Håkan."

Rut reste sig och hämtade en famn ved, som hon placerade ovanpå de svaga lågor hon hade fått fram ur glöden. Sedan blåste hon tills de hade fått veden att ta eld. Då lyfte hon blicken och såg Fredrik med hennes barn bredvid sig och kände att det hade varit lättare att tala med ryggen åt honom. Det hon hade att säga gjorde det svårt att se honom i ögonen. Hon gick runt elden och satte sig där hon hade suttit förut.

"Sanningen är den att varken pappa eller farbror Efraim visste något om något väntat barn, innan de fick veta när hon redan var död nu för några dagar sedan. Att hans brorsdotter hade avlat ett barn med en annan man utanför äktenskapet. Sara har ju nästan varit som en i hushållet under min uppväxt, klart att pappa tog illa vid sig kring den uppgiften."

"Jasså, varför det", frågade Fredrik. "Han är ju man, Sara var vacker och vad jag förstått tillgänglig. Varför skulle inte lika gärna han kunna vara fadern som Håkan?"

"Ingen av dem är far till Saras ofödda barn!" Rut vände sig ilsket mot Fredrik och hytte med ett vedträ. "Du får tro mig eller låta bli. Men Håkan var, eller är, för ung och okunnig. Sara skulle aldrig låta honom göra det. Hon lekte bara med honom." Hon vände sig mot spisen igen och lade ner vedträet. "Och pappa ... han såg Sara som en i familjen, nästan som sin egen dotter. Om du tror det om honom ... Det var Ledarens barn, oavsett vem som befruktat henne! Profetens barn! "

Fredrik sade inte emot henne. Han teg och avvaktade. "Sladdertackorna hade ju redan börjat prata då", fortsatte Rut. "Men det berodde nog mest på att de hade sett henne tillsammans med Håkan. Sedan började ju mamma och jag ana hur det stod till, men det var långt senare. Och pappa visste ingenting då heller, för vi vågade inte tala om det för honom. När hon kom hem för länge sedan och berättade att Ledaren skulle be om henne - när vi bodde på fastlandet - då blev pappa så stolt. Hans lilla brorsdotter och gruppens ledare, vilket bättre gifte kunde en kvinna få? Och det var vår Sara som hade fått honom. Hon skulle föda honom den nye Messias, så sade Skriften. Vi klarade inte av att göra honom besviken över hur hon betett sig. Kanske svårt för en som inte tillhör vår krets att förstå ..."

Elden brann tryggt nu och Rut satt med armarna om knäna och såg hur elden knastrade inne i spisen och hur den speglades mot väggen till höger om dörrhålet. Där fanns en murad bänk med slät yta. Halvars verk? Sådana bänkar fanns inte i byns andra hus.

"Du tror att Sara agerade förslaget", fortsatte hon att tala till Fredrik. "Men riktigt så var det inte. Att hon gick till andra män var faktiskt Ledarens fel från början. Eller förtjänst, kanske? Han hade sagt till henne att han ville be om Katharina också, att han ville ha två fruar, och sedan pratades det mycket man och man emellan om att han hade ändrat sig och ville få Domarna att se om skriften tillåter skilsmässa. Sara skulle då inte få bättre än en underordnad ställning. "

"Så det var därför hon träffade en annan man?" kunde Fredrik inte avhålla sig från att fråga. "För att få det gott ställt i detta livet?"

"Det var inte det som drev Sara, att bli fint gift och få en god ställning. Gift var hon ju redan, och vilken kvinna i vår församling kunde ha en bättre position än Ledarens hustru? Men det är klart att hon var oroad över pratet. Om han skulle få Domarnas välsignelse att skilja sig så skulle hon ju inte ha något kvar … så opåverkad av det var hon nog inte. Så varför skulle hon inte se sig om efter annat? Hon var ju fortfarande ganska ung."

Rut hade farit varsamt fram med minnena från familjens förflutna. Hade Sara accepterat Ledarens nya idéer? Skulle hon inte bara ha slängt ut honom? Det var mot sig själv som Rut vände kritiken när hon satte igång med att försvara sin kusin.

”Har ni tänkt på hur tyckandet är bestämt för den som vill vara god?” frågade hon. ”Den som inte har något annat att berömma sig av vill åtminstone bli känd för att vara god. Så ser de till att alltid tala om för alla att de tycker det som är rätt att tycka. Att det är bättre att älska en fattig man än en rik, det är sådant man ska tycka, så det säger kvinnorna. Men hur många av dem får göra det valet, tror du? De flesta får ta den de får och vara nöjda med det. Ändå är det så, har jag märkt, att kvinnor dras till starka män. Sara gjorde tvärtom. Hon drog till sig svaga karlar som Håkan, karlar som hon kunde styra som hon ville. Och dessutom så var det säkert roligt för henne att knycka honom framför ögonen på de andra flickorna. Han drev omkring för att han inte hade något att göra, men kvinnorna och flickorna såg honom som självständig just därför. En fri fågel, bevars! Sara ville ha honom, inte av något annat skäl än för sitt nöjes skull. ”

Fredrik reste sig och sträckte på benen. Barnet öppnade ögonen vid rörelsen men suckade till och somnade igen. Rut gick bort till väggen där husgeråden stod och hämtade en flaska och två dryckesskålar. Hon satte sig på huk bredvid Fredrik, slog upp svagdrickan i skålarna och bjöd honom den ena. Han tog emot den samtidigt som han försökte undvika hennes blick. Han slog ner sin blick, bara för att inse att hennes linneblus nästan var genomskinlig i ljuset från den öppna spisen. I desperation borrade han fast sin blick i dryckesskålen.
”Visste du att hon bar på ett barn? ”

"Det visste hon inte ens själv i början", svarade Rut. "Det tog
lång tid för henne att förstå, för hon hade ju ingen erfarenhet av
att vara gravid. Sedan, när vi till sist visste, föll det inte någon
av oss in annat än att barnet var Ledarens. "
Fredrik tog en klunk ur dryckesskålen. Han prasslade fram en
lapp ur fickan och tog fram en penna.
"Vilka då vi? Vad jag förstått så visste ingen om att hon var med
barn?"
"Jodå, det visste nog i alla fall vi som stod henne närmast. Inte
så att det syntes, men man märkte det. Hennes humör. Det var
väl egentligen bara jag som märkte att hon kräktes på morgo-
nen, men nog märktes det att hon var gravid i alla fall. Och jag
var glad över det. Med tanke på ryktena om Ledaren och hans
funderingar så var det ett tecken på att han skulle behålla Sara
såg jag det som positivt att han gjort henne med barn. "
Fredrik insåg att om det var sant så hade Katharina ljugit för
honom och han krafsade ner på lappen att han skulle fråga
henne mer om det när han träffade henne.
"Den dagen hon försvann. Vad hade hänt då? "
"Det var på kvällen. När inte männen hörde så pratade mamma
och jag om hur glada vi var över att Ledaren gjort henne med
barn, och vilken ära det var för henne att få föda Ledarens barn.
Sara blev av någon anledning upprörd av diskussionen. Hon
fick tårar i ögonen och avkrävde ett löfte av mamma att inte
berätta för pappa eller någon annan. Sedan tog hon sin kappa
och sprang hon iväg ut från byn."

"Och ni lät henne bara gå? "

"Naturligtvis inte. Mamma ropade efter pappa och farbror
Efraim, och de sprang efter henne. Mamma först. Hon hörde
henne ropa på någon. Det var så mörkt ute så hon såg knappt
var hon satte fötterna, men hon sprang efter ropet tills det tyst-
nade. Då trodde hon att Sara hade tänkt om och sprungit hem
till Ledaren och var trygg, så hon vände om. Pappa och Efraim
kom iväg senare, så de hörde inget rop. Det blev lite diskussion
dem emellan om vilket håll hon hade sprungit åt, men sedan
tog de olika vägar. De varken såg eller hörde någonting. Efraim
var ända borta vid andra sidan av myren, sa han. "

"Hon var ju borta i flera dagar innan ni slog larm?"

"Mamma var så säker på att hon hade gått hem till Ledaren.
Det var klart att han inte hade låtit henne gå ensam mitt i natten
sedan, tyckte vi, så vi väntade hela nästa dag, men när hon inte
hade hört av sig då så måste vi ju gå ut till Ledaren och fråga
efter henne. Han hade varken sett eller hört någonting. Rädda
blev vi inte ändå, för hon hade väninnor som hon kunde ha
stuckit sig undan hos. Vi trodde ju att det bara var frågan om att
hon inte ville möta familjen och bli tvungen att erkänna vad
hon hade ställt till med. "

"När förstod ni att någonting allvarligt hade hänt?" Fredrik
vände på sin papperslapp för att försöka få plats med lite an-
teckningar även på baksidan, men där var redan fullt. Han suc-
kade och lovade sig själv att investera i en ny anteckningsbok i
morgon. Om han kom ihåg.

"När vi inte hittade henne hos någon vi kände. Då började vi leta själva. Pappa och Efraim sökte runt sjön också, men köldnätterna hade givit en isskorpa runt stränderna, så hade hon gått ner sig där skulle det ha funnits spår av det i isen. När vi inte kunde göra mer själva måste vi ju be om hjälp. Så vi gjorde en anmälan om det, men sedan hände det ingenting."

Rut lyfte upp barnet från soffan och gjorde sig beredd att gå tillbaks till sina sysslor.

"Så nu vet du, sa hon. Det var det jag ville berätta för dig för att ställa till rätta."

Man kunde kanske ha väntat sig att Efraims ställning skulle försvagas och att han till och med skulle bli utsatt för glåpord från några i byn när det kommit ut att hans dotter varit otrogen, men något sådant förekom inte. Han hade haft en arbetsam höst när hans dotter försvann och efter en tid hade han lyckats komma över det. När nu Fredrik rev upp såren med sina frågor så uppträdde de som vanligt. Fredrik hade trängt sig in i Halvars hus och letat efter Saras hänge, och han hade funnit det där. Än sen? Då hade hon väl helt enkelt inte burit det den kvällen när hon försvann - hon hade väl tappat det hemma hos sin farbror och hans familj - och det var den uppenbara förklaringen till att de inte hade hittat det när de sökte efter det på myren.

Fredrik var dock inte helt omedveten om att det pratades bland kvinnorna. Han gick över den öppna platsen vid samlingslokalen och vände upp mot bilen vid vändplatsen, och han såg kvinnor som stod viskande i samtal, och de försvann snabbt in i husen när han närmade sig. Några gånger hände det att någon av kvinnorna ställde sig i vägen för honom, som om hon ville säga något, men sedan vek hon undan och låtsades vara på väg åt annat håll.

***

Fredrik hade väntat sig att få en uppbragt Josefsson över sig redan på kvällen samma dag som han hade gjort sin olagliga husrannsakan, men tiden gick utan att han hörde av honom. Förklaringen till Josefssons tystnad var att han, som oftast, inte fick veta vad som hade hänt.

Ungarna hade fått mat och hunnit somna, när Fredrik kom hem. Vid köksbordet satt Louise. En stor gryta med något i stod och puttrade på spisen. Louise hade svårt att låta bli att experimentera med kryddor precis som med alla andra råvaror. I sin yrkesroll var hon koncentrerad, men just den noggrannheten medförde att hon kunde vara tankspritt slarvig med annat. Många av hennes "recept" - eller snarare upptäckter - hade kommit till av rent slarv, som under förra höstens bärplockning uppe i Holm. Familjen hade överraskats av regnväder och släpat sina ryggsäckar i skydd trots att både ryggsäckar och hinkar var vattentäta. Alla utom Louise. Hon hade hittat en död tjäderhöna och var upptagen av funderingar över hur de spräckliga fjädrarna i gulbrunt, grått och svart skulle göra sig i en drömfångare. När regnet kom bar hon fågeln med sig i skydd, och hinken blev stående med locket öppet som när hon ännu plockade bären i den. När det var dags att gå hemåt stängde hon locket till hinken med dess skvalpande innehåll och lade fågeln säkert surrad ovanpå, för den var hon rädd om. Hemkommen plockade hon fjädrarna av tjäderhönan och lade ut dem i tänkbara mönster, innan hon kunde besluta sig för vilket hon skulle välja. Först när drömfångaren var färdig såg hon hinken i det mörka hörnet och funderade på vad den gjorde där. Bären var vattendränkta, men Louise slog i allt, inklusive regnvattnet, i en stor kastrull och gjorde sylt av det. Den sylten använde familjen nu uteslutande när det skulle ges bort presenter på besök hos andra. Själva vägrade de äta den.

"Josefsson blir inte glad på dig när han får veta att du har varit i byn och snokat", trodde Louise.

"God att tas med blir han inte, men det får bli som det blir med den saken", svarade Fredrik. "Det vet du väl hur det brukar vara. Inte behöver jag göra något för att han ska bli arg. Han behöver bara bli arg på vad som helst, så går det ut över mig. Men jag har ju nästan slutat hos honom nu, eller kommer att göra det snart i alla fall enligt Lappen, så jag skiter i vad han tycker. Nu är jag ju nästan chef själv."

"Säg ingenting om han inte frågar", sa Louise. "Släng inte igen alla dörrar Fredrik, tänk om du vill tillbaka dit? Han behöver inte få veta det förrän han läst tidningen i morgon, så åtminstone i kväll kan vi väl slippa uppträden. Nå, hur går det att samarbeta med henne den där fotografen då? Fridlund var det va?"

"Jovars. Vi kan nog samarbeta bra framöver, hon verkar inte ha några problem med att ha mig som chef i alla fall."

"Är du det då?" Louise tittade på honom, lade huvudet på sned och smålog. Varje gång han såg henne sådär så blev han kär i henne igen.

"Tja… det antar jag … om hon nu har någon så är det ju jag." Fredrik tittade på sin hustru och log. "Nåja, du själv då? Hur har din dag varit?"

"Jovars. Ganska bra. Gary ringde. Han har skrivit ut ett kontraktsförslag som han ska skicka. Jag har det nog i morgon. Jag slipper kanske att åka upp igen. Han skulle skicka med ett förvaltningsavtal som jag ska skriva under, så ser han till att en jurist som han brukar samarbeta med tar hand om allt pappersarbete vid överlåtelsen, och deklarationen och sånt. Gary säger att det är bättre så slipper vi fundera på det …"

"Gary hit och Gary dit. Det var fan vilken stor plats han tagit i vårt liv. Tyckte jag såg honom idag förresten. Han sprang över Stortorget i Kalmar när jag ropade. "

Louise skakade på huvudet.

"Nä, du måste ha sett fel. Han är i Holm. Jag pratade nyss med honom."

"Jaja, det är nog bra med det. Säger bara – fan vilken plats han tar i vårt liv numera."

Louise skakade uppgivet på huvudet.

"Börja inte med det där nu igen. Jag måste väl kunna jobba ihop med en man utan att du blir svartsjuk. Du själv förresten? Du sitter här och berättar om Fridlund hit och Fridlund dit. Tur för dig att jag inte blir lika lätt svartsjuk som du." Hon log. "Nå, vad kom ni fram till idag då? Berätta!"

Hon drog upp benen under sig stolen, drog en filt runt sig och vände sig mot honom. Telefonen ute i hallen ringde, och Fredrik reste sig och gick för att svara.

"Nilforss." Det var tyst i andra änden av luren. Han hörde någon andas. "Är det någon där?"

"Ja hallå själv, det är jag." Rösten i andra änden verkade bekant, men Fredrik kunde inte placera den.

"Jaha, och vem är du då? "

"Men tjena Tidningen, hör du inte att det är jag? Hilding?" Nu kände Fredrik igen rösten och han suckade tyst. Vad ville han då?

"Jaha Hilding, det var ju … kul att du ringer. Jag har inte hunnit prata med din chef ännu", lade han till.

"Äh, det är lugnt. Jag litar på att du fixar det imorgon. Jag har haft fullt upp idag ändå, så det gör inget: Men jag litar som sagt på dig. Jag behöver verkligen din hjälp så jag får jobbet tillbaka. Och du verkar ju vara en sådan som håller vad han lovar. Det är jag också."

"Ja, jag kan ju inte göra mer än att prata med dem", svarade Fredrik. "Det hoppas jag du förstår." Fredrik visste inte riktigt

vad det var som Hilding hade lovat, men någonting måste det
ju ha varit, annars skulle han väl inte ha uttryckt sig sådär.

"I alla fall", fortsatte Hilding, "jag följde efter frugan din in till
stan, precis som jag lovade dig." Fredrik hade ett svagt minne
av att Hilding hade pladdrat på om någonting på caféet igår,
men han kunde inte komma på vad. I vilket fall som helst så
hade tydligen Hilding fått för sig att han skulle hålla ett öga på
Louise och att Fredrik bett honom om det.

"Jaha", svarade han, "det minns jag inte riktigt, men säger du
det så."

"Jo då, jag följde efter henne in till stan, och hon träffade en
annan karl, precis som du misstänkte."

"Är du säker på att det var Louise?" Fredrik kupade handen för
mikrofonen på telefonen för att skärma av sitt samtal. Han viss-
te redan vad svaret skulle bli. Inte tog Hilding fel på henne och
någon annan.

"Ja, vad tror du? Henne känner jag ju igen."

"Vet du vem det var då?" Fredrik började känna hur oron spred
sig i kroppen. "Har du lyckats ta reda på vem det var?"

Hilding drog lite på svaret. Fan, det är väl inte rätt tillfälle att
vara dramatisk, tänkte Fredrik.

"Jo, han hade checkat in å hotellet som Gary Carlzohn, med
zäta. "

Fredrik kände hur det gungade till. Fan, han hade haft rätt. Sa-
tan, satan, satan!

"Jag följde efter frugan din på bussen, och hon klev av vid
Kalmar Central", fortsatte Hilding. "Sedan så träffades de på
kaféet vid hörnet Larmgatan - Södra Långggatan, och när de
fikat färdigt så gick de till Frimurarehotellet, ett riktigt höjdar-
plejs om du frågar mig. I alla fall gick de in i över en timme, och
sedan kom de ut och hon gick mot Centralen igen. Jag följde
efter honom ner mot Stortorget. Jag såg dig förresten. Jag vin-
kade men du såg mig tydligen inte."

Fredrik ville inte prata mer. Han ville inte prata i telefon, han
ville inte prata med Hilding, han ville inte prata med någon.
Han ville bara skrika. Han lade på luren och gick in till Louise.
"Jaha, Gary är i Holm säger du? Är du säker på det? Han är inte
på Frimurarehotellet då alltså? Fy faan säger jag bara!"
Louise reste sig upp ur stolen.
"Fredrik, det är inte som du tror. Ta det lugnt så ska jag ..."
"Lugnt! Ska jag ta det lugnt! Här jobbar jag hela dagen för att
dra in pengar och så är du ute och knullar runt med din advo-
kat! Lugnt? Fy faan, ditt ..." Fredrik ville inte fullfölja mening-
en. Han tittade på sin fru. Hur fan hade han kunnat älska en
sådan falsk jävel? Han gick ut i hallen och tog på sig kavajen,
rocken och skorna. Louise hade följt efter honom.
"Vart ska du nu då? Fredrik! Lyssna då! Det är inte som du tror.
Ja, jag har träffat Gary, men inte på det sättet du tror. Jag kan
förklara."

"Jag vill inte ha någon förklaring av dig. Jag vill bara härifrån."
Fredriks ögon tårades och han kämpade med att få på sig den andra skon. Plösen hade hamnat inne i skon så den var omöjlig att få på sig, men i sitt upprörda tillstånd orkade inte Fredrik börja om utan tog helt sonika upp skon i handen.

"Jag sover på redaktionen i natt. Vi får lösa det här någon annan gång." Han öppnade dörren och gick ut, med en sko på foten och en i näven. Det täta duggregnet slog honom i ansiktet. Fattades bara det också tänkte han.

***

Bryggan såg väl egentligen ut som vilken sunkig förortspub som helst. Direkt vid ingången stod ett antal mindre träbord med plats för fyra gäster, längre in i lokalen fanns större bord med plats för åtta. Stol och bord var alla av furulaminat. Dukarna var av den typen som korvade upp sig i ändarna efter första tvätten och sedan var omöjliga att räta ut igen, även om man manglade dem.

Borden vid entrén stod tomma, men längre in i lokalen var det bra med folk. Skinnvästgänget hade ockuperat området närmast bardisken så där skulle han inte få plats. Han beställde en stor stark, betalade och såg sig om i lokalen. Två bekanta ansikten satt vid ett av fönsterborden längst bort. Han höjde sitt glas mot dem i en skål på avstånd. De vinkade mot honom.

"Tjena. Har ni plats för en till?" Av mängden tomma ölglas och ciderflaskor att döma hade de suttit där ganska länge.

"Visst Fredrik. Ta och sätt dig vet jag." Tommy pekade på en av de lediga stolarna. "Jasså, har du frigång ikväll, eller varför är en stadgad familjefar ute på krogen en vardagskväll så här sent?"

Fredrik satte sig ner utan kommentar. Tommy såg ganska så berusad ut. Sju urdruckna öl stod radade framför honom på bordet och han höll på att pimpla i sig en till. Han sluddrade lite lätt och skelade med ögonen. Fredrik tänkte att Tommy nog var över sin gräns nu egentligen, att han druckit lite mer alkohol än hans kropp klarade av. Fridlund verkade ha tagit det lite lättare. Det stod bara fyra tomma ciderflaskor på bordet.

"Jaha, du tar det lite lugnt ser jag." Fredrik gjorde en gest mot ciderflaskorna. "Hur var det med mamma då?"

"Jo då, det är ingen panik. Men du vet hur det är med folk som har fått en stroke." Fredrik insåg att det visste han inte alls. "Jag tänkte nog ta det lugnt med cidern i alla fall. Om jag ska vara hos mamma i morgon förmiddag så kan man ju inte gärna vara bakis. Men jag vet inte om jag åker. Har ju rätt mycket att göra med bilder och så."

"Så då behöver du inte ledigt i morgon då?"

"Joo …" Fridlund dröjde lite på orden. "Jag bör nog fara förbi i alla fall. Om du klarar dig?"

Fredrik nickade.

"Ta ledigt på förmiddagen du. Det löser sig."

Tommy hade halsat i sig det sista av sin åttonde öl, satte ner glaset med en lätt smäll och rapade.

"Hörrö Fredrik. Nu ska du få höra. Vet du vad jag kommit på? Fan, vi kan tjäna skitmycket pengar."

Fredrik var ganska så övertygad om att det inte skulle gå att tjäna pengar på Tommys fylleideer, men han höll ändå god min när Tommy berättade sin plan.

"Alltså … i typ Frankrike så har de till exempel i … Nantes tror jag … rustat upp sådana där gamla medeltida arenor och så har de konserter i dem. Rammstein spelade i en gammal Collosseumliknande grej i Nimes. Vad tror du om det?"

"Om vad?" Fredrik hade svårt att hänga med i Tommys öldimmiga tankar. "Om att Rammstein spelade i Nimes? Varför tror du jag bryr mig?"

Tommy skrattade till.

"Haha, du är för rolig. Nä, jag menar … alltså, här utanför så finns det ju gamla tillflyktsborgar från järnåldern. Varför inte bygga om dem till utomhusscener för rockkonserter? Kan ni tänka er något häftigare än att Rammstein spelar i en ombyggd fornborg som kanske är 1500 år gammal. Inför tjugofem tusen åskådare?"

"I Degervik?" Fridlund skakade på huvudet. "Får du sådana där smarta ideer när du är nykter också?"

"Skratta du, flicka lilla. Vi får väl se vem som skrattar sist. Nähä
- jag tror fan i mig det finns plats för en till. Någon mer som ska
ha?" Fredrik och Fridlund skakade på huvudet. Tommy reste
sig och gick bort mot bardisken. Fredrik väntade tills Tommy
gått, sedan vände han sig mot Fridlund.

"Jaha. Du och Tommy. Hur länge har ni varit ett par då?"
Fridlund tog en klunk cider ur flaskan.

"Det är ingenting där inte. Han är inte min typ. Men visst blir
man lite smickrad av att han jobbar så hårt på att försöka impo-
nera. Själv då? Vad gör du här?"
Fredrik lutade sig lätt bakåt i stolen och drog med pekfingret
runt ölglasets topp. Han slickade bort det skum som fastnat på
fingret.

"Äh. Lite tjafs hemma bara. Inget som jag känner för att prata
om."

"Okej, då pratar vi om något annat." Fridlund började se lite
glansig ut i ögonen. Fredrik insåg att hon fått i sig lite för myc-
ket, precis som Tommy. Vart tog han vägen förresten? Måste ha
varit kö vid bardisken. Fredrik vände sig om och såg att Tommy
stod vid baren och pratade med en av TV-blondinerna från in-
spelningsplatsen.

"Du har det bra som är singel du, Fridlund", suckade Fredrik.

"Hur är det, har du någonsin varit fast i ett förhållande som du
inte vet hur du ska ta dig ur, eller ens om du vill ta dig ur det?
Har du någonsin älskat någon?"
Fridlund skakade på huvudet.

"Har inte haft tid eller möjlighet. När jag var så pass ung så jag var attraktiv på marknaden så var jag tvungen att vara hemma och ta hand om mamma. Eller tvungen och tvungen … men jag ville inte att hon skulle vara ensam efter det att pappa dött. Så det var väl snarare mitt eget val. Och nu när hon är på hemmet så är jag för gammal. Men det funkar. Man behöver ju inte vara kär för att ha sex, så det där med kärlek är nog lite överreklamerat tycker jag. Jag får mitt när jag vill ha, och jag slipper betala med att ta hand om en annans tvätt."

Fredrik skrattade till.

"Fan vad cynisk du är. Kärlek är väl mer än att tvätta kläder? "

"Jasså? Vad då? Att gå omkring och vara svartsjuk? Nä tack, jag avstår." Hon ställde ner ciderflaskan. "Nä fy. Jag har fått för mycket känner jag. Det är nog dags att gå hem innan jag inte kan gå rakt."

"Det är rätt mörkt ute", sade Fredrik. "Vill du att jag följer med dig?"

Fridlund log mot honom.

"Jag är gammal nog att ta hand om mig själv. Men det är klart, det är väl roligare att ha någon att prata med medan man går. Okej då, kommer du? Jag kan väl bjuda på en kopp kaffe sedan om du vill."

Hon reste sig, tog på sig jackan som hon hängt över stolsryggen och började gå mot utgången. Fredrik tog en av servetterna som låg på bordet och skrev ner ett meddelande till Tommy som fortfarande verkade vara fullt upptagen vid baren. 'Vi har gått.

Ska upp och jobba imorgon. Vi ses. Fredrik'. Sedan gick de iväg över parkeringen, sneddade över gatan vid banken och gick in under arkaden på Bruksgatan.

***

En kopp kaffe? hade hon frågat. Ja tack, varför inte. Fredrik insåg att han inte ville något mer. Arg? Javisst. Sviken? Japp. Men det var inget skäl att han skulle bete sig lika svekfullt. Han skulle reda ut det med Louise, och oavsett vad resultatet blev skulle han inte hoppa över skaklarna bara för att hämnas. Han kände sig avslappnad i Fridlunds sällskap. Det fanns ingen anledning att anta att hon menat något annat än en kopp kaffe när hon sa just en kopp kaffe. En torr bit sockerkaka som till-tugg. Han lät henne prata, han nöjde sig med att vara lyssnaren. Oron över mamman, tröttheten, stressen.

"Vad händer nu?" Han uppfattade oron i hennes röst och han såg lite skamsen ut där han satt. Han hade inte egentligen lyss-nat, var borta i sin egen tankevärld.

"Vaddå händer?" svarade han. "Din mamma kommer att få det bra. Du måste våga släppa taget bara, ge dig själv lite utrymme. Personalen sköter henne galant, och hon har det jättebra."

Hon log mot honom.

"Du behöver inte vara orolig Fredrik, jag ska inte bryta ihop. Har så sällan tid att prata med någon om det bara. Skönt att bara sitta här och veta att du lyssnar."

"Okej, visst." Han tittade på klockan.

"Jaha fröken Fridlund, det här var ju trevligt." Hans försök att vara skämtsam var ganska genomskinligt för henne. Det var inte skämt, det var lättnad. "Vi kanske ska göra det igen någon gång?"

"Ja, det vore trevligt." Hon tittade på honom. "Gå nu, jag måste sova. Vi ses i morgon eftermiddag." Hon kallade på Killer som sovit på golvet, och han hoppade upp och kurade ihop sig hos matte. Fredrik tittade på dem. Han log.

"Hej då Fridlund. Vi ses i morgon."

"Du vet inte ens vad jag heter i förnamn va? Slå igen dörren när du går är du snäll."

***

Det regnade ute. Han kände inte att han kunde gå hem, inte efter vad han slängt ur sig mot Louise tidigare. Nu med perspektiv på det hela så insåg han att han nog överreagerat. Han hade ju bara Hildings ord att gå på, han hade inte givit Louise en chans att förklara. Han hade alltså stormat ut och riskerat sitt fleråriga huvudsakligen lyckliga äktenskap på vittnesmål av byns ärkefyllo. Jävlar. Han gick mot redaktionen. Det fanns ju en soffa att sova på i värsta fall. När han närmade sig såg han att det satt någon på trappstegen utanför dörren till tidningslokalen. Katharina tittade upp när han närmade sig.

"Jag visste inte vart jag skulle ta vägen. Jag ringde hem till dig, men din fru sa att du nog var här och jobbade."

"Hur länge har du suttit här?"

"Jag vet inte. Katharina tittade bort mot klockan som satt på väggen utanför urmakeriet. Den lilla visaren var borta så man kunde bara se att den var kvart över någonting. "En knapp timme ungefär. Den var tio över någonting när jag kom. "

Fredrik tittade på sitt armbandsur. Kvart över tolv bara. Det hade känts som några timmar, men han hade bara varit hemma hos Fridlund i trekvart.

"Vad är det du vill då? Så här dags? "

Katharina reste på sig. Fredrik lade märke till att hon hade mascara på sig. Får dom ha det i hennes församling, tänkte han. Den hade börjat rinna ut under ögonen på henne. Han visste inte om hon gråtit eller om hennes ögon tårats av att hon gäspat. Hennes kängor var leriga, och det hade stänkt upp smuts på fållen på hennes kjol. Blöt var hon också.

"Jag vill att du följer med mig upp till byn", sade hon. "Jag vill att du ska få se något." Fredrik suckade över hennes begäran. Tjugo över tolv på natten. Det var ju snart torsdagsmorgon om några timmar. Kunde det inte vänta? Men Katarina stod på sig, och han insåg att det var bråttom men att hon inte ville säga vad det var.

"Du, vi får ta det i morgon bitti. Jag är trött och behöver sova. Jag kan inte tänka mig att det finns något som är så viktigt att du måste släpa iväg mig ner till er lilla by mitt i natten. I så fall så borde du snarare kontakta polisen. Om du vill kan jag försöka ordna en skjuts åt dig hem, eller så kan du få låna min telefon att ringa polisen från."

"Du måste se det själv", sade hon, "annars kommer du inte att tro mig. Och nej, jag tänker inte kontakta polisen. Det har jag ju redan förklarat för dig, vi vill inte blanda in omvärldens myndigheter i våra inre angelägenheter. Men jag måste visa för någon, och jag litar på dig. Kom nu. Det har med Saras död att göra."

Fredrik suckade. Förbannade fruntimmer. Skulle hon aldrig lägga av? Det vore väl enklast att följa med då, så hon blev tyst. Kunde väl inte ta mer än en halvtimme, och han kunde ju alltid sätta upp det som extratid antog han. Med lite tur kunde det ju bli en artikel av det hela, även om han tvivlade på att omvärlden skulle vara överdrivet intresserade av att läsa om några avslöjanden om en församlingsledare i en by ute i skogen. Om det inte har med mordet på Sara att göra förstås, tänkte han. Då kan det ju bli intressant. Då skulle det ju gå att klämma ihop en artikel om det som centralpressen skulle vilja köpa.

"Okej då, jag hänger med. Jag vill bara ta mig en kopp kaffe först. Och så måste vi fixa skjuts. Det kan bli svårt att få tag i en taxi så här dags. Halv ett på onsdagsnatten, då är alla ute på flyget i Kalmar och hämtar. "

Fredrik lät ett flertal signaler gå fram innan någon till sist svarade.

"Ja, det är taxi."

"Hejsan, det är Fredrik Nilforss på Bygden. Jag behöver en bil till redaktionen i Degervik så snart som möjligt. "

"Ett ögonblick." Den mänskliga telefonrösten byttes ut mot en melodislinga som skulle få den mest härdade hissresenär att kräkas över enformigheten. Den gjorde sig inte bättre i en telefonkö. Rösten kom tillbaka.

"Ja, vi kan få fram en bil inom 45 minuter. Hur var namnet?"

"Fyrtiofem minuter? Nä fan, då får det vara, då tar jag och går istället." Fredrik tryckte irriterat ner telefonluren i klykan. Hur skulle han lösa det här? Tommy var inget alternativ, han var förmodligen redlöst berusad vid det här laget. Fridlund? Nä, hon var nog inte tillräckligt nykter för att köra bil hon heller. I vanliga fall skulle han ha ringt Louise, men efter vad som hänt under dagen så kände han inte att det var en rimlig lösning.

"Äh, fan. Ungarna har ett par cyklar. Vi tar dem. Det kan väl inte ta så lång tid, vad tror du? Och sedan ringer vi polisen där nerifrån. Jag tar mobilen med mig, antar att ni inte har någon telefon i byn?"

Katarina skakade på huvudet och skrattade.

"Tok heller, inte får vi ha sådana moderniteter. Men om vi cyklar nu så är vi där inom en dryg halvtimme om vi tar gamla grusvägen längs sundet." Katarina reste sig och gick mot dörren. "Ska vi åka med en gång då eller?"

Fredrik satte ner sin halvdruckna kaffekopp på bordet med en suck, tog på sig sin ytterrock och sina skor och följde efter henne ut i den Öländska natten.

"En halvtimme, sa du. Jag tyckte du sa att det var fult att ljuga i er församling." Fredrik var trött, blöt, sur och irriterad. De hade cyklat i närmare trekvart på varsin underdimensionerad cykel i tolvåringsstorlek utan att ha kommit fram till Byn. Om de hade suttit kvar och väntat på en taxi så hade de varit på väg ner dit i bil nu. Varma, nyfikade och nykissade. Istället så stod han här ute på något som verkade vara en blöt sanddyn full med sly och grenar överallt.

"Jävlars", muttrade han. "Är vi inte framme snart?"

"Man ska inte åkalla den onde, för han kanske svarar", sade Katharina. Annars kanske jag gör det åt honom, tänkte Fredrik. Katharina vände sig om mot honom.

"Vi är snart framme. Det är i bortre änden av byn, så det blir närmare om vi sneddar ner här borta istället för att gå ner till båtplatsen först." Hon pekade mot en stig som gick runt en kulle ner mot viken. Fredrik snubblade fram, muttrade och funderade samtidigt på om han skulle försöka få tag i Leva senare. För att göra bandintervju om händelserna i utbrytarförsamlingen. Även om det skulle visa sig att det inte hade med Saras försvinnande att göra så kunde det ju bli en intressant artikel, eller kanske till och med en hel artikelserie. Lokal anknytning också, så det borde ju gå att sälja annonser till det i så fall. Han funderade på hur han skulle lägga upp taktiken. Hon kunde hjälpa till att få omvärlden att se hurdan Ledaren egentligen var. Det argumentet skulle hon nog nappa på. Segerviss om att han hittat ett argument som nog skulle fungera på henne, lyfte han blicken från stigen och insåg att han inte hade en aning om var han var. Vad som var ännu värre, var att han kunde inte se Katharina heller. På film och i teve så lystes alltid natten upp av gatljus, bilar eller månen, men i verkligheten så var det inte så. Här fanns inga gatlysen, inga bilar och det var för molnigt för att månljuset skulle lysa upp något annat än molnkanterna. Fan vad dum han varit som följt efter Katharina utan att ha med sig en ficklampa, tänkte han. Nu hade hon stuckit iväg och lämnat honom här ute. Fanns säkert vargar också. Och björnar. Det hade han sett på Smålandsnytt att det siktats i Växjötrakterna för något år sedan. Isåfall hade nog vilddjuren tagit sig hit till kusten också. Och simmat över sundet. Eller knallat över bron. På natten, då skulle ju ingen märka något. Älgar kunde ju också vara skitfarliga om man kom för nära dem, särskilt om de hade kalvar. Ensam i en främmande vildmark, omringad av allehanda livsfarliga djur. Tvestjärtar säkert också.

Förbannade skit! Vad skulle han ut hit för? Inte hade han någon lösning på Saras död heller, och han hade ingen aning om var Håkan var eller om han ens levde. För honom var Håkan bara ett namn på en okänd skugga, någon som folk sa hade funnits men som han själv aldrig sett. Säkert så här religioner startar, tänkte han. Någon skickar ut en idiot i skogen för att leta efter någon som ingen ens vet om han finns. Sedan växer en

myt fram och vips så finns det en massa anhängare till myten.
Om femtio år så finns det säkert en religion om den helige Håkan som bara försvann i en tunn rök. Byborna hade säkert bara
hittat på honom för det stora nöjet att lura ut Fredrik i skogen,
tänkte han. Och nu satt de hemma i sina stugor och tittade i
jättestarka kikare åt det här hållet. Och garvade. Fredrik ville
hellre sitta hemma och ta en värmande Laphroaig än att irra
omkring i mörkret här ute. Slår vad om att det blir regn inatt,
tänkte han, stannade cykeln och drog upp rockslaget i nacken.
Vart fan kunde hon ha tagit vägen? Han ropade efter henne.
"Katharina!" Inget svar. "Katharina! Kom hit annars vänder jag
om!" Men han insåg att det skulle han inte göra. Vända om
vart? Han hade ju ingen aning om var han var.

Terrängen var svårframkomlig även i dagsljus och inte blev det
enklare när det var becksvart, så han var tvungen att styra cykeln gående, och noga se sig för var han satte fötterna. Han gick
åt söder först en bit så han kom runt kullen, sedan vek han av åt
väster, hela tiden följande det som han kunde uppfatta som
något som såg ut som en stig. Efter ytterligare ett femtiotal meter vek han av åt sydväst och då fann han att stigen faktiskt
egentligen var en gammal traktorväg som nu även började bli
mer framkomlig än för femtio meter sedan. Stigen var bred men
förrädiskt hal och med något som såg ut som ett stup på ena
sidan där man kunde falla handlöst säkert ett tiotal meter om
man inte såg sig för var man satte fötterna.

Fredrik satte sig upp på cykeln och började trampa iväg igen. Han hade börjat svänga runt kullens sydostsida och fortsatt en bit åt väster när han hejdades av ett högt kvinnorop. Han hakade till när han stannade, svajade lite och sträckte ut armarna för att hitta balansen. Han vände sig mot ropet men såg bara rakt ut i mörkret. Katharina syntes fortfarande inte till. Han kunde bara urskilja den hala skogsstigen och sluttningen som kantades av en ymnig växtlighet men inte en enda människa så långt ögat kunde nå. Fredrik satte sig i rörelse mot det håll varifrån han trodde ropet hade kommit, men så snart han börjat gå stannade han till igen och ropade .

"Katharina! Säg något så jag kan hitta dig." Fråncyklad av en gravid kvinna ute i skogen mitt i natten. Om hon har fallit ner över kanten så hjälper det inte henne att jag också går och trillar ner, funderade han. Jag borde ta mig upp till vägen och kalla på hjälp. Eller ringa Fridlund och be henne komma. Om hon nu var nykter nog för att köra bil. Hon borde väl ha en bogserlina i bakluckan. En bogserlina borde man ju kunna ha att fira sig ner med. Han tog upp sin mobiltelefon. Ingen täckning. Jävla Josefsson med sina lågprisabbonnemang.

Han stod och tittade längs vägen han kommit, men såg ingenting som kunde ge en förklaring på vart Katharina tagit vägen."Äh fan", svor han halvhögt. "Jag får ta det lugnt och försöka tänka klart. Behöver jag ett rep eller en lina så är det ju närmare att cykla ner till byn och hämta en." Han kände sig lite småfånig där han pratade för sig själv. Men ljudet skar genom mörkret och gjorde att han inte kände sig så ensam. "Har hon ramlat och brutit benet så är det väl bättre att jag letar med en gång istället för att jamsa omkring ut till vägen - var nu den ligger - eller ränner omkring och försöker hitta någonstans där mobiltelefonen har täckning."

Molnen började dra sig åt väster nu och månljuset bröt igenom. Skuggor gjorde fortfarande sprickorna så mörka att han inte kunde avgöra om de var djupa nog att förhindra att Katharina kunde ta sig upp. Han tittade runt om, men ingenstans såg han henne eller hennes kropp, och på de flesta ställen verkade fallet inte ha kunnat bli värre än att hon skulle ha kunnat ta sig upp och ropa på hans hjälp. Hon hade nog helt enkelt sprungit iväg till byn och lämnat honom ensam där ute. Satt väl och skrattade åt honom vid värmen av spisen i köket.

Han fortsatte att söka, mest för att han inte visste vad han skulle göra annars, och han hade sökt på ett flertal tänkbara olycksplatser innan han nådde en plats där han inte kunde se något alls för mörkret. Han lade sig raklång på sluttningens kant. Därpå reste han sig upp och letade efter något han kunde tända eld på. En pinne eller något som han kunde använda som fackla för att lysa upp lite. Det låg en halvtorr pinne på stigen och han

tog upp den i handen. Därefter letade han igenom sina fickor
men hittade varken tändare eller tändstickor. Nackdelen med
att inte vara rökare, tänkte han. Sånt tänker dom inte på när
dom gör antirök-kampanjer. Att folk kan hamna i sådana här
situationer. Utan tändstickor. Han slängde pinnen åt sidan och
lutade sig ut över i mörkret igen. Nästan med en gång såg han
något som han hoppats slippa se. Ungefär två meter under ho-
nom, på vad som måste vara en utskjutande hylla längs stup-
väggen, låg Katharinas huvudduk."Katharina!" ropade Fredrik
ner i mörkret. Han hörde sin egen röst kastas fram och tillbaka i
mörkret. Ljudet vidgades och sjöng där ute ungefär som när
man ropade in i en cykeltunnel. Ljuset från månen mellan mol-
nen nådde inte ända ner till från trädtopparna. Katharinas dok
fladdrade till av vinden. Något stort låg i vägen när han försök-
te titta mot höger. Bortom det stora hindret såg han en kant eller
en avsats, som verkade fortsätta åt det hållet in i skogen. Med
sin högra hand lirkade han loss en liten sten bredvid sig. Han
slängde den på det stora hindret. Det knäppte till, som när sten
träffar sten. Han slängde en sten till. Den passerade över det
stora stenhindret och han hörde hur den landade på andra si-
dan. Om han kunde ta sig förbi hindret kunde han kanske gå åt
det hållet för att se om Katharina var där?

Han började klättra nerför stupet, och redan efter en meter var
han nere på fast mark. Stup och stup, tänkte han. Han insåg att
han cyklat längs banvallen av den gamla nedlagda och rivna

järnvägen, och 'stupet' visade sig vara ett om än brett ändå
dike. Han tittade bort mot det håll där han gissade att byn låg.
Han såg skuggan av en klippvägg, och något som såg ut som
ett stort djur kravlade sig upp över banvallskanten. Ett djur
som väckts och irriterats av Fredriks stenkastning. Ett djur som
nu kämpade sig upp i det flyende månljuset, dragen mot hans
ljud.

"Vad gör du?" ropade djuret med Katharinas röst. Fram ur
mörkret växte först Katharinas huvud och sedan axlarna och
den nu nersolkade klänningen fram.

"Vart tog du vägen?" undrade Fredrik med upprörd stämma.
"Jag har letat som en tokig. Varför for du ner dit istället för att
följa stigen?"

"Kom med här", svarade hon. "Det finns en grotta här i klip-
pan, och det är i den som det finns som jag ville visa dig. Om
du följer klippkanten åt höger så går det en stig där. Då kom-
mer vi till en stor, vid grotta. Jag har varit i den några gånger,
den är lätt att komma åt från andra hållet, från byn. Det finns en
utbrunnen eldstad, så någon måste ha tänt en eld där för inte så
länge sedan." Katharina tystnade och tittade på Fredrik. De
tänkte båda instinktivt på den saknade Håkan."Jag har varit där
förut, flera gånger", sade Katharina. "Men jag brukar som sagt
inte gå den här vägen. Om vi bara tar oss dit så vet jag var det
går att ta sig in. Följ bara efter mig och se dig för var du sätter
fötterna."

Den smala stigen verkade bli vidare ju längre de gick. Vid klippans fot nådde inte månljuset fram, men överst på den östra sidan av sluttingen lyste ett vitaktigt skimmer från fullmånen över den steniga klippväggen. De följde hyllan snett neråt, samtidigt som deras koncentration var fokuserad på hur de skulle sätta fötterna i det svaga ljuset.

Det såg ut som om en uttorkad bäck en gång runnit fram ur skogen längs sluttningen till grottan i klippan. De var tvungna att klättra uppåt en bit för att nå den. Uppe på stigen hade inte grottan synts, den täcktes av några slånbuskar och en stor en. Nu när de var inne i den, var taket i grottan så högt att de båda nästan kunde stå upprätt i den.

"Ved", sa Fredrik och pekade inåt grottan. "Och mat. Verkar som om någon tänkt slå sig ner." Längs en vägg i grottan stod ett par stora stenar och ovanpå dessa stod konservburkar. Bredvid stenarna travade sig virke uppåt. "Konstigt", tänkte Fredrik högt. "Så här nära byn och ändå har ungdomarna valt att hålla till i det gamla huset på andra sidan kullen. Fast någon är det som hållit till här", fortsatte han. "Kärleksnäste kanske? Väl undangömt så ingen ska hitta?"

"Det är besvärligare att ta sig hit än dit bort", svarade Katharina. "Och huset är större, här kan de inte vara så många på samma gång."

"Och vad gör de som de behöver vara så många på samma gång då?" undrade Fredrik men insåg med ens att han själv hade svaret. Även om de var religiösa fanatiker så var de framför allt ungdomar. Och som alla andra ungdomar så kom de till sist i en ålder när de blev nyfikna. På sig själva och på andra av det motsatta könet. Han hade ju själv lekt många sådana lekar när han var ung. Ryska posten, sanning och konsekvens … you name it. Det var ju först när de blev ännu äldre som önskan att vara ensamma blev den viktiga. När fnittret och skrattet och rodnaden övergick i fysiska aktiviteter. När de var tillräckligt stora för att ha – som Tennyson så fint beskrev det i sin beryktade limerick - 'united the organs they pissed with'. Så det var ju naturligt att ungdomarna precis som Katharina sa hade föredragit det större huset. Grottan kunde väl snarare vara intressant att besöka när de ville gå vidare till nästa nivå.

De gick en bit längre in i grottan. Bara några meter längre in hittade Fredrik ett lager med konservburkar. Av dammlagret att döma hade de stått där ett bra tag. Bredvid den lilla stapeln av ved låg ett nummer av Bygden från i höstas. Någon hade alltså lagt upp ett lager med filtar, ved och mat i grottan i höstas. Vem? Direkt tänkte han på Håkan. Det kunde ju vara förklaringen till varför Fredrik inte sett honom i något av husen i byn trots att han tydligen varit där. Men det var något som inte stämde. Ingen hade ätit av lagret sedan i höstas att döma av dammlagret på konservburkarna. Det fanns egentligen ingenting som tydde på att någon befunnit sig i grottan på hela vintern. Fredrik antog att Håkan – om det nu var han – helt enkelt hittat någon annan stans att gömma sig och lämnat kvar det han släpat hit. Inget konstigt med det egentligen.

"Vi sitter och vilar ett tag först", bestämde Fredrik. "Du Katharina, jag har några frågor till dig. Jag har inte haft tillfälle egentligen att fråga dig hittills, men du har inte varit helt ärlig mot mig, eller hur? Visst visste ni om att Sara var gravid?"

Katharina skakade på huvudet.

"Att ljuga är en dödssynd enligt vår tro. Om jag skulle ljuga för dig så skulle jag riskera att inte få ett liv efter detta."

"Äh kom igen nu. Du har ju själv sagt att du inte är så troende. Det kan ju faktiskt ha med Saras död att göra, så jag borde få veta. Och du kan väl få Ledarens absolution om det leder till att mordet på hans fru blir löst?"

"Bara för att jag inte anser mig vara rättroende på samma sätt som Rut till exempel så innebär ju inte det att jag inte delar vissa av församlingens grundtankar. Synden i att ljuga är en av dem. Det är därför jag visar dig detta nu i natt och inte tidigare. Om Domarna får veta att jag pratat med dig om min upptäckt så kommer jag att bli bestraffad. Och mig kommer inte Ledaren att ge absolution. Det finns andra som nog är mer fromma än jag i så fall som ligger bättre till. I alla fall, vad tror du?"

Fredrik tittade förvirrat på Katharina.

"Om vad?"

"Grottan? Vad tror du? Det var detta jag ville visa dig. Tror du inte att det kan vara här som Håkan hållit till? Tror du inte att det kan vara han som staplat veden och plockat hit alla saker?"

Fredrik nickade. Jo, så kunde det ju vara. Men vafan – mitt i natten? Så himla viktigt var det ju inte att det inte kunde ha väntat några timmar.

"Jag funderade länge på om jag skulle visa dig detta eller inte. Om det är viktigt eller inte. Och att kontakta dig på dagtid … Församlingen skulle få veta, det finns öron och ögon överallt." Han förstod att Ledarens makt över sina lärjungar måste vara stor, varför skulle hon annars inte vågat visa honom detta under kontorstid?

"Vi måste skynda oss innan byn vaknar till", fortsatte Katharina. "De får inte veta att jag har varit ute."

***

De gick ut ur grottan och fortsatte att följa hyllan i motsatt riktning från den plats där de kommit ifrån. Efter en liten bit ytterligare var de nere på marken och han fann att de var nere vid ett vattenbryn.

"Vad gör vi nu då?" undrade Fredrik.

"Byn ligger däråt", svarade Katharina och pekade mot öster.

"Om vi följer sjökanten däråt så kommer vi till myren. Sedan tar vi av söderut ett par hundra meter så är vi strax utanför byn. Lätt som en plätt", lade hon flödande av optimism.

"Kan vi inte bara gå tillbaka till stigen istället", sade Fredrik.

"Tänk om vi går vilse?"

"Äh, jag har gått här hur många gånger som helst." Katharina tog honom i handen. "Kom nu."

Fredrik suckade. Han insåg att han hade förlorat. De hade lämnat hyllan långt bakom sig och gick istället längs den igenvuxna
sjökanten, omgivna av högvuxna tallar och knotiga björkar.

Även om det till viss del påminde honom om skogarna hemma
utanför Holm, så var Fredrik inte särskilt road. Djävla naturjävel, tänkte han, men han höll tyst eftersom det var fult att svära
enligt Katharinas församling och det här var ju ändå deras
hemtrakt. Lite hänsyn fick man ju visa.

Istället försvann han in i egna tankar långa stunder. Just nu ville
han behålla dem för sig själv, men kanske skulle han lägga fram
dem för Fridlund när han fått ordning på dem och när han träffade henne nästa gång. Det vill säga om de någonsin skulle ta
sig ut ur den här slymarken och upptill byn så han fick värma
sig - med eller utan whisky. Till sist kunde han dock inte hålla
sig.

"Ni verkade inte sörja Sara så jättemycket."

"Vilka då?" undrade Katharina.

"Ni i församlingen. Du som blivit av med din kusin, dina föräldrar, alla andra."

"Jo, det är nog så", svarade Katharina. "Jag visste nog redan
från början att Sara var död. Redan när jag fick veta att hon
försvunnit. Hon var inte den typen som bara försvinner utan att
säga något. Vi var för nära varandra vi kusiner för att hon bara
skulle ge sig iväg så där."

"Ja, och 'Ledaren' sedan då … jävla storhetsvansinne. Han håller sig undan, han syns aldrig. Och han verkar ju kunna styra er som han vill."

"Han ger oss en tro på något bättre ", svarade Katharina. "Han ger oss regler att leva efter, och straffar oss om vi bryter dem. På vilket sätt skiljer det sig från era politiker? "

"Jaja, du får ha din åsikt så har jag min", svarade Fredrik. Han stannade till på stigen, satte armarna på knäna och pustade. Han började känna i kroppen att han inte sovit på länge och att klockan var mycket. Han vände sig åter mot Katharina och tog upp diskussionstråden.

"Håkan visste kanske att Sara var med barn, och när han avslöjade henne med den andre i bilen insåg han att barnet varken var hans eller Ledarens, utan tillhörde mannen i bilen. Det skulle ju kunna vara ett motiv antar jag. "

Under ett ivrigt men lågmält samspråk hade de inte märkt att de nu stod i utkanten av byn, strax i närheten av de nybyggda husen. De fann att de var på väg uppför bygatan i riktning mot samlingslokalen. Utanför samlingslokalen dominerades marken av det nyresta krucifixet - äromärket över Ledaren Johan Gustafsson. Mannen – Myten – Legenden, tänkte Fredrik. Ärobetygelser över en försvunnen.

"Här är det jag vänder upp mot Byn", sade Katharina till Fredrik. "Och nu får du hjälpa mig med vad jag ska göra. Du måste hjälpa mig, jag vet då sannerligen inte om jag ska gå till polisen och berätta vad jag hittat i grottan, eller vad jag ska göra. Sånt

här har ju Ledaren bestämt att vi ska lösa inom församlingen,
att han och ingen annan är den som ska kasta dom över den i
församlingen som begår ett brott. Men han har inte synts till på
flera dagar nu."

***

Det tidiga morgonljuset blev allt starkare ju högre solen kröp
upp över horisonten. Fredrik funderade på hur länge det egent-
ligen var sedan han sovit. Han kände hur det sved i ögonen och
han var tung i bröstet. Gäspningarna kom allt tätare och blev
allt kraftigare. Han hade lyckats övertala Katharina om att det
lämpligaste ändå var att kontakta polisen för att berätta vad
som hänt. Först var hon tveksam eftersom det bröt mot försam-
lingens regler, men Fredrik hade ihärdat. Om det var Håkan
som bott i grottan så måste teknikerna få en chans att säkra be-
vis.

Katharina hade böjt sig för hans argument och han hade tagit
fram sin mobiltelefon. Därefter gick han runt i en allt vidare
cirkel tills han hittade tillräckligt med täckning för att kunna
ringa. Efter några signaler hade han kommit fram till närpolisen
i Degervik. Gunnarsson hade svarat redan efter tre signaler.
Killen kanske inte var någon stjärna direkt, men han var i alla
fall plikttrogen, tänkte Fredrik. I väntan på polisen försökte han
samla ihop sina tankar. Sara hade blivit strypt med remmen till
sitt eget halsband. Hänget hade varit borta när hon hittades,

och de hade återfunnit det nedstoppat bakom soffkuddarna i Halvars kök. Halvar, Siw, Rut, Gunnar och Håkan bodde där, så de hade alla naturlig tillgång till köket. Men det var Katharinas föräldrahem och Sara själv gick där också som barn i huset. Och hade det suttit på halsremmen när hon blev strypt, eller hade det fallit av tidigare? Hade det ens någon betydelse för fallet? Dessutom hade Håkan haft ett likadant. Och tydligen hade Håkan setts i byn. Fredrik gäspade, han kände sig som Ture Sventon. Ständigt denne Ville Vessla. Eller Gäckande Skuggan. Håkan. Fan vad han var trött, svårt att tänka klart nu. Han kände en molande värk i magen, som stegrades och erupterade i något som kändes som om någon kört ett dussin knivar rakt in i tarmarna på honom. Magsår, tänkte han. Klart som fan att man skulle få magsår också. Plötsligt kände han hur det tryckte på i de bakre regionerna. Värken stegrades och flyttade sig neråt och han kände att han började få svårt att stå rakt. Smärtan var olidlig och han var övertygad om att han fått tarmvred. Så med ett högljutt brakande ljud som fick korparna att lyfta från träden i ren förskräckelse förenades hans maggaser med den omgivande naturen. I samma ögonblick släppte värken och ersattes med lättnadskänslor kombinerade med ett kurr. Och ett till. Han insåg att han var hungrig. Nu när han tänkte på det var han så hungrig att det gjorde ont. Han kände sig lätt yr.

Han såg poliserna där de kom gående nerför stigen från vänd-platsen. De två i kostym kände han inte igen, men den unifor-merade var Gunnarsson. Bra. Kaffe. Fy fan vad gott det skulle vara med en kopp kaffe. Och en macka. Han tittade på klockan. Kvart över fem. Han hade stått här vid korset i över två timmar. Kriminalarna hade nog fått både kaffe och macka innan de for från stan, tänkte han. Han kände igenom fickorna till sin rock och halade upp en öppnad påse jordnötter med lite kvar i bot-ten på. Han hällde upp det i handen och med en knyck slängde han in det i munnen. Sedan var han fortfarande lika hungrig. Det gungade till i huvudet på honom.

"Hej Fredrik!" Polisassistent Gunnarsson sträckte fram handen som för att hälsa. "Hur står det till? Har du stått här länge? Vi kom så fort vi kunde." Han gjorde en gest bort mot de två ko-stymklädda kollegorna.

"Du vet hur det är", tillade han och suckade.

Fredrik visste inte alls hur det var. När han varit polisinspektör i Holm så var de sju stycken på stationen och han hade sällan haft med länskriminalen att göra under alla de åren. De brott som Fredrik mest haft att göra med var hembränning, tjuvfiske och familjerelaterat våld.

"Hej själv", svarade han. Han försökte hålla borta den irritation han byggt upp med sin hunger och trötthet och bestämde sig för att försöka vara trevlig.

”Jo du, lite kallt och blött är det ju. Du har inget kaffe att bjuda
på eller?”

Gunnarsson drog fram en DubbelJapp ur en av uniformsfickor-
na.

”Nä, tyvärr. Du kan få halva den här om du vill.” Fredrik vifta-
de avvärjande med handen åt erbjudandet.

”Nä tack. Inte nyttigt. Mycket transfetter vet du. Rena döden.”
Fredriks mage kurrade. ”Fast okej, bara en liten bit då.” Fredrik
stoppade i sig sin Japphalva i en enda bit i munnen och lät cho-
kladsmaken rulla runt i gommen. Fy fan så jävla gott. En kopp
kaffe nu bara så. Han slickade sig om munnen och tittade på
polisassistenten.

”Har ni kommit fram till något? Har ni hittat någon teknisk
bevisning som går att knyta till någon gärningsman kring mor-
det på Sara?”

”Nä, vår egen tekniska undersökning gav inte mycket. En mas-
sa fingeravtryck på remmen förstås, men det var omöjligt att
särskilja dem. Det var ju rätt många som handskades med den
där innan vi kom ut. Teveteamet, de där byborna som var där.
Antar att några av dina kollegor rörde vid den också?” Gun-
narsson tittade på Fredrik. ”Vad tänkte de på? Minsta lilla unge
som sett på teve vet ju att man inte ska ta i bevismaterial utan
handskar eller en näsduk eller så.”

”Jo, javisst. Hade jag märkt att någon av mina kollegor rört vid
den så hade jag naturligtvis stoppat den som gjorde det”, ljög

Fredrik. "Men jag antar att det inte går att använda sig av den som bevismaterial då?"

"Tror inte det. Hörde bara att vi skulle skicka upp läderremmen till Linköping så att teknikerna kunde försöka säkerställa om det fanns några gamla fingeravtryck under de nyare som sattes dit i måndags." Polisassistent Gunnarsson kliade sig på hakan. "Men jag är rätt skeptisk till den idén, det är mest på teve och i böcker sånt fungerar. I verkligheten så är det inte så enkelt. Samma sak med DNA. Vi kommer att få svar på DNA – proven om några dagar. Men vad vet vi egentligen då? Vi får ju veta vem pappan var om vi har något att jämföra med, men det behöver ju inte säga något om vem som dödade henne. Men vi vet i alla fall vart deras ledare Gustafsson tagit vägen. Vi kollade med banken och han tog ut 135000:- från sitt konto nere i Malmö i går. Kollegorna där nere plockade in honom, men han säger att han inte har något med Saras död att göra."

"Det säger väl alla."

"Jo, det har du rätt i. De har i alla fall häktat honom för skattebrott så länge."

"Då så. Då vet vi ju var han är om vi skulle hitta några bevis som pekar i hans riktning. Fan, är du säker på att ni inte har något kaffe? I bilen då?" Fredrik gnuggade sig i ögonen och sträckte på armarna. "Jag är så jävla trött."

"Hör med krimmarna. De kanske har en termos med sig."

Fredrik nickade åt förslaget och gick över till de två kostymklädda som kom gående nerför stigen.

"Tjena grabbar", sa Fredrik och log mot dem. "Hur går det? Hörni, ni har inget kaffe att bjuda på va?"

Den ene tittade på honom.

"Det är du som är från lokaltidningen? Du, jag tycker du ska ta och gå härifrån. Det här är en brottsplats, och vi gillar inte att ha media tramsande omkring när vi arbetar."

Fredrik ryckte på axlarna. Skit i det då, tänkte han och bestämde sig för att skriva något riktigt ofördelaktigt om kostymfjantarna från stan i nästa artikel. Han gick tillbaka till Gunnarsson.

"Jag måste tillbaka till Degervik. Jag är helt slut, så jag behöver sova lite om jag ska fungera resten av dagen. Är det OK om jag kontaktar dig senare idag för att få veta om ni hittat något?"

Polisassistenten verkade fundera. Fredrik var ju ändå före detta kollega, så det borde ju vara ok.

"Visst, kom förbi vid tretiden. Tar du kollegan med dig?" tillade han.

"Vi får se - kanske", svarade Fredrik. "Du, jag vet att du har mycket att göra här och så, men tror du att du kan skjutsa ner mig till redaktionen? Slänga cykeln i skuffen?"

Gunnarsson såg tveksam ut, så Fredrik tolkade det som ett nja och fortsatte:

"Eller, det är lugnt förresten. Jag går ner till byn och ser om jag kan få vila upp mig där. Jag kommer förbi om några timmar och ser om ni är kvar. Kanske kan jag få lift då istället."

***

Han hade nog väntat sig att någon skulle vara vaken i byn, de levde trots allt till stor del på vad naturen producerade och borde ha stigit upp för att äta frukost innan de gav sig ut på fälten eller i skogen eller vilken arbetsuppgift Ledaren nu tilldelat dem. Och han tyckte att någon borde ha blivit nyfiken på att polisen var i byn så tidigt på morgonen. Men ingen verkade vara uppe. Eller så hade alla redan givit sig av. Inga kökslampor lyste, inga bybor var utomhus. Visste han inte bättre kunde han ha trott att hela byn var öde. Han vände tillbaka bort mot grottan. Kanske skulle det gå att vila några timmar där om poliserna var klara, mat och några filtar fanns det ju och hade han tur skulle det nog finnas något att ligga på. De hade väl knappast spärrat av hela grottan om de sökte bevis, så någon liten vrå att sova i borde han kunna hitta. Alternativet - att cykla tillbaka ner till Degervik - kändes inte särskilt upphetsande. Han hade fortfarande ont i fötterna av att ha trampat därifrån och hit.

Trots att det bara gått en knapp timme sedan de kom hade poliserna redan lämnat grottan. Ett blåvitt plastband spärrade av de inre delarna av grottan men den främre delen var inte betraktad som en brottsplats tydligen. Fredrik gjorde i ordning en sovplats av filtar som han lade på marken. En av filtarna sparade han för att kunna lägga över sig. Han plockade fram en av de dammiga burkarna. Han sket i om det var bevismaterial, han var hungrig. Håkans – om det nu var han – beslut att lägga upp ett matlager hade för Fredrik medfört som trevlig effekt att det

fanns något som han kunde stoppa i sig för att döva hungern.
Han blåste bort en del damm från överkanten av en ravioliburk,
lyckades hitta en konservöppnare bland bråten och till och med
en påse med plastskedar. Inga tändstickor att tända en eld med,
och inget spritkök eller så. Skit samma. När han gjort repmöte
hade han suttit under en gran och ätit kall konserverad pytti-
panna direkt ur burken i tjugotre minusgrader. Det här var ju
en baggis i jämförelse. Han lät sig väl smaka av den kalla ravio-
lin och lyckades trycka i sig halva burkens innehåll innan han
var mätt. Han rapade och torkade av sig om munnen med bak-
sidan av högerhanden. I den främre delen av grottan hittade
han en termosflaska med någon dryck. Han skruvade ur prop-
pen och luktade. Jodå, det verkade helt OK. Han tog en liten
klunk och lät den rulla runt i munnen. Lite cideraktigt, hade
hållit sig bra över vintern, tänkte han lite förvånat. Den smaka-
de faktiskt riktigt bra. Han var inte riktigt säker, men det sma-
kade lite åt rabarberhållet. Han tog ett par rejäla klunkar och
kände hur raviolismaken blandades upp med rabarbern. Han
skruvade på korken på termosen igen och ställde ner den på
golvet. Sedan tog han med sig filtarna och gick längre in i grot-
tan för att få sova ostört några timmar.

***

När han vaknade hade han inga som helst problem att komma
ihåg sin dröm. Den hade varit så obehagligt verklig, så han var
tvungen att se sig om var han var. Solljuset hade lyckats leta sig

in i grottan, så bara de innersta bitarna var dolda av skugga. I drömmen hade han väntat utanför porten på morgonen och sedan hade han följt efter Louise på avstånd när hon gått iväg genom samhället ner mot stationen. Han kom inte riktigt ihåg hur, men drömmen hade tagit honom till hotellet där Louise och Gary träffades. Sedan hade han stått utanför ett hotellrum och försökt lyssna genom dörren. Louise och Gary hade gått in där och under tio minuter hade han bara hört hur teven slagits på, men inget annat. Han hörde fortfarande ingenting där inifrån. Han kände på dörrhandtaget. Det var olåst, och han klev in i rummet. Han befann sig nu i mörkret några meter från sängen inne i rummet. De verkade inte se honom. Han såg hur Gary guppade omkring ovanpå Louise, och hon … vad fan höll hon på med? Hon verkade… lösa korsord? Plötsligt verkade de ha upptäckt honom, för Gary slutade med det han höll på med, rullade av henne och vände sig mot Fredrik.

"Tjena Fredrik, vill du vara med?" Gary log mot honom och vinkade inbjudande. "Nähä, skit i det då." Gary vände sig tillbaka mot Louise som inte verkade bry sig om att Fredrik var i rummet och tittade på när hon hade samlag med deras gemensamme bekant samtidigt som hon försökte komma på vad lodrät "gul pippi i Kongo" kunde vara. Fredrik tog upp sitt dubbelpipiga hagelgevär som han hade haft gömt innanför rocken och riktade det mot Gary. Han behövde inte ens sikta, han stod så nära att gevärspiporna nuddade vid Garys bakhuvud. En explosion och Garys hjärna och större delen av huvudet med för den delen spreds ut i en blodig massa över rummets väggar. Fredrik gjorde patron ur och satte sig på sängkanten. Louise tittade upp från korsordet och såg sur ut. "Tre bokstäver, Fredrik. Tre bokstäver, inte mer. Bang har faktiskt fyra."

Sedan hade han vaknat. Han tänkte att den drömmen nog skulle vara som ett Mecka för en terapeut eller kurator. Skuldkänslor, skulle de säga. Och visst fan, visst hade han det. Han tog fram sin mobil. Ingen svarade på hemmatelefonen. Ungarna var väl i skolan och Louise kanske var på jobbet. När var det hon skulle börja jobba efter semestern nu igen? Det var ju sådant han borde känna till om sin egen fru insåg han. Okej, han fick lov att ta tag i det när han kom till Degervik.

"Fredrik. Fredrik." Rösten kom från bakom en stor sten strax utanför grottan. "Ööh, Fredrik, var är du? Hörrö!"
Fredrik tittade bort mot där rösten kom ifrån. Tommy – med ett par stora svarta solglasögon på sig – dök upp bakom stenen och viftade glatt med hela handen. I sitt följe hade han Katharina. "Här, jag tog med en termos kaffe." Tommy räckte fram en mugg. "Fan vad du luktar. Och som du ser ut."
"Ja vad i helvete tror du? Jag har ju knallat omkring här i skogen och gyttjan hela natten och dessutom sovit på ett par filtar direkt på marken i en grotta." Fredrik klappade sig lätt på magen. "Och som grädde på moset har jag ätit kall ravioli direkt ur

burken. Nästan som i lumpen. Och inte har jag sovit något vidare heller. Så du får försöka ursäkta om jag inte är så jättefräsch, men var hade du väntat dig? Hur hittade du mig förresten?"

Tommy tittade på sin kamrat. Han reagerade på att Fredrik var smutsig, orakad, luktade och hade spillt ravioli på skjortan.
"Katharina kom ner till oss och berättade att du var här. Hon var tydligen lite orolig för dig. Ok, så du har sovit dåligt?"
"Jo, nåt åt det hållet. Fy fan. Och så hade jag en jävligt otäck mardröm. Typ sex och mord och skit." Diskussionen verkade genera Katharina som slog ner blicken.
"Nä, spännande", skrattade Tommy. "Vad hade den drömmen att göra med då?"
"Vi tar det senare. Hur mår du då? Bakis? Du drog väl i dig en hel del igår kväll antar jag."

Tommy flinade tillbaka. Han lyfte på solglasögonen och Fredrik såg att ögonvitorna snarare var ögonrödor. Svarta cirklar under ögonen. Jodå, nog var Tommy bakis alltid. Katharina plockade ihop de filtar som Fredrik sovit på och bar ut dem ur grottan.
"Jag går i förväg ner till byn", sade hon sedan. "Så får ni karlar prata lite ostört om ni vill. Jag tar med filtarna och tvättar upp dem. Sedan kan du få låna en av Aarons skjortor och fräscha upp dig lite. Jag tar och fyller på lite varmt vatten i badbaljan.

Jag gör i ordning lite lunch också, ni är välkomna hem till oss om ni vill ha lite att äta."

Fredrik vinkade ett tack, och hon gick iväg. Han vände sig mot Tommy som satt på sig glasögonen igen. Det var som att prata med en anonym vägg.

"Jag har ställt till det som fan. Jag anklagade Louise för att vara otrogen. Och nu svarar hon inte i telefon."

Tommy skrattade till.

"Med Gary? Det är ju bara dumt."

"Lägg av", snäste Fredrik och rynkade på ögonen. "Varför skulle det vara så omöjligt? De har ju uppenbarligen något för sig?"Han stoppade handen i rockfickan och hittade en halstablett som han stoppade i munnen för att dölja det faktum att han inte borstat tänderna idag.

"Men snälla Fredrik, nu är du ute och cyklar. Om de träffats i Kalmar så har det säkert en naturlig förklaring. Men att det skulle vara något sexuellt … fan, Gary spelar ju för andra sidan så att säga".

" Vaddå?" Fredrik såg förvirrad ut, sedan fattade han vad Tommy anspelat på.

"Du menar att han är…" han såg sig om "… bög?"

"Det är väl inget att viska om? Folks sexualitet är bara en del av dem som individer. All kärlek är vacker". Katharina hade inte hunnit längre än att hon hörde deras samtal. Sedan före hon upp handen för munnen, som om hon insåg att hon lagt sig i en diskussion hon inte hade med att göra. Fredrik och Tommy tittade uppskattande på henne.

"Det har du rätt i Katharina. Jag menade bara att det kom som en ... lättnad är väl ordet ... för mig. Då har de ju knappast något fuffens för sig. Men vad det än är för hemligheter så ska jag fan i mig kräva ett rakt svar av Louise innan jag går hem." Katharina tvekade bråkdelen av en sekund, men sa ingenting utan vände sig om och började gå nerför stigen.

Fredrik gnuggade sig i ögonen.

"Fan, jag hade en skitäcklig dröm. Jag var på ett hotell, och Gary och Louise låg med varandra medan jag tittade på. Och sedan frågade Gary om jag ville vara med, och då sköt jag ihjäl honom."

"Åh fan. Man kanske inte ska sova i grottor trots allt?" Tommy försökte skämta till det. "Äh, vad fan Fredrik. Vad är det som har hänt? Varför har du sådana där drömmar? Du behöver väl inte oroa dig för något när det gäller Lollo heller. Och varför skulle hon vänstra med just Gary av alla människor? Det måste ju finnas en annan förklaring till det. Om han nu inte helt plötsligt blivit straight alltså. Nä du kompis, det där måste du reda ut. "

Fredrik skakade på huvudet och ryckte på axlarna

"Det är nog kört. Får väl försöka ta tag i det i kväll. Hoppas att Louise inte vill slänga bort allt vi har tillsammans bara för ett misstags skull. "

Tommy nickade instämmande.

"Det löser sig nog ska du se", fortsatte han. "Ni har ju ungar och ett liv tillsammans. Men det är klart, du får nog vara beredd på att allting är ditt fel några år framåt." Tommy flinade. "Men det är väl ett lågt pris för att få leka macho?"

Fredrik försökte skratta tillbaka, och lyckades klämma fram något halvhjärtat som kunde misstas för ett leende antog han. Han stoppade ner högerhanden i rockfickan och drog upp några papperslappar som han lade framför sig på grottans golv. Lapparna var fulla av anteckningar om det pågående fallet, och Fredrik tänkte att han borde skaffa sig en ny anteckningsbok istället. Han vände sig mot Tommy.

"Vad tror du? Vem fan har tagit livet av Sara?" Fredrik sträckte sig efter kaffemuggen och tog en klunk. Tommy hällde upp en mugg åt sig själv också.

"Alltså, Tommy", fortsatte Fredrik sedan riktad mot sin kompis. "Så här ser jag på det. Mycket pekar ju på Håkan, vem fan nu det är. Många pratar om honom och han har tydligen synts i byn, men jag har då inte sett honom. Lika mystisk och osynlig som Ledaren. Någon har lagt upp ett lager med konservburkar här, förmodligen i höstas att döma av dammlagret på dem. Det kan ju vara han antar jag. Har du sett någon som skulle kunna vara han nere vid inspelningsplatsen? "

Tommy skakade på huvudet. och Fredrik rynkade pannan medan han pratade.

"Att han tagit livet av Sara för att han var rädd att det skulle komma ut att det var han som var far till det barn som Sara bar på. Om det nu var han"

"Precis", flikade Tommy in. "Och om det nu inte var Håkan som var far till fostret? Vem var det i så fall?"

"Äh, jag ger upp. Det var nog överste Senap i biblioteket med rörtången." Fredrik och Tommy tog varsin klunk av kaffet och satt tysta ett tag, det sätt som barndomskamrater kan sitta tysta och ändå förstå varandra. Fredrik tog upp sin mobiltelefon och satte på den. Klockan visade på halv tolv redan. Nu borde väl Fridlund vara tillbaka från sin mamma tänkte han och slog hennes nummer. Tre signaler gick fram innan hon svarade.

"Ja, hallå? Gunilla Fridlund här." Fredrik slogs av att hon hade haft rätt. Han hade faktiskt inte tänkt på vad hon hette i förnamn.

"Hejsan, Fredrik här. Hur … hur mådde din mamma?" Han tyckte själv att han lyckats vara rätt omtänksam som chef när han började med den frågan innan han började prata jobb.

***

En halvtimme senare stod Fredrik vid båtplatsen och väntade. Han såg hennes bil svänga av vägen och in på fältet, och strax klev Fridlund ur, med Killer i koppel. Han tittade på Tommy.

"Du kan gå ner till utgrävningen så kommer vi väl förbi senare."

Tommy nickade, vinkade hej då bort mot Fridlund som klivit ur bilen och gick iväg nerför stigen mot utgrävningen. Fridlund kom fram till Fredrik, men stannade någon meter ifrån honom.

"Hur är det Fredrik? Så du ser ut? Har du sovit ute i natt eller?" skojade hon.

"Mmm, syns det?", muttrade Fredrik.

Fridlund höll in Killer, tittade på Fredrik och log mot honom med huvudet på sned.

"Syns … och känns på lukten. Ska du inte åka hem och byta om?".

"Lägg av!" Fredrik ryckte sig loss. "Vi har inte tid med trams, jag får åka hem sedan. Häng på nu, vi har bråttom ner till Byn."

"Ojojoj, touchy. Äh fan, skärp dig nu. Här, håll i Killer." Hon gav honom kopplet och började plocka i sin kameraväska. Hon tog upp ett par våtservetter. "Försök att torka av dig i ansiktet med de här, så kanske det blir lite bättre. Vi vill ju inte skrämma bort byborna med din stank.." Hon skrattade, tog tillbaka kopplet och sa 'Kom Killer'.

"Okej, vänta på mig." Fredrik småjoggade fram för att hinna ifatt. "Jag har några frågor att ställa till Rut. "

Strax innan de kommit fram började - naturligtvis, tänkte Fredrik - Killer att dra i kopplet. Han slet sig loss och sprang iväg mot en jordhög där han började krafsa.

"Se till att hålla honom kopplad", ropade Fredrik. "Tanterna i byn lär inte bli glada om han gräver upp blomsterplanteringen för dem. Kan du inte hålla reda på honom får du gå tillbaka till bilen med honom", tillade han.

"Jajaja, håll käften", ropade Fridlund till svar. Hon tog upp Killers koppel och höll ett fast tag tills de kommit fram till Aarons och Katharinas hus.

"Knyt fast honom vid räcket utanför farstubron." Fredrik viftade stressat med händerna mot träräcket bredvid trappen. "Sno dig på, jag vill inte vara här hela dagen."

Fridlund blängde på sin kollega och knöt fast Killer. Hon vände sig mot Fredrik.

"Och du sa att du inte hade några problem? Lägg av."

De knackade på dörren, och Katharina öppnade.

"Hej och välkomna. Badet är iordninggjort ute i köket Fredrik, det är bara att du går in dit. Jag har lagt fram ett ombyte med Aarons kläder som du kan låna. Vi andra går väl in i finrummet så länge? "

Fredrik gick in i köket och tittade på det stora plåtbadkaret som stod mitt på köksgolvet. Snacka om gammaldags, tänkte han. Vattnet var lite varmare än kroppstempererat och han tog av sig sina kläder och gled ner i badvattnet. Han kände hur tröttheten vällde över honom och han var tvungen att kämpa emot för att inte somna i badet. Han sträckte sig efter tvålen och började tvåla in sig. Efter att ha tvättat sig och torkat av sig tog han upp de kläder som Katharina plockat fram och som var Aarons. Byxorna var av ylle eller något sådant. Mörkgrått, tungt och förmodligen kliigt. Instinktivt kände han att han inte ville ta på sig dem, men efter att ha sett sina egna byxor och känt doften från dem, ändrade han sig. Skit samma, hellre ren och omodern. Skjortan var dock helt OK. En storrutig sak med röda och vita fyrkanter. Såg ut som en sån där skogshuggarskjorta. Han tog den på sig och vek ihop sin egen och lade undan den på kökssoffan så länge. Sedan tog han på sig resten av sina egna kläder och gick in till de andra i finrummet. Där var det serverat en lunch som bestod av kokt potatis, stekta grönsaker och en stor söndagsstekliknande sak. En kanna med brunsås stod också på bordet. De andra hade redan börjat äta, och Fredrik satte sig vid en ledig tallrik och lade för sig. Han tittade upp mot Aaron.

"Er Ledare sitter just nu i förvar hos polisen i Malmö." Fredrik iakttog personerna runt bordet för att se hur de reagerade. Aaron var överraskande nog inte den som reagerade starkast på uppgiften. Fredrik bestämde sig ändå för att rikta sig mot honom.

"Jaha, vad gör ni nu då när Ledaren har försvunnit? Upphör församlingen nu eller tar någon annan över?" Fredrik kände en spark på benet från Fridlunds håll. Hon rynkade på pannan mot honom. Aaron verkade dock inte ta illa upp, utan svarade med en gång.

"Nja, allt byggde ju egentligen på hans ideer och hans ledarskap. Vi får väl se. Det fanns ju inte någon uttalad 'arvinge', men jag antar att någon av Domarna blir den som tar rollen av

Församlingsledare nu. Det är väl troligt att valet faller på den Förste Domaren. "

"Men det var inte något som var så uttalat innan? Inget som kan utgöra ett motiv för att döda Sara?" Fredrik fick en spark till. Den här gången blängde han surt tillbaka. "Ge fan i att sparkas! Det kan ju vara ett motiv. Att få Ledaren misstänkt för mord och själv ta hans plats."

"Nä, det har jag svårt att tänka mig", svarade Aaron.

Katharina sköt ifrån sig sin tallrik och vände sig mot Fredrik, som satt vid hennes vänstra sida.

"Tror du att någon av Domarna dödat Sara för att ta makten i församlingen? Men varför väntade han då så länge, varför såg han inte till att Sara hittades tidigare?"

Fredrik instämde i att det inte riktigt stämde. Han försökte ställa några frågor till, men ingen verkade särskilt intresserad av att ta upp tråden. Fredrik hade egentligen inte så mycket emot att de släppte samtalsämnet, utan koncentrerade sig på maten. Steken var perfekt, precis så lagom stekt att den inte hunnit bli torr, och grönsakerna hade fortfarande ett visst tuggmotstånd. Såsen till sist smakade precis som sådan där härlig gammaldags sås som hans farmor hade serverat till söndagsmiddagarna när han var liten. Hemmagjord rönnbärsgelé. Fredrik fick en klump i halsen. Det var sällan han fick tid att äta något så här gott och vällagat nu för tiden och han ville nästan knäppa händerna i bön vid bordet, bara för att visa respekt för värdinnans matlagningskonst. Men han lyckades hålla sig. Han knäppte upp knappen i byxlinningen och försökte dölja en rapning. Efter det att de avslutat måltiden och druckit en kopp kaffe med tillhörande tigerkaka över en ofarlig diskussion om vädret, tackade Fredrik och Fridlund för sig. Fredrik var trött, men mätt. Jävligt mätt, tänkte han och klappade sig på magen med ett leende på läpparna.

***

Väl ute ur huset knöt Fridlund loss Killer från räcket och de gick alla tre iväg mot Halvars hus. Det slog Fredrik att det inte var några människor ute på gatan, och han hade inte sett några idag på morgonen heller, eller när de kommit till byn för att gå hem till Aaron och Katharina. Ändå så måste ju byborna ha fått veta vad som hänt deras ledare. Han såg sig omkring och tyckte sig se att några gardiner fladdrade till i fönstren på husen de passerade. Nyfiken i en strut, tänkte han, ni törs inte komma ut. Lite förnöjd över sitt spontana rim log han lite inombords. De vågade inte titta men de måste ändå försöka hålla reda på vad som händer. När Fredrik tänkte igenom onsdagens samtal med Rut, insåg han att han hade skött det illa. Det fanns en hel del brister och tveksamheter. Det var för stora skillnader i hennes berättelse och det som Katharina berättade. Vad var förklaringen till det? Den här förmiddagen skulle han inte falla för skitprat sade han till sig själv när de gick in i Halvars hus.

De satte sig vid Halvars köksbord allihop, och Rut serverade alla en kopp kaffe och satte fram ett kakfat på bordet. Efter att hon hade sagt åt dem att väl smaka, vände hon sig åt sidan för att amma sitt barn. Fredrik var den som bröt tystnaden. Hans första fråga lät som en anklagelse och det var fel sätt att ta henne på. Hon svarade undvikande istället för med den förtrolighet som han hade upplevt att hon hade visat när hon själv sökte upp honom.

"Jag talade öppet. Jag ville berätta för dig hur det låg till med Saras barn, och det gjorde jag ju. Det var bara därför jag gick till dig."

"Vi har hittat en hel del fynd uppe i grottan som kan tyda på att Håkan varit här och i så fall verkar det logiskt han ha kommit hit, till sin familj. Han kan knappast ha bott i grottan över vintern. Du säger att du såg honom i byn i veckan. Var finns han nu?"

Rut slutade amma sitt barn och skylde för sitt bröst. Sedan vände hon sig mot Fredrik.

"Han kom hit och ville prata härom dagen. Han ville prata med pappa, men jag var den enda som var hemma. Så han tog bara en kopp kaffe och en bulle innan han gick igen. Jag vet inte om någon annan såg honom också. Om han inte åkte in till Kalmar sedan så vet inte jag vart han tog vägen."

"Berätta för mig vad som hände i höstas", sade Fridlund i ett försök att ta kontroll över samtalet och få Rut att känna sig mer trygg genom att prata med en kvinna istället för en man.

”Det hände ingenting. Vi hade precis ätit morgonmålet, så det var bara pappa och jag hemma.”

”Och din mamma och din man?”

”Göran går ju alltid som han vill, så var han fanns vet jag inte. Mamma hade gått ner till bryggan för att blöta några mattor. Pappa var på väg ut han också, men att se Håkan piggade upp honom så han blev sittande en stund och frågade om hur han hade det och så. Sen gick pappa iväg för att sköta sina sysslor.”

”Och Håkan?”

”Han stannade en stund och vi pratade lite innan han gick igen. Men vart han tänkte ta vägen efteråt sa han ingenting om. ”

”Minns du något av vad han och din pappa pratade om?”

”Håkan skröt med att han fått jobb på ett bygge i samhället. De skulle bara gjuta grunden nu så skulle han få börja jobba. Det lät som han hade byggt ett helt bostadsområde själv fast han inte ens slagit i en spik ännu.” Rut log åt sin berättelse om hur brodern skrutit om sitt arbete. Fredrik lutade sig fram och bröt in i Fridlunds samtal. Hon tittade argt över bordet på honom, men sade ingenting.

”Innan Halvar gick, kommer du ihåg om de pratade något om att Sara varit gravid”, frågade Fredrik. ”Visste Håkan att han misstänktes vara fadern? Nämnde han ingenting om det?”

”Jo, han sa att han hört det, men han sa att det var omöjligt. Han hade aldrig haft … sånt där… med Sara sa han till pappa, så det var omöjligt. Han trodde att det var skolrektorn som var far. Han hade kommit på dem mer än en gång.”

"Sa han något om han hade talat med Sara eller Wendthelin om det?"

"Njaa..." Rut tvekade. "Han sa en del hotfulla saker. Nej, hotfulla är inte rätt ord. Han menade nog snarare att pappa och han kunde prata med Wendthelin om det skulle behövas, och det skulle alla må gott av att det blev klart att ingen i byn hade begått hor med Ledarens hustru, att det var någon utifrån som gjort det. Om pappa såg till att han fick berätta sanningen för Ledaren - sin sanning - så att han vågade sig tillbaka hit till byn. Sanningen om vem som skulle bli far till Saras barn. Ingen här i huset mer än Sara kände till den saken."

"Och hur tog Halvar det? Trodde han på Håkan?"

"Han skrattade. Inte log, som han gör när han är arg, utan han skrattade honom rätt upp i ansiktet. Vad skulle Sara med Håkan! sa han. En pojkvasker! "

"Ett sådant yttrande måste ha retat Håkan", sade Fredrik.

"Kanske. Men det märktes att han kände sig ha övertaget." Rut pillade på filten som hon virat kring sitt barn. "Håkan hade ett halshänge i en rem under jackan, och det tog han fram och höll upp emot pappa. Det var ett bevis, sa han. Sara hade haft ett likadant för att han och Sara hade varit ett par. Jag började ana då att det kunde ligga någon sanning i det, men Håkan den hönshjärnan visste ju inte att pappa inte kände till det där modet bland tonåringarna här i byn. För pappa betydde Håkans hänge inte ett dugg. Fruntimmersgrannlåt, sa pappa bara."

"Så något allvarligt gräl blev det inte?" Fridlund såg triumferande över bordet på Fredrik.

"Inte alls", svarade Rut. "Pappa gick ner till samlingsplatsen och Håkan stannade inte länge han heller. Vart han tog vägen sen vet jag inte. Håkan for väl in till stan eller till Degervik. Han fick ju inte sitt ärende uträttat, så varför skulle han dröja sig kvar här?"

Maten var nästan färdig och Halvar kunde väntas hem när som helst.

"Ni ska gå nu", vädjade Rut. "Får pappa veta att jag har pratat med er så blir han rasande."

"Hur står det egentligen till i er familj?" undrade Fridlund.

"Varför är ni så rädda för Halvar? Slår han er? "

"Sara slog han aldrig. Hon fick inte en örfil ens. Och mig vågar han inte gå så hårt åt heller, för Görans skull. Det är mamma som får ta emot det mesta när han är arg. Hon tiger och tar emot."

Fridlund skakade på huvudet.

"Varför stannar din mamma kvar hos honom, om han slår henne? Du är ju gift och har barn själv, så hon behöver ju inte stanna för din skull."

"Du ska inte tro det är kärlek som håller kvinnor kvar i äktenskap som mina föräldrars. Var skulle hon ens få mat för dagen om hon lämnade pappa? Det är männen i församlingen som ser till att det finns mat på bordet. Den kvinna som inte har en man till att skaffa mat och kläder och tak över huvudet får klara sig utan det, eller söka sig till världen utanför."

"Har hon ingen släkt som kan hysa henne?" undrade Fredrik.

"Det skulle vara Leva i så fall. De är systrar. Men hon är ju ensam själv nu, efter det att utbrytarförsamlingen gått under."

"Ingenting förbjuder er kvinnor att fiska och jaga", sade Fridlund. Fredrik lade sig i.

"Annat än att de inte kan, och att de måste ta hand om barnen och huset", sade han. "I den här församlingen fungerar nog inte moderna jämställdhetsidéer vet du, Fridlund."

"De får väl lära sig", svarade Fridlund argt. "Vad är det du menar egentligen?"

"Flickor borde vara beredda på att försörja sig själva, det har du rätt i", inflikade Rut som inte uppfattade undertonen i de båda mediamänniskornas samtal, utan trodde det fortfarande handlade om hennes familj. "Då skulle de inte behöva bli så beroende som mamma. Men vilket jaktlag tar en flicka till lärling? De starkaste och bästa pojkarna lär de upp. Men en flicka? Har det någonsin hänt?"

Det var nya tankar för Rut. Det föresvävade henne att de idéerna, om de fick gehör, skulle föra med sig en genomgripande förändring i byns liv. Männen ska försörja kvinnor och barn, det var grunden för livsmönstret. Om flickor lärdes upp till att konkurrera med pojkarna i karlgöra, skulle då inte fler män än som redan var fallet bli utan plats i byalaget och därmed utan försörjning för sina familjer? Och om flickorna då valde att försörja sig själva istället för att bilda familj?

"Då skulle ju byn dö ut", sa hon, "och på lång sikt hela vår församling."

Halvar steg in i detsamma och ett grin kom över hans ansikte.

"Det var egentligen dig jag sökte", skyndade sig Fredrik att ljuga för att skydda Rut från sin fars misstänksamhet. "Håkan var ju inom här? "

"Och gick härifrån också. Det borde du ha fått veta av Rut, när du nu har varit här och frågat ut henne bak ryggen på mig. Om du vill veta något i det här hushållet så är det mig du ska tala med, håll dig borta från kvinnorna du." Halvar ställde sig bredbent och med armarna i kors framför Fredrik, som insåg att de inte skulle få veta mer av någon i det här huset. De tackade för sig och gick ut på bygatan.

"Jaha, inte blev vi mycket klokare av det", sade Fridlund. "Vad gör vi nu?"

Fredrik tog upp mobilen och tittade på klockan på skärmen.

"Jag lovade att gå ner till utgrävningsplatsen och hälsa på Tommy, men jag börjar få bråttom. Måste in på närpolisen vid tretiden, och så tänkte jag hinna hem innan maten. Om nu Louise släpper in mig."

"Larvpelle." Fridlund höll in Killer och lade huvudet på sned. "Det är det väl bara att slå på charmen och kräla i stoftet?"

"Säkert. Okej, men vi går ner och får en bärs hos Tommy först, eller vad tror du? Och så borde vi se till att hälsa på vår käre rektor Wendthelin. Jag börjar bli allt mer nyfiken på hans roll i det här."

"Kan jag följa med er?" frågade Katharina. Jag tar med lite hemgjort kaffebröd till er och er vän." Fredrik var inte säker på om hon rodnade, men sa att hon naturligtvis fick följa med dem.

***

De gick ner mot grävplatsen, och en bit längs stigen såg de två yngre flickor som lekte vid kanten av stigen. Flickorna tittade upp mot de oväntade besökarna, men de såg inte rädda ut. Inte heller visade de något som indikerade att de tyckte att nykomlingarna störde dem. Tvärtom log de och visade sina handflator i en fredsgest. När Fredrik och Katharina kom närmare visade de två flickorna dock med ett tydligt kroppsspråk att de ville hålla ett gott avstånd mellan sig och de nyanlända. Den något större av de två flickorna som Fredrik gissade kunde vara omkring åtta eller nio år tog till orda."Hej. Det är du som är Katharina va? Vi har rymt hemifrån", förklarade flickan.

"Jaså, har ni det? Tror ni inte mamma och pappa är oroliga över var ni är?" Katharina tittade på flickorna.

"Jag känner igen dem", viskade hon till Fredrik. "Snickarmästers döttrar."

Fredrik reagerade lite över den gammeldags beteckningen på barnens far, men insåg att det egentligen var naturligt att församlingsmedlemmarnas titlar var lika gammaldags som deras samhällssyn.

Fridlund och Fredrik betraktade de två flickorna. Deras kläder, sydda enligt samma strikta moderegler som gällde uppe i byn, var sönderrivna och smutsiga. En av flickorna, rufsig och med kvistar i håret, kliade sig på benen, som var fulla av röda utslag."Vart är ni på väg då?" undrade Fredrik."Ingenstans. Vi har rymt hemifrån som vi sa, vi rymde efter frukosten. Vi ska rymma ända tills i eftermiddag. Men mamma och pappa vet om det. De har kommit hit med en matkorg och lite filtar."
Fredrik förstod inte. Varför var de inte rädda?
"Om de nu rymt hemifrån, varför var de inte rädda för oss", viskade han till Katharina. Fredrik vände sig och tittade eftertänksamt på de båda flickorna. De var väldigt lika, kunde säkert vara systrar, och var väl ungefär i samma ålder som hans egen yngste. Men de levde i en helt annan värld. Hur skulle de klara sig utanför byn om de ens skulle vilja? De verkade vara i den åldern att de borde börja skolan om någon vecka.
"De flesta brukar ju i och för sig rymma till Samlingshuset", sade hon till flickorna. "Hur kommer det sig att ni är här istället?"
"Mamma och pappa tittar efter oss. Men det börjar kännas långtråkigt nu", sa den andra av flickorna. "De skulle komma

om en timme, men vi vill inte vänta så länge. Vi vill gå hem nu.
Kan du inte följa med oss Katharina?"

"Går ni inte i skolan", undrade Fredrik.

"Nä, vi ska börja läsa Skriften snart. På Barnens Söndagssamling lärde oss Ledarens fru Sara att läsa och sånt. Hon brukade vara bra på att lära oss saker förut, innan hon försvann. Då fick vi läsa och räkna och sådant. Men den som lär oss nu är så dålig på det så hon lär oss ingenting. Vi får mest sjunga och sånt."

"Jag skulle vilja gå i skolan", sa den som såg yngst ut.

"Ja, men det ska vi också", sa den som Fredrik gissade var hennes syster. "Nu när vi har rymt så ska vi börja läsa när vi kommer hem i eftermiddag, för då är vi inga barn längre. Då får vi lära oss allt som behövs."

"Jag skulle vilja gå i skolan hos farbror Rune i Degervik", sa den mindre till sin syster. "Kan vi inte fråga mamma och pappa om vi får bo där och gå i skolan."

"Rune?" undrade Fredrik. "Rune Wendthelin, rektorn? Är han er farbror?" Fredrik såg förvånad ut.

"Inte på riktigt. Men han brukade vara mycket med Sara innan hon försvann. Det minns väl du Katharina? Ibland så var han hos Sara när vi kom för att läsa eller räkna. Han trodde att vi inte såg honom, men han var inget bra på att gömma sig", fnittrade den andra flickan. Båda flickorna satte händerna för munnen och fnissade. Flickan, som sade att hon hette Älva, berättade att hon var sju år. Hennes äldre syster hette Renata.

"Jaha, vad gör vi nu då?" undrade Fredrik.

"Jag känner flickornas föräldrar. Jag får vända tillbaka och ta
flickorna ner till byn", svarade Katharina. "Föräldrarna hämtar
barnen i solnedgången, men det är ju onödigt att de sitter här
och väntar tills dess. De kan följa med oss ner till utgrävningen
så tar jag hem dem sedan, eller vad säger ni?"

***

På utgävningssplatsen var det full verksamhet. Ljudteknikerna
höll på att plocka ner sin utrustning och personal gick fram och
åter mellan platsen där de hittat Sara och en fastare mark där en
släpvagn stod. Alla bar på något, och på Fredriks fråga svarade
Tommy att teveledningen beslutat att lägga ner inspelningen så
länge på grund av polisens avspärrningar. Beskedet gladde
Fredrik eftersom det innebar att han skulle slippa tevekonkur-
rens i nyhetsbevakningen, men han sade inget. Nu kunde han
se till att få hit ljudteknikerna från Kalmar som Josefsson lovat,
nu när tevegänget försvann. Om ingen annan insåg nyhetsvär-
det så var det ju bara bra för honom, då skulle han ha ensamrätt
på det hela. De drack en snabb burköl var och kom överens
med Tommy om att de skulle träffas på puben senare ikväll.
Därefter tog de farväl av Katharina och flickorna, och for iväg
tillbaka till Degervik.
När de passerade skolan böjde sig plötsligt Fredrik fram.
"Sväng in här. Han pekade mot infarten till skolparkeringen."
"Varför det? Ska du hämta ungarna redan eller? "

"Nej för fan. Jag tänkte att det är lika bra att vi tar vårt snack med 'farbror Rune' med en gång, så är det gjort. Äckelpottan Wendthelin verkar ju mer än lovligt insyltad i det här. "Fredrik gnuggade sina händer och log. "Fy fan vad jag skulle må om det dryga aset på något sätt är inblandad i Saras död."

Därefter begav sig de båda representanterna för den lokala avdelningen av tredje statsmakten de knappa etthundra metrarna snett över skolgården mot skolkontorets byggnad. Till höger om dem låg ett par sammanbyggda vita baracker där förskolan delade lokaler med fritids, och till vänster låg en gul tegelbyggnad där lågstadiet höll till. Fredrik kastade en blick mot det fönster där han visste att Johans klassrum låg. Han tänkte på att han inte träffat sin son eller sina döttrar sedan kvällen innan. Hur hade de reagerat när de fått veta att han inte varit hemma på hela kvällen? Hade de saknat honom alls på morgonen? Fredrik tyckte sig se Johan bakom fönsterrutan, tyckte sig se honom vinka. Kanske var det bara skuggorna som lurade honom, men för säkerhets skull log han och vinkade tillbaka. Ångesten bubblade upp över bröstet. Vad fan skulle han göra om han inte fick träffa ungarna igen? Varför hade han varit så in i helvete dum att han stormat iväg så där i går kväll?

"Hur är det Fredrik? Gråter du? Har du ont någon stans?" Fridlund hade stannat till och tittade bekymrat på sin kollega. Fredrik förde sitt vänstra pekfinger upp till ögat och torkade sig i ögonvrån.

"Nä då, det är väl blåsten. Har väl fått något grus i ögat eller så. Kom nu så ska vi se om inte häradsbetäckare Wendthelin är på sitt kontor." Han ökade på stegen och viftade till Fridlund att skynda på. Han stannade till framför trappan som lede upp till entrédörrarna på skolkontorshuset.

Byggnaden innehöll inte bara administrationen, utan även skolans matsal och högstadiets klassrum. Fredrik väntade på att Fridlund skulle hinna ifatt, sedan gick han uppför trappan och öppnade den ena av dörrarna. I stället för att chevalereskt hålla upp dörren för sin kvinnliga kollega slängde han upp dörren på vid gavel och tog några snabba steg över tröskeln. Fridlund fick skynda sig för att inte få dörren i ryggen när den slog igen.
"Vilken våning sitter han på?" frågade hon.
"Vete fan", svarade Fredrik. "Vi får väl leta rätt på någon vaktis eller så och fråga oss fram."

Bottenvåningen visade sig som väntat innehålla matsal, klassrum och toaletter, så de fortsatte upp till andra våningen. En glasad dörr med skylten 'administration' på väggen vid sidan gav dem en vink om att deras tilltänkta intervjuoffer hade sitt kontor här i närheten. De öppnade dörren och fann på andra sidan en korridor med ett antal dörrar längs den vänstra sidan och på högra sidan lite längre fram en öppning där det stod en stor kopieringsmaskin och ett bord med stolar. Vid bordet satt rektor Wendthelin och ytterligare några ur personalen i ett samtal över vad som verkade vara en kopp kaffe. Skolpersonalen tittade upp på de nyanlända besökarna och rynkade på näsorna. Fredrik insåg att han måste se besynnerlig ut med sin blandning av rena men gammaldags kläder och en smutsig illaluktande ytterrock av nyare snitt. Till och med han själv kunde känna att han fortfarande avgav en lätt odör. Han bestämde sig dock för att låtsas som ingenting för att inte tappa det övertag han trodde sig ha.

"Ta några interiörbilder du", sa han till Fridlund. "Ställen där han kan tänkas ha haft sex med henne om hon varit här." Han mådde bra inombords över att kunna säga det tillräckligt högt för att Wendthelins kollegor skulle höra.

"Kan vi hjälpa till med något, Nilforss?" Wendthelin hade satt ifrån sig sin kaffemugg och tittade på Fredrik. "Är du här för att klaga på någonting nu igen?"

Fredrik log mot Wendthelin, men leendet innehöll ingen som helst värme.

"Rune Wendthelin. Rektor Rune jävla Wendthelin." Fredrik nästan spottade fram namnet. "Jaha, och hur många ungar har du haft ute på 'utedag' den här veckan då för att snåla in pengar?"

Fredrik tog upp ett exemplar av Veckorevyn som låg på bordet och började bläddra iden. Tystnaden som lade sig runt bordet bröts av Wendthelin.

"Jaha, ville du något särskilt, eller ville du bara komma förbi för att läsa den där tidningen?"

Fredrik slängde tidningen tvärs över bordet.

"Är det där vad du vill att våra döttrar ska lära sig i skolan, Wendthelin? Att ta efter anorektiska modedockors ideal? Tänder du på sånt?"

"Lägg av. Det är en ungdomstidning med modereportage och sminktips som eleverna kan bläddra i när de väntar på att jag ska kunna ta emot dem. Vad är det du egentligen vill?"

Fredrik tittade på Wendthelin och lät sedan blicken fara över till de två skolanställda som satt med Wendthelin vid kaffebordet.

"Och ni två? Tycker ni det är OK att skolans rektor förmodligen är småkåt på högstadietjejerna? Eller vad är orsaken att han struttar omkring bland dem på rasterna och kråmar sig som en tupp på en gödselstack?"

De båda verkade besvärade och började skruva på sig.

"Nää du Rune, det kanske är dags för oss att börja arbeta igen? Kommer du?"

Wendthelin gjorde en gest som för att ge dem tillåtelse att gå och vände sig sedan till Fredrik.

"Du ska nog tänka dig för både en och två gånger innan du vräker ur dig sådana anklagelser. För din frus och dina barns skull så ska jag ha överseende med dig för den här gången, men utmana mig inte för mycket. Även jag har en gräns. Om du vill mig något så får du ringa och boka en tid precis som alla andra. Nu får du gå innan jag ringer efter vaktbolaget så får de komma och slänga ut dig från lokalerna."

"Jaja, det blir nog bra med det ska du se." Fredrik gick bort till kaffebryggaren, tog en mugg och hällde upp kaffe. Sedan drog han ut en stol och satte sig bredvid Wendthelin.

"Förstår du Rune, nu när vi är ensamma i rummet du och jag ska jag berätta en illa dold hemlighet för dig. Jag gillar inte dig. Som jag ser det har du förstört skolan och du har förstört eleverna. Nu har jag en chans att hänga ut dig. Gissa om jag tänker ta den? Har du inget fikabröd förresten?"

Fredrik såg sig om. Ett fat med några smuliga Ballerinakex stod på diskbänken. I samma ögonblick kom Fridlund tillbaka in i fikarummet, och Fredrik vände sig mot henne.

"Du Fridlund. Ta över kakfatet hit är du snäll. Och ta en kopp kaffe själv också. Skolan bjuder. Ta förresten några närbilder på den här charmören också, så vi har något att illustrera artikeln med." Fredrik vände sig mot Wendthelin. "Vet du Rune, jag ska skriva en artikel om Sara, gift Gustavsson. Hon hittades död nere i Byn i måndags. Men det vet du väl redan? I alla fall, i artikeln kommer jag att skriva att du på något sätt är inblandad i hennes död. Vad tror du – kommer Skolstyrelsen att vilja ha dig kvar som rektor här sedan?"

Fredrik hade hoppats på någon typ av reaktion från Wendthelins sida, men den han fick var inte den han hoppats på. Wendthelin rörde runt i koppen med sin sked och log.

"Jag vet att du har varit polis Nilforss, men det vet ju du så väl som jag att det inte finns tillstymmelse till bevis för att jag har haft något med henne att göra. Jag har svårt att se på vilket sätt du kan göra den kopplingen. Och såväl du som jag vet att dina fantasifoster inte kommer att leda till någon typ av polisutredning, än mindre till åtal."

"Nä, men det är ju det som är det fina förstår du. Jag är inte polis, jag är tidningsreporter. Jag behöver inte bevisa att allt jag skriver är sanning. Jag behöver bara övertyga min chefredaktör eller min ansvarige utgivare att det jag skriver inte kan tolkas om förtal. Även om uppgifterna kommer att framställas som obekräftade så har det naturligtvis ett nyhetsvärde att skolans rektor misstänks vara inblandad i kvinnomord." Fredrik tog en kaka och en klunk av kaffet samtidigt som han iakttog Wendthelin och försökte tolka hans reaktion. Den lät inte vänta på sig. "Så du menar att du är beredd att sprida en massa lögner i din tidning om mig bara för att du inte gillar mig? Gör det du, så ska jag se till att stämma skiten ur dig för förtal."

"Nja, det är ju det som är det fina. Det är inte mig du får stämma, det är tidningens ansvarige utgivare. Tryckfrihetsförordningen vet du. Så jag är ganska så säker på att du kommer att ha fått sparken och försvunnit någon annan stans innan din anmälan har en chans att tas upp i domstol. Vi har duktiga advokater vet du."

Fredrik iakttog hela tiden Wendthelins reaktioner medan han pladdrade på. Han verkade seg, inte särskilt lättskrämd. Fredrik insåg att om han skulle lyckas med sin taktik att skrämma

Wendthelin till att berätta något fick han lov att lägga in en växel till.

"Vad tror du Fridlund? Om vi målar ut honom som pedofil och mördare i tidningen, hur stor chans tror du han har att få ha jobbet kvar på måndag?"

Fridlund lyfte kameran och tog några bilder på Wendthelin, och sedan några på Fredrik.

"Inga alls", svarade hon. "Han är nog rätt så rökt inom skolvärlden på måndag."

"Då så, Rune." Fredrik lutade sig fram över bordet. "Jag kommer att skriva en artikel som kommer att vara inne på måndag, oavsett om du svarar på mina frågor eller inte. Så om du är orolig för att jag ska hitta på en massa osanningar – vilket jag kanske gör för att få ihop något – så är det lika bra du svarar ärligt på mina frågor. Alltså, jag vet att du knullade runt med Sara Gustavsson i församlingen nere i Byn. Nu vill jag att du berättar för mig allt om ert förhållande. Jag kommer ju att skriva om det ändå, och jag har inga problem att hitta på en story om du inte vill ge mig den."

"Jag skiter i vad du skriver. Jag har inte haft någon affär med Sara Gustavsson. Jag vet knappt ens vem hon är. Om du skriver att jag har det så kommer jag att förneka alltihop."

"Det kan du ju roa dig med. Skulle det visa sig att du har rätt kan jag ju lägga in en dementi, en kvartsspalt på sidan 15. Där är det ändå ingen som ser den." Fredrik lutade sig ännu längre fram över bordet. "Men jag har vittnen som har sett dig med henne. Och jag har vittnen som sett er knulla i din bil. Jag kan styrka varenda skit jag skriver, det ska du ha klart för dig."

Fredrik vände sig mot Fridlund.

"Kom nu Fridlund. Är han så dum att han inte tar chansen att rädda sitt skinn så får han skylla sig själv. Vi har ju flickornas vittnesmål, det räcker." Fredrik reste sig och gick mot korridoren. Fridlund följde efter och mumlade tyst så inte Wendthelin skulle höra.

"Vad fan var det där för någon Hollywoodscen du spelade upp? Det vet du väl att du inte kan skriva något sådant?"

"Jo då, det vet både du och jag", viskade Fredrik tillbaka. "Men förhoppningsvis vet inte han det. Vänta nu så får vi se."

De hade inte hunnit fram till dörren förrän Wendthelin kom halvspringande efter dem. Han höll upp handen för att försöka hejda dem.

"Hallå, vänta lite. Kom in till mig så får vi prata färdigt. Kom nu." Han höll upp dörren till sitt kontor, och Fredrik och Fridlund klev in över tröskeln. Ingen av dem satte sig ner, utan de valde att stå lutade mot väggen vid dörren. Wendthelin satte sig i sin egen stol.

"Vilka flickor var det du talade om?" undrade han.

"Två flickor som kommer att vittna att de sett dig hemma hos Sara Gustavsson innan hon försvann. Två flickor som kommer att vittna om att ni hade ett förhållande, du och Sara. Och dessutom några ungdomar som kan vittna om att de sett dig och

Sara ha samlag i din bil utanför Byn, uppe vid vändplatsen. Du får läsa allt i nästa nummer av Bygden på måndag. Var det något mer? Inte det? Kom då Fridlund så går vi."

"Vänta." Wendthelin suckade. "Okej, jag hade ett förhållande med Sara. Men vi gjorde slut förra sommaren, i början av augusti. Jag visste inte ens om att hon var försvunnen förrän jag fick veta att man hittat henne död. Vi har inte haft någon kontakt sedan i augusti."

"Och hennes man? När träffade du honom?"

"Gustavsson? Ledaren, som han kallas? Nä, honom har jag aldrig träffat."

Fredrik märkte att hela artikelunderlaget var på väg ur hans händer.

"Och du kan naturligtvis bevisa att du var någon annan stans när hon dog?"

"Visst. Om det stämmer det som stod i tidningen – och det var ju du som skrev det, så det är väl sant", Wendthelin log triumfatoriskt mot Fredrik, " så var jag här. Vi hade föräldramöten till omkring tiotiden, och sedan så plockade vi undan. Jag gick väl härifrån vid elvatiden. Om du undrar om vittnen så var det väl ett femtontal föräldrar som var kvar här tillsammans med mig."

"Har du inget bättre att komma med?" kände sig Fredrik tvungen att slänga ur sig, men han insåg att där rök förmodligen möjligheten att sätta dit Wendthelin för mordet på Sara. Skit också.

"Men du medger att ni hade ett sexuellt förhållande?"

”Ja ja. Vi låg med varandra några gånger. Och vaddå?”

”Hon var gravid när hon dog. Min gissning är att det var du som var fadern.”

Wendthelin lutade sig bakåt i stolen. Färgen i hans ansikte bleknade och han satte ena handens knogar till munnen. Antingen spelar han bra eller så kände han inte till att hon var gravid, tänkte Fredrik. Wendthelin lade handflatorna på bordet. Hans ögon glänste.

”Nä, där har du nog fel. Jag förnekar inte att jag hade ett förhållande med Sara, men om hon varit gravid så hade hon ju berättat det för mig. Det hade ju varit hennes biljett ut därifrån.”

”Varför ska jag tro på dig?”

”Därför att det är sant. Vi stod varandra nära, inte bara rent sexuellt. Hon funderade på att lämna sin make och flytta in hos mig här nere i Degervik. Hon ... hon hade visst kommit på saker om sin make. Saker som gjorde att hon ville bort. Och så helt plötsligt så gjorde hon bara slut, utan någon förklaring. Nä, om hon varit med barn med mig så hade hon aldrig gjort slut. Så är det bara.”

”Ja? Fortsätt.” Fredrik kände att magsmärtorna var på väg tillbaka. Fan, det var inte bra att han satte i sig så många kex. Han lovade sig själv att äta en riktig måltid ikväll. Han skulle ringa Louise direkt efter att han varit nere på redaktionen. Det måste ju gå att reda ut det hela. Det behövde ju inte vara så allvarligt trots allt. Tommy hade nog rätt, inte skulle Louise kunna vara

otrogen. Det skulle naturligtvis finnas en vettig förklaring till
hennes lögner. Fredrik kände sig lite bättre inombords.

"Ja, hon hade fått veta att Gustavsson ville ta sig en fru till."
Wendthelin fortsatte sin redogörelse. "Hon ville inte berätta
vem det var, men det märktes att hon var upprörd när hon ta-
lade om det. Hon kände sig sårad och hotad. Om han inte kun-
de ta sig en fru till inom de regler som församlingen hade så var
hon rädd att han skulle försöka göra sig av med henne. Det var
därför hon ville bort, sa hon."

"Så du säger att Gustavsson tog livet av Sara? Men om inte du
var far till fostret så är ju oddsen rätt stora att det var han som
var fadern. Varför skulle han döda henne om hon bar på hans
barn?"

"Han kanske inte visste något. Mig berättade hon det i alla fall
inte för. Men jag har ju inte träffat henne sedan i augusti så vad
som hänt därefter har jag ingen aning om." Wendthelin reste
sig. Hans kroppsspråk talade om att samtalet påverkat honom,
han såg hopsjunken och knäckt ut.

"Nä, nu har jag inte tid med er längre. Jag betraktar den här
konversationen som konfidentiell och avslutad. Allt jag sagt
hoppas jag vi är överens om att det är off the record."

"Glöm det." Fredrik skakade på huvudet. "Det skulle du ha
sagt innan i så fall. Om jag vill publicera något av det vi pratat
om så har jag all rätt att göra det, det kan Fridlund intyga. Eller
hur Fridlund?" Han vände sig mot henne och hon nickade till-
baka.

"Ja, du gör som du vill. Jag har i alla fall inget med Saras för-
svinnande att göra och om du vill göra dig själv löjlig med en
massa vilda ogrundade anklagelser så kan jag inte stoppa dig.
Du får stå för konsekvenserna själv. Sådär, nu vill jag att ni går."
Han reste sig ur sin stol och gick fram till dörren. Han öppnade
den och visade med hela handen att han ville att Fredrik och
Fridlund skulle lämna rummet.

Väl ute i korridoren vände sig Fridlund mot Fredrik.
"Tror du verkligen att han har något med dödsfallen att göra?"
Fredrik ryckte på axlarna.
"Nä, inte Saras död i alla fall om hans alibi håller. Och det lär
det göra. De har skolmöten varenda jävla onsdag, så de hade
det säkert i höstas också. Jag är så trött på hans eviga rantande
på skolgården och de där förbannade utedagarna han håller på
med. Fast någon mördare är han nog inte, och även om jag vill
att skolan ska få en bättre rektor så tänker jag inte fejka en arti-
kel för att nå dit. Kommer du?"

***

Fredrik insåg att det snabba besök på skolan inte givit mycket,
och efter det att de båda återvänt till redaktionen och han hade
skickat ett mail till Josefsson – han vägrade tala med honom i
telefonen – om att han skulle skriva ihop en notis som han hop-
pades att Josefsson skulle kunna placera hos någon av nyhets-
byråerna, gick Fridlund in på sitt rum för att ladda ner de bilder

hon tagit på sin hårddisk och börja bearbeta dem. Fredrik satte sig ner för att skriva en nyhetsartikel. Han bestämde sig för att hålla sig kring 2000 tecken, inte mer. Han passade på att slå en signal hem till Louise först. Han fick svar nästan med en gång.

"Nilforss." Det var Johan som svarade.

"Hej gubben, är mamma hemma? Får jag prata med henne?"

"Hej pappa. Jadå, vänta lite. Men du, vet du vad som jag har gjort i skolan idag? Vi spelade fotboll på rasten och jag var både målis och forward. Du vet, en sån där som ska göra mål."

"Vad duktigt av dig gubben. Både målis och målgörare på samma gång? " Han hörde hur Johan skrattade till.

"Äh pappa, det går ju inte. Inte på samma gång. Först så är man ju målis och sedan när gympaläraren tycker att det är orättvist att det andra laget inte får göra några mål så bestämmer han att man ska byta och då blir man forward. "

Fredrik kände sin son så pass väl att han visste att Johan var stolt och att han hade något riktigt spännande att berätta. Så han bestämde sig för att spela med.

"Jaha, och så räddade du något då eller?"

"Så klart pappa. Jag räddade allt. Jag tog nog tjufemton skott och släppte bara in två. Och sedan så fick jag vara forward och då gjorde jag sju mål. Kan du fatta? Sju mål – på nästan tio minuter?"

"Bra jobbat gubben. Pappa är stolt över dig." Det var ingen överdrift, Fredrik blev alltid extremt stolt över sina barns framsteg oavsett om det var att de hade gjort mål i fotboll, fått VG på provet eller bara gjort något som han tyckte att han ville vara stolt över. Det vill säga egentligen vad som helst.

"Jaa du, pappa. Jag är ganska säker på att jag kommer att bli bäst i världen i fotboll när jag blir stor. Tror inte du det också?" Fredrik nickade. Han insåg att sonen inte kunde se, så han lade till ett 'joodå, det är jag säker på'. Efter att ha fått Johan att ropa efter mamma blev det tyst ett tag. Luren lyftes igen och han hörde Louises röst.

"Ja, vad vill du?" Fredrik kunde höra på hennes röst att han inte var förlåten. De hade ju trots allt levt samman i så många år att det inte behövdes mycket för att avslöja om den ene – oftast Louise - var irriterad. Av röstens kyla att döma så var hon inte irriterad. Så lindrigt skulle han tydligen inte komma undan.

"Jo, jag undrade … jo, förlåt och så där. Kan vi inte försöka dra ett streck över det här och gå vidare? Du, vi kan väl snacka ikväll, och så lovar jag att lyssna på dig och göra vad du säger för att du ska kunna förlåta mig?" Fredrik hörde en suck i andra änden.

"Sånt här drar man inte så lätt ett streck över, Fredrik. För mig känns det för jävligt att du inte litar på mig. Du har sårat mig jävligt mycket ska du veta."

"Ja, men i alla fall. Fan, vi kan väl inte bara slänga bort allt vi har tillsammans? Vi måste väl kunna prata?"

Louise var tyst ett tag, som om hon funderade.

"Okej, kom hem vid sextiden så ska jag se till att det finns middag. Sedan när ungarna gått och lagt sig så snackar vi om framtiden. Du har rätt, vi ska inte kasta bort vårt äktenskap. Men då måste du bjuda till, Fredrik."

Fredrik lovade att göra så, och med det avslutade de samtalet.

Fredrik återgick till skrivandet. Måndagens upptäckt av en död person i myrarna utanför Degervik visar sig nu vara ett förmodat mordfall, enligt obekräftade källor inom poliskåren. Ett föremål som antas vara mordredskap har sänts till Statens Kriminaltekniska Laboratorium för analys. Bra. Hur långt var det? Tvåhundrafemtioen tecken med blanksteg. Sjuttonhundrafyrtionio kvar. Han gick ut i redaktionens kök för att ta en kopp kaffe.

"Kaffe Fridlund? " ropade han ut i korridoren. Hon svarade med ett rop, och han hällde upp en kopp åt henne också.

"Kommer du?"

Redaktionen var som vanligt folktom i övrigt. Fredrik tittade på klockan. Tjugo över fyra redan. Fan, bäst att skynda på om han skulle hinna klart till sex.

"Hur går det med artikeln," undrade Fridlund när hon kom in i köket. Hon tog den utsträckta koppen från Fredrik, och satte den till munnen. Kaffet var varmt och hon blåste lite på det.

"Får du ihop någon text?"

Fredrik skakade på huvudet.

"Typ tvåhundrafemtio tecken bara. Har du några bilder som jag kan ha som underlag? Ska vi skicka med bilden på remmen i bevispåsen kanske, så kan jag skriva om den? "

Fridlund hade nu ställt sig framför Fredrik som satt ner på en stol, vilket gjorde att hennes byst var i höjd med hans ansikte. Han kände sig besvärad, men bestämde sig för att inte säga någonting. Han kände hur det högg till i bröstet, och hur pulsen kraftigt steg. Han fick svårt att andas och han var tvungen att lägga sig ner på golvet för att försöka få smärtan att släppa. Det kändes som en explosion i bröstkorgen och han skrek av smärta inan allt blev svart.

FREDAG

Han hade slumrat några timmar från och till, men den ovana miljön gjorde det svårt för honom att sova. De hade pumpat i honom smärtstillande och annat som han inte hade uppfattat genom dimmorna. Han tittade åt höger. Där stod en droppstång. På vänster sida av sängen fanns ett sängbord. Han såg att hans mobiltelefon låg där, och han hade ett svagt minne av att han krävt att få ha den med sig annars skulle han åka hem.

I en hög på sängbordet låg också en hög med lösa lappar. Han vred sig över på den sidan så mycket han kunde för at nå dem. Slangen från droppet sträcktes ut och det sved i kanylen där den satt fast i armen, men han lyckades nå utan att någonting for ur. Han tog en bunt lappar, läste dem och knycklade sedan ihop dem och lade i en hög. Allting snurrade och han var tvungen att luta sig bakåt på kudden. Det var något han inte kunde få att stämma när han tänkte igenom vad han antecknat, men han kunde inte sätta fingret på vad det var. De var allt en besynnerlig samling, de där människorna ute i Byn. Hur kunde man välja att sätta en mer eller mindre främmande person som Ledaren framför sitt eget kött och blod, sin egen familj? Och varför hade någon mördat Sara?

Okej: Ledaren. Gustavsson. Om han nu hade dödat Sara, vad hade han för motiv? Att hon var gravid med en annan mans barn? Skammen och nesan av att det skulle avslöjas inför församlingen att han inte ens kunde tillfredsställa sin egen fru? Men mördade man någon för det? Och i så fall – skulle han ha lämnat henne kvar i myren med risk för att någon skulle hitta henne – vilket de ju faktiskt hade gjort nu. Det var väl förmodligen mer troligt att han i så fall inför församlingen hade hittat på någon ny religiös infallsvinkel så att Sara blivit anklagad för att gå djävulens budskap eller nåt, och sedan fått henne utkastad ur församlingen. Men om han nu var oskyldig, varför hade han försvunnit från Byn nästan samtidigt som liket efter Sara hade upphittats?

Sedan var det Håkan. Han hade dykt upp i höstas samma dag som Sara blev mördad. I hans fall skulle väl motivet kunna vara svartsjuka. Hans kusin hade en kärleksaffär med honom men var gravid med en annan man. Hade hon gjort slut med honom? Kanske var motivet så enkelt. Men vart hade Håkan tagit vägen, och var befann sig han nu? Han hade setts i Byn i veckan, men det fanns inga spår av honom någon stans.

Det tog honom emot, men han insåg att det även fanns en del som pekade på att det skulle kunna vara Katharina som mördat sin kusin. Motivet var väl lite mer otydligt i hennes fall, men han gissade att det kunde vara hedersbetonat, för att Sara på något sätt förnedrat familjen. Katharina verkade inte vara den

typen av människa, men vem fan vet hur de där sektmänni-
skornas tankar rör sig?

Tröttheten kom över honom och han slöt ögonen och slumrade
till.

***

Han vaknade till av att mobiltelefonen skramlade omkring på
sängbordet. Han brydde sig inte om att svara, utan lät den
ringa klart innan han sträckte sig efter den. När han bläddrade
igenom listan över inkomna samtal så var det mycket riktigt
Josefsson som ringt på morgonen, flera gånger. Fredrik radera-
de meddelandena. Han orkade inte lyssna på en massa skäll
just nu.

Fredrik sträckte på armarna och såg sig om. Sängen stod i ett
sjukhusrum, och mitt emot sängen stod en bänk med ett bäcken
på. Längs ena väggen fanns tre stycken tavlor som såg hem-
gjorda ut. På bordet stod en mugg med någonting i. Muggens
sidor var rumsvarmt.

"Förlåt, väckte jag dig? Tänkte att du kanske ville ha en kopp
kaffe när du vaknade." En man i vita sjukhuskläder stod borta
vid dörren med en plastmapp i ena handen och en penna i den
andra.

"Du har folk som sitter och väntar i väntrummet. Ska jag säga
till dem att du är vaken?"

Mannen lade plastmappen på sängbordet och hämtade bäcke-
net.

”Du kanske vill kissa först? Ska vi se till att snygga till dig och byta om innan vi släpper in dem kanske?”

Mannen hjälpte Fredrik att stoppa in bäckenet på rätt ställe och Fredrik kände sig hjälplös. Hjälplös och usel. Inte nog med att han låg på sjukhuset för nånting, utan han behövde hjälp att pinka också.

Han gjorde en gest mot mannen.

”Kan du inte hjälpa mig upp på toa istället?”

”Jag vet inte om du ska upp och röra på dig innan ronden. Se så, nu ser vi till att bli klara med kisseriet så kan du få ett kort besök.”

Fredrik skyndade sig på för att göra det mannen förväntade sig, drog på sig kalsongerna igen och gav tummen upp.

”OK, släpp in dem.”

Romanoffskan och hennes man kom in i rummet, log lätt mot Fredrik och ställde sig i pinsam tystnad vid Fredriks säng.

”Ska jag bluffa upp kuddarna åt dig?” Det var Romanoffskan som öppnade munnen först.

”Nä, det behövs inte. Det funkar. Men tack”. Fredrik kvävde en gäspning.

”Gunilla tänkte komma också, men hon var tvungen att åka till kontoret. Josefsson ringde. Han var visst arg för något.”

”Han är väl alltid arg för något.” Han tittade upp på mannen i sjukhuskläderna.

”Tror du det går att bjuda mina vänner på kaffe?”

Mannen nickade, sa att det var viktigt att de inte stannade för länge, och gick iväg.

"Förlåt om jag ställde till det för er genom att hamna här. Det är säkert bara någon trötthetsgrej, eller slarv med maten. Jag får nog åka hem i eftermiddag."

"Har läkaren sagt det? Nog ser det allvarligare ut än så! " Romanoffskan tog fram sin mest bistra blick, och Fredrik medgav för sig själv att hon sannolikt hade rätt.

Fredrik log lätt mot mannen i sjukvårdskläder som kom tillbaka med två koppar kaffe och ett kakfat. Fredrik kände hur det började dunka ett monotont dunkande i huvudet, något han först tolkade som Hells Bells med AC/DC. Kunde ju vara en motorsåg också. Han var tvungen att sluta ögonen ett tag.

"Mmm, vilket gott kaffe. Tack ska du ha." Romanoffskan ansträngde sig för att låta obekymrad.

Fredrik tittade upp, och lutade sig upp på kudden.

"Okej, vad var Josefson arg för den här gången då, eftersom hon måste åka in och jobba? Hade hon glömt att göra tillräckligt många kopior av bilderna hon mailade över, och så klarar han inte av att duplicera dem själv? "

"Äh, han ringde för att han inte kunde få tag i dig och han behövde få tag i dina annonsordrar. De ska ju sätta tidningen idag och trycka ikväll, så det var väl lite … akut. Så han var rätt arg. Gunilla ville inte väcka dig nu när du ligger på lasarettet, så hon for in själv."

Fredrik suckade och tog sig för pannan.

"Visst fan, det har jag glömt. Det har ju varit så jävla mycket sista dagarna så det fort bara bort ur minnet. Då var det väl det jag vaknade av, att han ringde på mobilen." Han vände sig mot Romanoffskan och log. Från tinningarna dunkade basgången till High Voltage fram.

"Nåja, skit detsamma, då var det ju tur att hon var hemma. Tänk vad arg han hade blivit om han inte fått tag i henne heller."

"Ja, det var ju en herrans tur", muttrade Romanoffskan. "Fast man kan ju tycka att han skulle kunna visa lite hänsyn. Fasiken Fredrik, Gunilla blev ju vettskrämd. Fattar du inte att du höll på att dö?"

Fredrik lyssnade egentligen inte på vad hon sa, han var fullt upptagen med att försöka komma ihåg någonting. Visst ja, han hade ju … han hävde sig upp på armen och försökte resa sig. "Jag måste till kontoret", sluddrade han fram. "Och så måste ungarna få tillbaka sina cyklar. Och så måste jag prata med Louise. Fan vad sur hon ska vara nu …"

Dunkandet i tinningarna blev allt högre och smärtade allt mer. Fredrik började stampa takten med foten under täcket. Sedan vände han sig om och somnade.

***.

När han vaknade såg han att han var ensam i rummet. Mobilen pep till för att signalera att han fått ett SMS.

"Hur mår du? Bättre?" Han såg att det var från Fridlund, tryckte på 'svara' och skrev 'Frufff'. Han tryckte på 'sänd' och återgick till viloläge. Mobilen pep till igen.

"Fruff? Vad fan?"

Fredrik behövde egentligen inte fundera, han hade redan bestämt sig. Idag skulle han bara ligga här på lasarettet och ta det lugnt först och försöka reda ut sitt liv. Åt helvete med Bygden, åt helvete med Josefsson och åt helvete med de där frikyrkofreaksen i Byn. Det var ju inte ens hans sak. Det var faktiskt polisens uppgift att reda ut mordfall, inte medias. Han tryckte på "svara" och skrev " Ta och sortera bilder eller något så hörs vi senare."

Efter att ha tryckt på "sänd" hävde han sig över sängkanten och kom upp i ett halvsittande läge. Han sträckte sig efter sin mugg och satte den till munnen. Sån där sjukhusjuice. Helt drickbart. Han tog en kaka också som låg på ett fat bredvid. När han lade sig ner i sängen igen såg han att han fått ett nytt obesvarat samtal och dessutom ett SMS till. Det var väl själva … det var svårare att få vara ifred när man var på sjukhus än när man hade fullt av folk kring sig. Han klickade för att läsa meddelandet. Det var från Lappen. Han suckade och tryckte på "visa" för att läsa meddelandet.

"Hur är det med dig? Vi är oroliga för dig här, hör av dig när du kan och orkar."

Fredrik kände hur ångesten kröp över honom. Jaha tänkte han, nu ska man säkert få sparken också. Han valde att radera meddelandet.

***

Mobiltelefonen ringde. Han ryckte till, tittade på displayen och tog upp telefonen, försiktigt som om den skulle brännas. Numret var deras hemnummer. Louise. Fredrik kände ångesten komma över honom igen, men han bestämde sig för att svara.

"Ja, det är Fredrik", sade han med en så myndig stämma som han kunde få fram.

"Hej pappa. Grattis på födelsedagen. När kommer du hem?"

Det var Johan, och Fredrik fick kämpa för att inte börja gråta.

"Snart gubben. Är mamma där?"

"Nä, hon skulle åka och hälsa på dig. Men tjejerna är hemma."

"Bra. Hälsa dem från mig. Jag ringer i kväll."

"Du pappa?" Johan blev tyst i telefonen, som om han tog sats.

"Pappa, jag älskar dig och saknar dig. Kom hem idag är du snäll."

Fredrik satte armen mot munnen och kvävde gråten. Han tog tre djupa andetag.

"Visst gubben. Vi måste ju ta en match på Playstation, eller hur? Du kan ju vara United så är jag Hertha. Okej?" Johan höll med, sa hej då och lade på luren. Fredrik tittade på den tysta telefo-

nen i handen, och lade ner den på bordet. Fan, man skulle ha
haft en kask egentligen. Men det hade de väl inte på det här
stället.

Femtioårsdagen, en av livets stora begivenheter. Dagen då man
tar sitt första kliv ner i gravens djup. Och hur firade han det?
Sängliggande på ett sjukhus. Jabba. Han tog en slurk okaskad
sjukhusjuice och funderade på vad han skulle göra. Sedan luta-
de han sig bakåt igen, och började fundera. Det var något som
han inte fick att stämma, något som gömde sig där inne bland
anteckningarna i bakhuvudet. Något som spökat i hans under-
medvetna utan att han lyckats sätta sitt finger på det. Men nu
när han fått ner det på pränt såg han det. Visst fan! Hundjäveln!
Så måste det vara!

Han lyfte mobiltelefonen och ringde till Tommy. Fyra signaler,
sedan fick han ett svar.
"Ja, det är Tommy." Rösten i andra änden lätt trött. Fan, det var
ju snart eftermiddag. Han kunde väl inte ligga och sova fortfa-
rande?
"Tjena, vad gör du? Jag har en jättegrej på gång. Du kan få vara
med på det om du vill. Har du lust att hämta mig på
lasarettet?"
"Nää, lägg av nu. Du måste ligga still och vila upp dig. Jag
kommer in så kan vi snacka, så kanske jag kan hjälpa dig
ändå?"

"Äh, snicksnack. Jag mår finfint. Kom hit och hämta mig så far
vi över till Öland och löser skiten. Trekvart? Och du, se till att
låna med dig en sån där bärbar kamera. Så vi kan filma lite. Har
vi tur så kan vi göra ett skitbra nyhetsinslag. "
"Visst. Whatever. Grattis på födelsedagen förresten. Ska du fira
den hemma eller ute i någon sankmark?"
"Håll käften med dig och kom hit istället. Vi ses."

***

"Ok, vad är det du har kommit fram till nu då?" Tommy hade
dykt upp bara sju minuter försenad, så Fredrik hade inte ens
orkat bråka om det. Han hade försökt ta sig till garderoben för
att ta på sig sina kläder, men det enda han lyckades med var att
välta omkull droppställningen med en högljudd smäll. En skö-
terska kom in och hjälpte honom lyfta upp den.
"Och vart är du på väg? Doktorn har ju sagt att du måste ligga
ner."
"Äh, jag mår finemang", hade Fredrik försökt, men hans
kroppsspråk sade något annat. Tommy satt på en stol och flina-
de.
"Äh, du kan inte åka någonstans. Tänk om du dör i bilen? Det
vill jag inte ta ansvar för".
"Jo, men jag vet var Håkan håller till. Och jag vet vem som ut-
fört morden, och varför. Vi svänger förbi redaktionen bara och
hämtar Fridlund. Hon måste vara med."

"VI svänger inte förbi nånting. Jag kan hämta henne, och så får du guida oss, men du stannar här."

Fredrik försökte se pigg ut, men insåg att det misslyckats.

"Jaja, ok, du har nog rätt. Se till att ha mobilen fullt uppladdad så kan vi ha kontakt via Skype. Har du det på mobilen?

Tommy nickade. Han hade tänkt försöka övertala Fredrik att lägga ner det hela, men insåg att när Fredrik hade den där minen så var det inte lönt. Det där var 'jag-vet-något-som-inte-du-vet' – minen. Tommy suckade och satte på mobilen. Sådär. Alles Klar.

"Kommer Lollo förbi? Ska jag vänta så länge?"

Fredrik nickade lätt åt erbjudandet.

"Ja, det vore schysst. Så kan vi gå igenom vad som måste göras."

Fredrik plockade fram sin mobiltelefon som han lagt under kudden tidigare. Han knappade fram numret ur snabbregistret och tryckte på uppringning. Efter bara två signaler fick han svar.

"Bygden, lokalredaktionen i Degervik. Gunilla Fridlund här."

"Tjena", svarade Fredrik. "Fredrik här. Du, Tommy hjälper mig med en grej nere i Byn, jag måste ligga kvar här. Jag vill att du följer med. Det är ju ändå VÅR nyhet. Ni ska filma lite och räta ut några frågetecken. Sedan ses vi här på Lasarettet, OK?".

"Visst", svarade Fridlund. "Men fan, ta det nu lugnt Fredrik. Jävlar - du skrämde ihjäl både mig och din fru. Du KAN inte bara blunda för din hälsa, hör du det?."

"Vaddå då?" Fredrik himlade med ögonen mot Tommy som inte hörde samtalet.

"Lappen har ringt, och Josefsson har hört av sig några gånger. De vill att du hör av dig till dem så fort som möjligt."

"Hur lät Lappen?" undrade Fredrik. "Var han arg?"

"Nä, han lät nog mer bekymrad. Han verkade orolig för dig. Fan Fredrik, du låter trött. Hur mår du egentligen?"

"Fint. Bara bra. Har sovit i en grotta en natt och i en sjukhussäng en annan. Det mår man jättebra av. Själv då? "

"Lugnt." Det hördes genom telefonen hur hon smällde ner en kaffemugg i bordet med en duns. Fridlunds röst började darra och hon blev tyst ett tag.

"Mamma har blivit sämre. Hon ligger i respirator nu. De har kopplat in en shunt i halsen på henne och dragit upp en slang in i huvudet för att tömma utrymmet kring hjärnan på överflödig vätska. Men doktorn tror inte hon klarar helgen."

Fredriks självömkan fick sig en törn när han hörde nyheten om Fridlunds mamma och han ville trösta henne, men kände att det inte var så enkelt via telefon. Han nöjde sig med ett 'stackars dig' – hans sätt att ge henne en tafatt klapp på axeln på distans via mobiltelefonnätet.

Tommy försökte sträcka sig efter telefonen, men Fredrik ryckte undan den och skakade på huvudet. Fridlund som inte upplevde vardagsdramatiken i sjukhusrummet fortsatte i sin ända av samtalet.

"Men det är lika bra att ha något att göra. Ingen anledning att sitta där och vänta. Det kan gå på några timmar och det kan ju ta flera dagar. De ringer om det händer något. "

"Jaja, du väljer själv. Säg bara till om du ångrar dig." Fredrik böjde sig fram för att kolla om det fanns något ätbart på bordet. Han hittade en kaka till. Han fick genast dåligt samvete, men vad fan.

"Okej, vad har du kommit fram till idag på förmiddagen då?"

"Jag ringde till polisassistent Gunnarsson på närpolisen och fick veta vad den preliminära rättsmedicinska undersökningen kommit fram till. De hittade en intressant sak. Du kan inte gissa vad."

"Jo, DNA-provet på fostret visade att det finns ett nära släktskap mellan modern och fadern."

"Bravo Fredrik!" skrattade Fridlund. "Och Sara och Håkan var kusiner."

Tommy tittade på Fredrik i sidled som om han undrade vad de pratade om, men Fredrik satte ena fingret framför munnen som för att hyssja på honom.

"Fast det säger ju egentligen inte så mycket", fortsatte Fridlund. "Vi har ju inget referensmaterial till dess vi hittar Håkan, men jag är ganska säker på att han är fadern. Jo, sedan berättade

Gunnarsson – polisen alltså – att de har sökt efter Håkan runt om byn men inte hittat några spår. Så de har ställt in sökandet nu."

Fredrik sköljdes över av trötthet och lutade sig bakåt på kudden. Han blundade för att inte helt tappa all energi, men efter ett kort ögonblick var han tillräckligt pigg för att prata igen.

"Jag är ganska övertygad om att jag vet var vi ska leta efter honom. Okej, när ni är framme vid vändplatsen så ringer du mig. Jag lägger på nu så snackar vi mer senare. Ring den där polisen och säg åt honom att träffa er vid vändplatsen. Säg åt honom att ta med sig en spade. Ni ska gräva lite."

Fredrik avslutade med ett "tj'a" och stängde därefter av mobiltelefonen. Inga fler samtal nu. Louise, Lappen och Josefsson fick vänta.

"Vad har du i påsen?" Fredrik pekade på plastkassen som Tommy hade lagt på sängen vid fötterna.

"Lite vindruvor, en påse chips och en läsk. Sjukhusmaten är ju ingen höjdare, så jag antar att du vill ha något annat att tugga på än olika sorters puréad mat."

Tommy kunde inte komma på mer att prata om, och Fredrik var upptagen med sina funderingar, så de sa 'Hej' till varandra och Tommy begav sig mot parkering, bil och Ölandsresa.

***

De ställde bilen vid vändplatsen där man drog upp båtarna över vintern, och på vägen ner mot Byn så informerade Fridlund om vad hon fått veta. Polisen hade haft hjälp av en del av byfolket i sökandet efter Håkan de senaste dagarna och en skallgång hade sökt igenom alla områden de kunde tänka sig. Sökandet pågick överallt där de tidigare hade letat efter Sara när hon försvunnit. I viken, på berget, i skrevor, under stup. Två båtlag hade gått ut i viken för att dragga, men utan framgång. En död kropp kunde flyta upp till ytan, men här skulle den förmodligen fastna i undervegetationen eller i den dyiga bottnen och aldrig synas mer. De sökte igenom stränderna utan att hitta några spår. Eftersom Saras kropp hade påträffats ute på myren, inne på Domarnas fridlysta område, sökte de också där den här gången, och i skogarna på bergets baksida. Men när de väl sökt igenom detta så hade de tappat intresset. Under fredagen hade Gunnarsson fått söka själv. Han hade givit upp efter lunch, så hon hade precis fått tag på honom per telefon innan Tommy plockade upp henne.

"Om vi visste vilken dag han kom hem", funderade Fridlund. "I början av veckan. Men vilken dag? Visste vi vilken dag det var, så skulle vi nog kunna ta reda på var alla människor höll hus den dagen."
Hon pratade in i mobil-appen med den uppkopplade Fredrik.
"Du behöver inte tänka efter så länge", konstaterade Fredrik så avvärjande som om det gällde att hindra henne att fullfölja en tanke som han själv redan hade räknat ut. "Jag vet vilken dag

Håkan kom hem. Rättare sagt – jag vet att han inte kom hem denna veckan. "

"Varför tror du det? "

"För att Killer redan har hittat honom. "

Fridlund tittade på sin mobil.

"Hur menar du nu?"

"Jo alltså. Jag har suttit och funderat lite på kontoret igår och på sjukan idag", svarade Fredrik. "Kommer du ihåg igår när Killer slet sig? Han sprang fram till den där kullen som det växte några blommor på och började gräva. Jag tror att han hade fått lukt på något – eller någon."

"Hur menar du då?" undrade Fridlund. "Håkan? Men vittnen har ju sett honom."

"Ja", medgav Fredrik. "Så är det. Och att ljuga är ju en svår synd enligt församlingen. Och ändå är det uppenbart att någon ljuger."

"Ja, vi vet ju redan att Katharina ljuger om Saras graviditet."

Fridlund ökade på steglängden för att hinna med den ivrige Killer som sprintade iväg med en väldig fart.

"Nja, gör vi det? Hur vet vi det egentligen? Det kan ju egentligen vara lika troligt att hon talar sanning och någon annan ljuger. Eller hur?"

Fridlund och Tommy nickade tyst sina bifall till Fredriks mobila påstående.

”I alla fall, när jag hunnit så här långt i mina tankar så tänkte jag på Håkan. Om han nu setts i byn i veckan, varför skulle Katharina ljuga om det?”

”För att skydda honom från polisen så klart.” Tommy lade fram sitt konstaterande som om det vore en självklarhet.

Mottagningen blev svagare, och de tvingades flytta sig lite åt sidan för att få täckning igen.

”Jag förstår vart du är på väg, Fredrik”, sade Fridlund. ”Varför skulle hon det? Polisen söker ju redan efter honom runt byn. Hon inser ju att om han var där så skulle de hitta honom förr eller senare. Och eftersom hon inte tror att han är skyldig skulle hon knappast ha något emot att poliserna hittar honom så de kan avföra honom från listan på misstänkta.”

”Precis.” Fredrik satt i sin sjukhussäng och nickade, men videoöverföringen var så dålig så han såg mest pixelerad ut. Ljudkvalitén var dock över förväntan med tanke på geografin. ”Och de skulle ju inte låta sig påverkas av Katharinas påståenden utan de skulle dra sina slutsatser utifrån de spår de själva hittade och ansåg vara troliga eller sannolika spår i jakten på förövaren. Och de har ju hittat – ingenting. De söker efter en Håkan som gömmer sig – men det gör han inte.”

”Jag hänger inte med nu”, sade Tommy. ”Varför ljög hon då om det?”

”Nä, det är just det. Hon ljög inte, hon talade sanning. ” Fredrik lät påståendet smälta in i deras medvetande innan han gick vidare. ”Lögnen kom från någon annan. Någon som trott sig fått sitt uppdrag av Ledaren och som sedan fått hans absolution för sina handlingar och sina lögner. Någon som vet var Håkan finns och räknar med att ingen annan kommer att få reda på det. Och samma person borde vara orolig nu. Nu när Ledaren har flytt fältet kan ingen ge syndernas förlåtelse för nya framtida lögner."

"Ingen annan än Gud själv", inflikade Fridlund med ett leende.

"Just det", sade Fredrik. "Priset är för högt för en troende – evig fördömelse. Och det ska vi försöka utnyttja."

"Men varför försvann Ledaren?" Tommy viftade med sina armar för att stryka under sin fråga, samtidigt som han nästan småjoggade för att hinna med Fridlund och Killer. "Var det han som givit uppdraget?"

Fredrik var tvungen att luta sig bakåt i sängen. Tröttheten sköljde över honom och hans hand började darra. Han flyttade över mobilen till den andra handen och fortsatte.

"Nej, det tror jag inte. Inte rätt ut. Den som begått morden har gjort det för Ledarens skull och har säkert uppfattat det som Ledarens önskan. Men inget talar för att han de facto givit någon order. Tvärtom så har förmodligen morden ställt till det för honom. Han stack iväg för att marken började brännas under fötterna. Alltså, han hade ju lyckats hålla sig undan här i flera år utan myndigheternas inblandning. Ingen brydde sig om att leta efter honom även om det egentligen inte var någon hemlighet att han var här. Men när nu Saras döda kropp upphittats insåg

280

han att polisen skulle börja rota i allt möjligt, och då skulle hans
ekonomiska transaktioner komma upp till ytan. Så han försökte
ta pengarna och sticka. Och han lyckades ju ta sig till Malmö".

"Vänta lite nu." Tommy höjde upp mobilhanden för att hitta en
bättre signal. "Vad skulle han i Malmö att göra då? Han är väl
lika osäker där som här?"

"Tysklandsfärjan. Jag tror säkert att det kommer att visa sig att
herr Gustavsson har stora summor på utländska bankkonton.
Men det får väl polisutredningen visa. Han har i vilket fall som
helst inget direkt med våra båda mord att göra."

Tommy, som nu hunnit ifatt Fridlund, tittade först på henne och
sedan på sin kamrat i mobilskärmen.

"Vaddå två? Det är väl bara ett? Mordet på Sara?"

"Nä, där har du nog tyvärr fel", svarade Fredrik. "Jag är över-
tygad om att det skett två mord, men att vi bara har upptäckt
ett ännu. Fridlund, du har förstått, eller hur?"

Hon nickade instämmande mot mobilen. Fredrik tittade ömsom
på henne och ömsom på Tommy från sin sjuksängsposition,
och fortsatte:

"Det är därför vi inte hittat Håkan på hela veckan. Han har va-
rit död i över ett halvår. Och Killer har hittat hans grav."

***

Nere vid tjärnen fann de en rotvälta igenfylld. Det var samma
som Fredrik tidigare trott var en blomsterrabatt och som Killer
varit och grävt i. Den verkade vara gjord rätt nyligen, för jorden

var mörk och fuktig, och det hade inte hunnit börja växa ogräs på den. Om den funnits förra sommaren borde en del döda rester av växter och ogräs funnits på den, men kullen var i det närmaste ren från fjolårsväxtlighet. Det var det som spökat i bakhuvudet på Fredrik, det som han inte fått att stämma. En nyanlagd blomsterkulle mitt ute i skogen. Och något i den som hade intresserat Killer. Fredrik drog slutsatsen att den kommit till sent på hösten. Samma period som Sara blivit dödad. Samma period som han nu var övertygad om att Håkan hade försvunnit.

Vid kullen stod polisassistent Gunnarsson och väntade. Det hade redan samlats en hel del folk från byn där. Alla stod och tittade på jordhögen, som om ingen av dem vågade bryta tystnaden med en fråga av rädsla för svaret.

Fridlund tog en halv rulle bilder ur flera vinklar, och Tommy gick runt med sin mobil och höll upp den för folket så Fredrik kunde ställa frågor. Fredrik anade vad som fanns under högen och han visste att han skulle vara tvungen att dela med sig av sina fakta till Gunnarsson. Han ville bara se till att få ihop material till en egen artikel också, kanske kunde de sälja den till rikspressen. När var det senast någon hade gått förbi här innan rotvältan fyllts igen? Ingen kunde svara på det. De brukade samla vass eller rötter till en korg och lera till att dreja krukor. Det fanns bra lera lite längre bort.

Vem som först såg att något var i görningen är oklart, men det spred sig mellan husen att man höll på att gräva nere vid lertaget. Allt fler av byns kvinnor slöt sig till dem som redan hade samlats uppe på bergknallen bakom. Ett sönderslitet täcke av låga grå moln jagade varandra i nervös flykt åt väster. Mellan molntrasorna lyste himlen fram glimtvis, bara lite ljusare. Fåglar seglade på vindarna, med svarta vingar mot det grå. Nedanför kvinnornas utkikspunkt gav stråk i fjolårsvassen efter för vinden och svepte in över stigen för att sedan räta upp sig i trots men tvingas böja nacken igen. Ovanför, upp emot skogen, mot en bakgrund av våtgrå björkstammar och avlövade hasselgrenar, stod Förste Domaren mörkare än någonsin i sin regndrypande svarta mantel och kåpa och såg på när polisassistenten, Tommy och några av byns män hackade upp jordhögen vid rotvältan och slängde upp den i en ny hög bredvid. Spänningen steg, och Fredrik kände som ett tryck över bröstet där han låg i sjuksängen och följde grävningen via Skype.

Regnet öste inte ner utan föll tunt och tveksamt, upphörde under korta stunder och försökte igen utan kraft. När de först satte spadarna i marken hade kullen efter igenskottningen höjt sig svagt över marken, men nu hade de kommit ner en bit.
"Väl är väl det att det inte regnar hela tiden", muttrade en av åskådarna.
"Nej, det är tvehågset, det här regnet. Hade det bestämt sig för att ösa på, så hade de stått och grävt i vatten till knäna nu. De

borde sluta gräva, de hittar ändå inte någonting. De drar bara
på sig en förkylning."

De hade redan hunnit så djupt ner att Tommy måste lyfta spa-
den över kanten på gropen, innan han själv lade knäet dit och
segade sig upp. Ifrån den utsiktspunkt där stora delar av byn
stod och iakttog grävandet såg den inte stor ut, knappt större än
en latrin, men för dem som arbetade i den var den en kista till-
räckligt stor för vem som helst.

"Nu förstörde polisen sin spade. Har han en till med sig, tror
du? Han ser bekymrad ut." En av åskådarna pekade ner mot
männen i gropen.

Fridlund som ställt sig framme vid gropens kant tittade ner och
undersökte bekymrad den nyligen avbrutna uppslängda hac-
kan. Något hade fastnat på den. Det såg ut som en bit av en
lädersko.

"Jag går hem och hämtar en ny spade hos oss", ropade Siw
tjänstvilligt när hon såg Tommy fösa de andra två ur gropen
och sedan såg polisassistenten gå ner på knä och börja gräva
med bara händerna.

"Det är ett omen", hävdade någon. När polisen började gräva
stillnade vassen. Hela naturen blev så tyst att de hörde ljuden
av hans grävande fastän han bara använde händerna. Det hör-
des hur Tommy svor till.

"Jävla förbannade skit!" Fridlund tittade på Tommy där han låg raklång i botten av gropen, och hon klarade inte av att hålla sig för skratt.

"Och vad faan garvar du åt då? Satans! Jag som hade alldeles nytvättade kläder. Titta nu! Jävla lerhelvete! Vad faan skulle jag hit att göra?"

Tommy tog upp en klick lera och kastade den upp mot Fridlund. Hon duckade och skrattade. När hon sträckte fram handen för att hjälpa Tommy upp, ryckte han till så hon också föll ner i gropen. Sedan låg de där båda två i varsin lerpöl och skrattade. De reste sig upp. Det hade kommit lera på skärmen till Fridlunds mobil, så Fredrik kunde inte se mer än uppe i ena hörnet. Har ropade in i sin telefon.

"Torka bort leran! Jag ser inget! För helvete!" Trycket över Fredriks bröst kom tillbaka. Han antog att det var en slempropp i luftrören igen. Han försökte harkla bort den.

Samtidigt som Tommy och Fridlund tog sig upp ur gropen fick de församlade byborna se hur polismannen tog sig upp ur gropen och gick runt i cirklar med sin mobiltelefon. När han verkade ha täckning satte han luren till örat. De som stod närmast gropen förstod att något skett och tittade ner. Längst nere på bottnen såg de ett människoben. Ju mer som grävdes fram, desto tydligare var det att det var en hel kropp.

Polisassistent Gunnarsson genomförde en mer djupgående undersökning av området runt liket. Han var noga med att inte någon ytterligare kom i närheten av fyndet, men området i gropen kring det funna liket var redan så söndertrampat så där skulle de inte finna några spår att följa upp. Byborna stod på respektfullt avstånd och tittade på. Ingen protesterade, alla insåg att det var en polismans jobb och ingen annans.

Gunnarsson satt på huk och undersökte skadorna på den döde. Eller rättare sagt det som fanns kvar efter ett halvår i en övertäckt grop. Kroppen hade brutits i två delar. Den ena från ryggen fram till de nedre revbenen, den andra över högra nyckelbenet och ut framtill i höjd med där struphuvudet suttit och som nu var en rutten hög av multnat kött. Svårt att se om skadorna uppstått när pojken fallit ner eller om de uppstått när den döda kroppen efterhand förmultnat. Det får väl rättsmedicinska undersökningen utvisa, tänkte han.

 Några andra skador på kroppen kunde han inte finna. När han gav det beskedet andades byns kvinnor ut. Deras första reaktion var densamma som när de först hade funnit Saras döda kropp.

”Det var en olyckshändelse”, sa någon högt. ”Han föll i själv, och det har ingen annan skuld i. ”

Fridlund teg men växlade blickar med Gunnarsson och Tommy. Det var möjligt att Håkan hade dött på det sättet. Han kunde ha råkat gå över gropen utan att veta att den fanns där. Hans död kunde bero på en olyckshändelse. Det kunde ju vara en ren olyckshändelse att han ramlat ner i en av rotvältorna runt byn och slagit ihjäl sig. Men i så fall, vem hade fyllt igen gropen över honom, och varför?

***

Väl tillbaka på sjukhuset lämnade Tommy rummet för att hämta fika, och Fridlund informerade Fredrik om vad de hittat, även om han följt med på mobilen och uppfattat det mesta.

"Undrar hur många som känner till att Ledaren sitter i häktet i Malmö", sa Fridlund. "De verkar ju överraskande oberörda. Vem var det som läckte till polisen att han stuckit tror du?"

"Nja. Jag vet inte. Antar att det kan ha varit Leva. Hon hade väl en hel del skäl. Hämnd är ju ett skäl så gott som något. Hon har ju lämnat församlingen en gång. Hon ifrågasatte kraftigt Ledarens roll förut. Hon kallade honom för en falsk profet när de kom tillbaka från utbrytarförsamlingen. Vad är det som säger att hon har ändrat sig?"

"Okej, anta att du har rätt", sa Fridlund. "Hon har alltså angivit Ledaren för att han var en falsk profet och för att han var ansvarig för hennes makes död. Så långt är jag med. Men tror du att hon har med morden på Sara och Håkan att göra?"

Fredrik funderade lite över Fridlunds fråga.

"Nej, det är jag övertygad om att hon inte har."

Fredrik lutade sig bakåt i sängen och verkade fundera. Han tog en kaka från fatet och tuggade eftertänksamt. Sedan lade han ifrån sig kakan på kakfatet och sköljde ner den med en slurk

sjukhusjuice. Han fick kämpa för att inte stöna av de sura upp-
stötningarna. Magkatarr, tänkte han. Gutt.

"Nää, den som dödat Sara och Håkan är mer närstående. En
person som kände till deras förhållande och som ansåg att de
drog vanära över församlingen."

"Hedersmord alltså? Vad gör vi nu då?"

Fridlund tittade uppgivet på Fredrik och skakade på huvudet.

Fredrik nickade eftertänksamt.

"Vi får väl berätta för den där … visst var det Gunnarsson han
hette? Men det finns ju inga egentliga bevis så vi får väl bara
presentera vad vi vet och vilka slutsatser vi kommit fram till.
Men först måste vi få ut mig härifrån."

***

Församlingens tradition var i vanliga fall att snabbt se till att
den döde kremerades, jordsattes och därefter hedrades med en
måltid bland de sörjande för att högtidlighålla hans färd till
himmelen. Polisassisten Gunnarsson hade stoppat alla försök
från församlingen att bränna och begrava Håkan och hade istäl-
let sett till att liket transporterats in till rättsmedicin. Men trots
att de inte kunde sprida Håkans aska på den gemensamma
gravplatsen vid foten av berget anordnades den traditionella
jordfästningsmiddagen i samlingshuset redan inom en timme.
Det var fler som deltog i ceremonin än väntat. Håkan hade haft
få kontakter bland de vuxna och av de ungdomar som han hade
brukat umgås med var en del av pojkarna ute på fälten, och

flickorna betraktade sig inte längre som hans vänner. Han hade ju svikit församlingen och flyttat till de otroende.

Efter avskedsmåltiden i samlingslokalen följde Fredrik, bärande på en påse dropp, och Fridlund med in till Aaron och Katharina, som nu nästan börjat betrakta de båda tidningsmänniskorna som sina vänner. Fredrik hade fortfarande sina sjukhuskläder instoppade innanför byxlinningen på de byxor han tidigare lånat, och han kände sig såpass yr så han var tvungen att låta Fridlund hålla honom under armen för att han inte skulle tappa balansen. Officiellt var han på toaletten, men han utgick ifrån att sjukhuspersonalen vid det här laget insett att han inte var där.

"Nu ska det bli gott med kaffe, eller vad säger ni?" Fredrik nickade positivt till Katharinas förslag.

"Ja just ja, jag glömde ju." Aaron slog sig för pannan med sin högra handflata. "Jag måste gå över till Leva ett tag. Hon behöver ju lite hjälp av en karl i huset med att sätta upp hyllor och sådant. Klarar du sig själv ett tag Katharina?"

"Visst. Jag har ju Christina till min hjälp om det skulle behövas. Om hon inte är med de andra ungdomarna i samlingsgården förstås. Men oroa dig inte, vi klarar oss. Gå och gör det du måste du."

Väl inne i köket satte sig Fredrik och Fridlund mitt emot
varandra vid köksbordet, med Katharina vid ena änden och
Tommy - som slutit upp efter begravningsfesten - mitt emot.
"Nu tror jag att jag vet hur det hela hör ihop", inledde Fredrik.
"Ganska självklart egentligen, håller ni inte med?"
"Om du har allt så klart för dig så kan du väl upplysa mig och
de andra också." Katharina lät nästan irriterad.
"Ja då, det ska jag göra. Men först vill jag att du går över till Rut
och ber henne komma hit. Det är viktigt att hon är med."

Katharina reste sig från sin plats och gick. De övriga satt kvar
och drack sitt kaffe under tystnad. Tommy påpekade att han
tyckte Fredrik såg blek ut och att han måste se till att vila upp
sig i helgen, men Fredrik sa åt honom att ta det lugnt, allt skulle
lösa sig. Säkert bara vitaminbrist och utbrändhet. En laphroaig
och en tårtbit bara, sedan skulle han vara pigg som en mört.
Efter vad som känts som en evighet men som egentligen bara
var tio minuter var Katharina tillbaka och hon hade Rut med
sig. Rut lade sitt sovande barn, som hon bar i ett bylte i famnen,
på köksgolvet.
"Här kommer vi", sa Katharina glatt. De verkade andfådda
båda två, som om de sprungit i kapp.
"Vad bra att du hade tid att komma Rut", sa Fredrik och pekade
med handen mot en ledig stol. "Sätt dig ner."
Såväl Rut som Katharina satte sig ner.
"Ni undrar väl varför jag bett er komma hit?" frågade Fredrik.

"Nää då", svarade Rut. "Det har väl med Håkans död att göra antar jag? Det är ju samtalsämnet i hela byn nu. Hur han dött och vem som lagt honom i gropen."

"Ja just det." Fridlund lutade sig fram över bordet. "Vad har du för tankar kring det?"

"Det måste väl vara någon som har något emot Sara, och Håkan. Men vem det skulle vara det kan jag nog inte ens gissa mig till."

"Jag har i alla fall några frågor till dig, " inflikade Fredrik. "Det finns ju en del oklarheter. Du såg Håkan tidigare i veckan sa du? När då?"

"Njaaa, jag vet inte. Det kanske inte var denna veckan nu när jag tänker efter. Det kanske var tidigare."

"Det kanske var inte alls?" Fridlund hade böjt sig fram igen och stirrade på Rut. "Jag antar att du vet Guds straff för lögnare?"

"Äh, det ska man inte ta så allvarligt på", inflikade Katharina.

"Det var bara något som Ledaren hittat på. Det är ju inte så som att blixten slår ner i skallen på en om man ljuger." Katharina log.

"Vad tror du Rut? Är det bara en myt? Eller straffar Gud den som ljuger?"

Rut satt tyst med armarna i kors. Fredrik fortsatte där Fridlund slutat.

"Hur är det? Visst är det så att i jämförelse med din kusin och dina syskon så är du mer rättroende? För dig var verkligen Ledaren den sanne profeten, eller hur? "

"Ja, det stämmer. Ledaren är den sanne profeten. Vi får lära oss i församlingen att han banar väg för Messias återkomst till Jorden."

"Hur menar du då?" undrade Fridlund.

"Först när profeten frälst oss människor så kan Messias återuppstå från dödsriket och leda oss till evig frälsning."

Fridlund tittade på Fredrik, som ryckte på axlarna.

"Men Ledaren drog ju iväg härifrån härom dagen. Vad är det för sorts frälsning?"

Rut satt tyst med armarna i kors som om hon inte ville kommentera sådan hädelse.

"Nå, för att återgå till morden", fortsatte Fredrik. "Sara och Håkan har varit döda över ett halvår. Men du säger att du såg honom denna veckan. Det går väl inte ihop?"

"Ledaren har givit mig information om hur jag ska besvara era frågor. Jag svarar som han ber mig. Då är det inte heller någon lögn."

"Så du for med osanning som fick det att se ut som om jag ljög? Hur kunde du?" Katharina reste sig upp i halvstående och hennes ilska över Ruts beteende hade gjort att hennes ansikte börjat skifta i en rosa ton.

"Som jag sade så har Ledaren sagt åt mig vad jag ska säga. Och om han vill att jag säger att jag har sett Håkan, då säger jag att jag har sett Håkan. "

"Jag fattar då ingenting", sa Tommy och gjorde en uppgiven gest. "Varför sa Ledaren till henne att ljuga om att hon sett Håkan? Var det han som dödade Håkan? Och Sara också i så fall? Varför det?"

"Alltså, om vi börjar med Håkans död. Det var den vi hittade sist, men det var han som dog först." Fredrik tittade upp på de andra. "Vad säger du Fridlund, håller du med? "

Fridlund nickade.

"OK", fortsatte Fredrik. "Så här tror jag det gick till. Stoppa mig om jag är på fel spår."

Han vände sig mot först Rut och sedan mot Katharina.

"Håkan var en av dem som blev skickade av Ledaren till dem i utbrytargruppen, och han gick dit han blev skickad. Stämmer inte det?"

Katharinas nickningar bekräftade Fredriks påstående.

"Okej, så han gick alltså till utbrytarförsamlingen med de andra. Om han var med om överfallet vet jag inte, men att Ledaren låg bakom misstänker alla av dem som överlevde."

"Jo, så är det", bekräftade Katharina.

"Du ska inte anklaga Ledaren för sådant du inte känner till!" skrek Rut. "Ledaren behöver inte ta till världsligt våld, han har Herren på sin sida."

"Sitt ner och håll käften!" fräste Fridlund. Sedan vände hon sig mot Fredrik.

"Så Håkans död kan ha med överfallet på utbrytarna att göra menar du?" Hon tittade frågande på Fredrik. "Men hur hänger det då ihop med mordet på Sara? Vad hade hon med det hela att göra?"

"Nä, det är just det. Min första tanke var att det var en som dödat Håkan och en annan som dödat Sara. Men jag inser nu att jag hade fel. Det har inte direkt med händelserna i utbrytargruppen att göra heller, men det var de händelserna som fick Håkan att lämna byn. Han skämdes för det han varit med om, och började vackla i sin tro. Eller hur?"

Fredrik vände sig mot Katharina. Hon sade ingenting, men nickade.

"Okej, det var därför han drog ner till Degervik och tog ett jobb", sa Fridlund. "Sedan då? Varför blev han mördad?"

"Okej, då går vi framåt i tiden från händelserna med utbrytarförsamlingen räknat", fortsatte Fredrik. "I höstas, när han var här i byn, gick han direkt till grottan och sov där. Vi såg resterna av elden, minns du det Katharina? Men han stannade inte länge. Ingenting av provianten var rört. När han sedan kom till Halvar tidigt på morgonen så ville han att hans far skulle hjälpa honom att få träffa Ledaren. Han ville berätta att han var far till det barn som Sara bar på. Vi kan ju ana hur Ledaren Gustavsson skulle reagera inför ett hot om att det skulle komma ut i församlingen att någon annan var far till hans barn."

Fredrik talade högt, som så ofta när han stod inför ett svårlöst problem.

"Ingen har sett någonting. Jag vet att det har gått till som jag har räknat ut det. Allt vi vet pekar på det. Men utan ett enda vittne kan jag ingenting göra. Men vittnen finns ju. Eller hur?" Han vände sig mot Rut.

"Detta är vad vi säkert vet om Håkans död", fortsatte han.

"Han gick inte hem till sina föräldrar utan precis som jag nämnde nyss så stannade han över natten på en plats på andra sidan berget, som han var förtrogen med och som låg närmare hans färdväg. Där sov han, och på morgonen gick han till byn, som han hade lovat." Fredrik kände hur tillvaron gungade till och var tvungen att ta tag i bordskanten för att inte trilla omkull. Fridlund var snabbt uppe och stöttade honom och hjälpte honom att sätta sig ner. Han lade den nu tomma droppåsen på bordet. Sedan fortsatte han:

"Han besökte Halvars hus, det har fler berättat att det hände. Sedan gick Håkan tillbaks mot kullen, kanske för att hämta den packning som han hade lämnat kvar. Han passerade rotvältan på vägen. Gropen var övertäckt med kvistar och löv, så han kanske inte såg den utan föll ner i den och kunde inte komma upp. Så kan det ha gått till. Men Håkan var inte ensam på viltstigen när det hände. Eller hur?"

"Jag följde efter honom, det är sant. Ledaren bad mig att göra det, och jag lydde." Rut tittade ner på sina knäppta händer.

Katharina tittade på henne och tårarna i hennes ögon vittnade om förvåning och förtvivlan.

"Vad är det du säger? Har du med Håkans död att göra? Hjälpte du Ledaren att döda honom?"

"Nej, jag tror inte hon hjälpte honom", svarade Fredrik. "Det här var hennes eget initiativ. Eller hur Rut? Hur var det nu det gick till?"

Rut tittade upp på Fredrik. En blick av trots hade vuxit fram i hennes ögon.

"Han var ett hot mot församlingen. Ledaren ville bara att jag skulle följa efter och se om han talade med någon. Han ville att jag skulle erbjuda Håkan pengar för att vara tyst. Jag fick en bunt med sedlar med mig att ge honom."

"Hur mycket var det?" undrade Fredrik.

"Inte vet jag", svarade Rut. "Jag tittade aldrig efter. Det var ju inte mina pengar, utan Ledarens. Jag lämnade tillbaka dem till Ledaren sedan."

"Jaha, och sedan följde du efter Håkan. Vad hände sedan?" Fredrik försökte dölja en gäspning. Herregud vad trött han var. Värken släppte inte heller. Och inga värktabletter hade han med sig.

"Han hade gjort Ledarens hustru gravid och jag visste att han skulle använda det mot Ledaren om han fick en chans, oavsett vad han hade sagt till Ledaren själv. Håkan skulle inte dra sig för att ljuga ens för Ledaren, så svag var han i sin tro. Han hade tappat sin tro och skulle försöka misskreditera Ledaren så att församlingen skulle vända honom ryggen. Om så skedde så skulle det kanske äventyra Messias återkomst. Det kunde jag inte bara stå och titta på när det hände."

"Så du tog chansen när den dök upp?" Fridlund tittade på Rut. Hon hade svårt att tro att en religiös övertygelse kunde gå så långt att någon offrade sitt eget kött och blod för övertygelsens skull. Men Rut var beviset på att så kunde ske.

"Jag hann ifatt honom i höjd med gropen. Jag vädjade till honom att skona Ledaren och att inte sprida några rykten. Men han skrattade bara. Så jag knuffade till honom. Han ramlade ner och slog huvudet i en sten. Han låg alldeles stilla."

"Men hur lyckades du täcka över honom? Inte kan du ha orkat gräva igen gropen alldeles själv?"

"Mamma hjälpte mig. Hon hade varit och hackat upp pepparrot. Hon kom förbi när jag försökte … jag förklarade vad som hänt … först ville hon slå larm, men han var ju redan död. Så hon hjälpte mig. Hon ville skydda mig antar jag." Hon vände sig mot Fridlund. "Precis som det skulle behövas. Jag hade ju Ledarens välsignelse."

Katharina slog händerna för munnen för att kväva ett skrik. Fredrik väntade tills uppståndelsen hade lagt sig så att han kunde göra sig hörd.

"Okej. Men Sara då? Varför dödade du henne?"

"Nej!" skrek Katharina. "Säg att du inte dödade henne också. Säg att de har fel!"

"Hon såg mig." Rut orkade inte ens titta upp längre. Hon bara satt med händerna knäppta i sitt knä och pratade rakt ner.

"Hon såg mig och mamma. Jag bad henne att vara tyst, men hon skrek och sprang iväg. Jag sprang efter för att försöka stoppa henne. Jag hann ifatt henne … men det vet ni ju redan." Rut tystnade. Fredrik såg sig om. Katharina grät tyst på sin plats, och Tommy hade lagt armen om henne som för att trösta henne.

Snabbt jobbat, tänkte Fredrik innan han insåg det opassande i sin osagda kommentar.

***

Fredrik hade gått ut för att hitta en plats med tillräcklig täckning för mobiltelefonen för att än en gång försöka ringa Louise. Inget svar. Därefter gjorde han sig klar för att gå upp till vändplatsen.

"Okej Fridlund. Dags att gå. Tommy, skjutsar du mig till lasarettet är du snäll? Får väl vara duktig patient nu resten av kvällen".

Molnen hade dragit norrut. På stigen upp mot vändplatsen höjde sig himlen över dem klar och ljus, och man kunde skönja sundet mellan träden långt där borta.

Fredrik stod och tittade på Fridlund där hon stod i månljuset.

"Klarar du dig nu?" frågade han. "Med din mamma och allt. Eller vill du att jag stannar hos dig ett tag?"

Hon tittade på honom och log.

"Nej Fredrik, jag tror inte det. Jag ska gå hem till min lägenhet och sitta och vänta på att de ringer. Kanske mamma klarar sig, kanske inte. Men jag kommer inte att vara ensam så du behöver inte oroa dig. Du själv då Fredrik? Du måste åka tillbaka till lasarettet. Du är sjuk, du ska inte vara här."

"Jag vet. Jo, jag ska åka tillbaka. Kanske Louise är där också nu."

Han tog några steg mot bilen innan smärtan blev för kraftig och han föll livlös till marken.

EPILOG

Han vågade inte somna om, för han var rädd att de gröna glödande monstren i skåpen i sjukhusrummet skulle attackera honom då. Samtidigt sa hans intellekt att det inte fanns några monster. Det måste vara biverkningar av medicinen. Tro på det du om du vill, sa monstren. Somna du. Så äter vi upp dig. Hans intellekt förde en ojämn kamp, och för säkerhets skull kämpade han för att hålla sig vaken. En dörr öppnades och Louise kom in. Hon hade röda glödande ögon och en stor blodig kniv i handen. Fredrik skrek till av skräck och tryckte på alarmet. Inom en bråkdel av en kort stund kom en av sjukvårdarna inspringande på rummet.

"Ta bort dom!" skrek Fredrik. "Monstren och Louise. De vill döda mig! Ta bort dem!"

"OK, jag tror att herr Nilforss har fått en liten reaktion av det smärtstillande. Se, jag tänder ljuset nu. Inget här!"

Fredrik lutade sig upp på kuddarna i sängen och såg sig omkring. Inga monster, ingen Louise.

"Ingen här?"

"Nej, det är lugnt. Vet du, jag sitter här hos dig tills du somnat om, och så byter vi ut ditt smärtstillande mot något som inte är morfinbaserat. OK?"

"Smärtstillande? Varför har jag fått det?"

"Du kom in efter din lilla eskapad med akut förträngning av colon och vi var tvungna att operera omedelbart. Tarmen var så förträngd så den höll på att spricka. Du hade tur, hade den spruckit så hade vi nog inte kunnat rädda dig. Har du inte

märkt någonting?"

Fredrik tänkte efter.

"Jo, lite dålig i magen kanske. Ont i bröstet. Uppstötningar.

Yrsel."

"Nå ja, nu har vi tagit prover och du har förutom att vi opererat

tarmarna så så har du väldigt högt blodtryck. Det är väl det

som givit dig ont i bröstet. Nu ska vi få ner det innan du får åka

hem."

Hem. Hade han något hem? Fredrik hade ett svagt minne av att

Louise hälsat på, men han kunde inte komma ihåg vad hon

sagt.

"Din fru var här tidigare. Grattis på födelsedagen får jag väl

säga då."

Fredrik tittade på sjukskötaren.

"Just ja, jag fyller ju år." Minnesdimmorna släppte och nu kom

han ihåg. Stor femtioårsfest på Frimurarhotellet. Det var det

som var överraskningen som Gary och Louise sysslat med. Det

var det hon hade berättat när hon var på besök tidigare. Nå ja,

dit skulle han väl knappast kunna gå i det här skicket. Sjukskö-

taren som allt som hastigast lämnat rummet kom tillbaka med

en bärbar dator.

"Nu ska du få se." Han startade Skype och Louise dök upp på

skärmen.

"Hej älskling. Eftersom du inte kan vara med på din femtioårs-
fest så tänkte jag att vi streamar det via Skype så kan du vara
med på ett hörn ändå. Bra va?"

Fredrik tyckte att det var en bra idé. Då kunde han fira utan att
behöva träffa en massa korkade människor. Han kanske skulle
skaffa tarmvred till sextioårkalaset också?

"Gary hälsar, han kunde inte heller komma ikväll. Trot eller ej,
han ligger också på lasarettet. Blev överfallen igår kväll och
misshandlad. Av nåt jäkla fyllo."

Fredrik suckade tyst. Jävla Hilding.